U.G.E. 10|18
12, avenue d'Italie - PARIS XIIIe

Du même auteur
dans la collection 10/18

L'ÉTRANGE NAISSANCE DE RAFAEL MENDES, n° 2314

LE CENTAURE DANS LE JARDIN

PAR

MOACYR SCLIAR

Traduit du brésilien
par Rachel UZIEL et Salvatore ROTOLO

10 18

« Domaine étranger »
dirigé par Jean-Claude Zylberstein
PRESSES DE LA RENAISSANCE

Si vous désirez être régulièrement tenu au courant
de nos publications, écrivez-nous :
Éditions 10/18
12, avenue d'Italie
75627 Paris Cedex 13

Titre original :
O Centauro no jardin
(Editora Nova Fronteira, Rio de Janeiro).

ISBN 2-264-01545-4

Table

Seul le cheval est capable de pleurer pour l'homme. C'est pourquoi dans le centaure l'on retrouve, mêlées, la nature de l'homme et celle du cheval.

Bestiaire, XIIe siècle.

Ne nous réjouissons pas trop vite de ces victoires que l'homme remporte sur la nature.

F. ENGELS.

Pour les Indiens, dit-on, les soldats de Pizarro ou de Hernan Cortés étaient, eux aussi, des centaures. Lorsque l'un d'eux tombait de sa monture, les Indiens voyaient se scinder en deux parties ce qu'ils avaient jusque-là tenu pour un seul animal, et ils se laissaient prendre par la panique.

Si un tel phénomène ne s'était pas produit, on estime que les Indiens n'auraient eu aucun mal à anéantir tous les chrétiens.

J.-L. BORGES.

Il est toujours plaisant de voir un destructeur de fables être lui-même victime d'une fable.

Gaston BACHELARD.

Jamais je ne vis personne regarder
Avec tant de tendresse un cheval
Ni un cheval naviguer
Dans ses yeux, détourne l'animal
Vers l'intérieur, où tout est mer
Et la mer, rien d'autre que cheval.

Carlos NEJAR.

Depuis quand les juifs montent-ils à cheval ?

Joseph HELLER.

La licorne dans le jardin

James THURBER.
(Titre de la nouvelle.)

São Paulo :
Restaurant tunisien Au Jardin des Délices
21 septembre 1973

Maintenant il n'y a plus de galops. Maintenant tout va bien.

Nous sommes, maintenant, comme tout le monde. Nous n'attirons plus les regards de personne. Elle est finie, l'époque où on nous trouvait bizarres — parce que nous n'allions jamais à la plage, parce que Tita, ma femme, sortait toujours en pantalon. Bizarres, nous ? Certainement pas. La semaine dernière, Peri, le fétichiste, est venu chercher Tita, et ça oui, on peut dire que c'est un type bizarre — un petit Indien maigre, avec une barbichette clairsemée, couvert de bagues et de colliers, appuyé sur une canne, s'exprimant dans un langage embrouillé. Ça peut sembler curieux, qu'une créature si étrange soit venue nous rendre visite, tout de même, chacun est libre de frapper aux portes et de toute manière, si quelqu'un était accoutré de façon bizarre, c'était lui, pas nous. Nous ? Non. Nous avons l'air absolument normaux.

Nous voici avec nos fils, et nos amis, et le fils de nos amis, en train de dîner dans un restaurant tunisien. Avant, nous fréquentions plus souvent cet endroit. Depuis que nous avons déménagé pour Porto Alegre, Tita et moi, les dîners se sont faits plus rares, par contre ils permettent maintenant à l'ancienne bande de se retrouver. Aujourd'hui, en plus, il y a un motif particulier : c'est mon anniversaire. Trente-huit ans. Trente-huit, le calibre du revolver du garde de la copropriété, si j'ai bonne mémoire. Un âge merveilleux. Age de maturité, mais également de vigueur, de compréhension, âge où l'on valorise les bonnes choses, comme cet excellent repas au Jardin des Délices, endroit sympathique où l'on se sent chez soi. Il est vrai que tout à l'heure, en regardant le serveur arabe, j'ai eu une sensation désagréable. Je me suis rappelé notre premier voyage au Maroc, l'odeur nauséabonde du bateau. Cela m'a troublé, j'ai commencé à trembler. Paulo, assis à mes côtés à la longue table, s'en est aperçu : tu es pâle, Guedali ! Ce n'est rien, ai-je dit, un léger malaise, c'est déjà passé, tout va bien. Il en profite pour me demander si je fais de l'exercice, si je continue à courir, comme on le faisait ensemble. Un peu honteux, j'avoue que non. Il y a longtemps que je ne cours plus, que je ne pratique pas de sport. De temps en temps, je vais voir les matches de football avec mes gosses habillés en supporters, et c'est tout. Ah, dit Paulo triomphant, c'est pour ça que tu as un tel ventre, que tu te sens mal. Regarde-moi, Guedali : je suis en pleine forme. Je continue à courir tous les soirs, régulièrement. Ne te laisse pas aller, Guedali. Cours, mon petit vieux, fatigue-toi. Ne pense pas à Cooper, non, ce n'est pas pour ça ; c'est pour toi-même. Il faut savoir s'imposer des défis dans la vie. Ecoute ton vieux Paulo, ton ami.

Il a raison, Paulo. Il faut courir. Je voulais aller courir à la ferme que je possède près de Quatro Irmãos, dans l'intérieur du Rio Grande do Sul. Mais à présent tout est labouré, il n'y a plus d'espace pour courir. D'ailleurs, j'ai une belle plantation de soja là-bas. C'est mon propre frère qui s'en occupe. Bernardo. Tout le monde disait que c'était une folie de se lancer dans l'agriculture, surtout avec un associé comme Bernardo, un type instable, capable de tout laisser tomber et de se mettre à vagabonder à travers le Brésil. Mais quand il est venu frapper à ma porte et qu'il m'a demandé de l'aide, j'ai décidé de courir le risque. Et j'ai bien fait : Bernardo s'est révélé un exploitant agricole de premier ordre ; il a mécanisé la ferme, s'est assuré le concours d'un agronome pour l'utilisation des engrais et des pesticides, il tient la bride haute aux employés, bref, il fait aller les choses.

Vieux Paulo. Bon ami. Bon associé. C'est grâce à sa perspicacité que nous nous sommes lancés dans l'exportation. Grande idée. C'est même cela qui nous a sauvés, car nos affaires n'allaient pas très fort à l'époque où j'habitais São Paulo. Nous avons fait un malheur, spécialement au Maroc où j'ai de bons contacts.

Grand ami, Paulo. Paulo et Fernanda, Julio et Bela, Armando et Beatriz, Joel et Tania... Tous de bons amis. C'est bon, ça, être entre amis, savourer le vin — âpre mais bouqueté — dans un endroit pittoresque et accueillant. Oui, c'est agréable d'être ici dans ce restaurant tunisien.

Ce qui me dérange un peu en ce moment, c'est la musique arabe, stridente, bruyante. Mais même cela a ses avantages : si des ailes battent là dehors, sur la cime du grand palmier qu'on voit par la fenêtre — je ne le sais pas, on n'entend rien. Le bruit que j'entends c'est, je pense, le vent, un vent chaud qui souffle depuis la tombée de la nuit. Je me dis qu'il va pleuvoir.

Tita, assise en face de moi, sourit. Elle est de plus en plus jolie. On voit à ses rides qu'elle a connu la souffrance ; mais sa beauté s'en est trouvée mûrie, s'est faite plus profonde, plus suave. Chère Tita, ma chère petite femme.

A ma gauche, nos fils, les jumeaux. Ça fait une demi-heure

qu'ils chuchotent ensemble, les deux démons. Ils sont sans doute en train de tramer quelque plaisanterie, c'est bien d'eux. Ce sont deux bons petits, intelligents, studieux. Et comme ils poussent ! D'ici peu ils seront aussi grands que moi — et je suis très grand, moi. Déjà, ils me demandent une voiture ; d'un jour à l'autre, ils vont me présenter leurs fiancées. D'un jour à l'autre, ils vont se marier. D'un jour à l'autre, je serai grand-père. Tout va bien.

Ou plutôt : presque tout va bien. Il y a toujours des choses qui me dérangent. Mon insomnie, mon sommeil agité. Dès que je me retourne la nuit, je me réveille avec la sensation d'avoir entendu un bruit étrange (le battement des ailes du cheval ailé ?). Mais c'est une impression. Tita qui possède une ouïe exceptionnellement fine n'a rien entendu : elle dort, tranquille. Et elle rêve. Il n'est pas nécessaire de soulever ses paupières, il n'est pas nécessaire de l'épier à travers la pupille, comme par une fenêtre, pour savoir à quoi elle rêve. A force de dormir longtemps ensemble, il s'opère une transfusion de rêves : le cheval que tout à l'heure je voyais glisser entre les nuages galope à présent dans la pampa de son rêve. Et ça ne la dérange pas. Ce sont mes rêves qu'il faut corriger. C'est mon cheval qu'il faut entraver et débarrasser de tous ses appendices bizarres. Ou alors l'éliminer complètement de mes rêves. Il y a des somnifères fabriqués spécialement dans ce but.

Il m'arrive également certaines choses curieuses qui ressemblent à des messages inquiétants. Par exemple :

Tout à l'heure, j'étais en train de griffonner sur la nappe en papier avec le stylo-plume en or que viennent de m'offrir mes amis, un beau stylographe d'importation. Et c'est là que je me suis surpris à écrire cette phrase *Maintenant tout va bien*, une phrase absolument banale — mais les lettres étaient grotesques, anguleuses. Quelle force, quel magnétisme peuvent bien avoir guidé la main qui a tracé ces lettres ? Je ne sais pas. J'avoue que je ne sais pas, en dépit de mes trente-huit ans, en dépit de tout ce que j'ai vécu, des expériences extraordinaires. Il y a beaucoup de choses insoupçonnées en moi, beaucoup de secrets. Ne serait-ce pas l'occasion d'ouvrir les vannes, de laisser jaillir le torrent ? Hier, j'ai vu à la TV des scènes d'inondation. Les animaux nageaient dans les eaux argileuses, ils cherchaient refuge au sommet des arbres qui émergeaient encore. La face mouillée d'un macaque, prise en gros plan, m'a particulièrement impressionné : l'innocence désemparée. Ne serait-ce pas l'occasion de tout raconter à ces amis-là ? Maintenant que tout va bien, ne faudrait-il pas raconter ? Il n'y a rien à craindre. Une queue se lèvera bien pour chasser les mouches qui vrombissent autour de moi. A propos, ce ne sont pas les mouches qui manquent par ici. Ces gens font de la bonne cuisine, mais l'endroit n'est pas des plus propres, ils jettent sûrement les restes dans le patio. Pourtant, il faut fermer les yeux et ne pas réclamer. Ils s'irritent pour un rien, ils sont vindicatifs : jusqu'à hier ils couraient sur leurs chameaux à travers les dunes du désert, leurs longs burnous flottant au vent. Trahis, ils juraient vengeance ; à la première occasion, ils poignardaient leurs ennemis. Ce sont des Berbères. Maintenant ils ne montent plus leurs chameaux, bien sûr ; lorsqu'ils ferment le restaurant, ils rentrent chez eux en voiture ; mais moi (c'est peut-être une paranoïa juive), je vois toujours dans leur regard une lueur sinistre.

Oui, je peux tout raconter, moi. Modeste mais fier. Digne. Sans faire l'objet de plaisanteries de mauvais goût, sans donner lieu à des calembours. Aucun allusion possible à la *Cavalleria rusticana* ou à l'âne de Buridan. Si les Indiens sont entrés dans mon histoire — et il y avait encore des Indiens dans la région de Quatro Irmãos en 1935 —, ils ne sont pas venus à cheval, comme les valeureux Charruas, mais à pied, humbles (encore que mystérieux), demandant du travail.

Je ne parlerai pas des chevaux intérieurs qui galopent en nous — je ne sais s'ils existent. Et ce n'est pas une *chevauchée*, pour moi, la marche incessante de l'Histoire en direction d'un destin que je ne connais pas. Je ne vois pas pourquoi appeler la *marche incessante de l'Histoire* autre chose que *marche incessante de l'Histoire*, ajoutant parfois, pour satisfaire certains, *sans répit et sans retour en arrière.*

Alors ? Pourquoi est-ce que je ne me lève pas ? Pourquoi est-ce que je ne frappe pas avec mon stylo sur le verre de vin, demandant l'attention de tout le monde pour raconter un secret qui peut enfin être dévoilé ?

Pourquoi ? Je ne sais pas. Je ne me sens pas sûr de moi. J'ai peur de me mettre debout. Je crains que mes jambes ne me portent pas : la vérité est que je n'ai pas encore appris à avoir confiance en elles. Les bipèdes n'ont pas la stabilité des quadrupèdes. En plus, je suis ivre. Un toast derrière l'autre — au héros de la soirée, à l'épouse du héros de la soirée, aux parents et aux frères du héros de la soirée, à l'entreprise d'exportation du héros de la soirée, à la ferme du héros de la soirée, à l'International, le club du héros de la soirée — et le vin qui me monte à la tête. Tita, assise en face de moi, me fait signe de ne pas tant boire. Elle est en conversation avec une jeune femme à son côté, je dois dire qu'elle est très belle, d'une beauté étrange : de longs cheveux couleur cuivre, des lunettes noires (la nuit ? pour quoi faire ?) qui masquent en partie son visage énigmatique ; une chemise d'homme galonnée, entrouverte, laisse voir des colliers ainsi que les contours d'un sein bien modelé. Je ne la connais pas. Je sais tout juste qu'elle est une amie de Tania ; elle a divorcé récemment. Je lève mon verre vers elle : santé ! Tita me lance un regard d'avertissement. Ce n'est pas de la jalousie. Elle sait que je suis ivre, elle craint que je ne raconte des bêtises, que je ne raconte des histoires absurdes. Avant l'opération, tu étais plus sensé, a-t-elle coutume de dire.

Elle a raison, Tita. Il vaut mieux garder le silence. Il vaut mieux griffonner : *maintenant tout va bien*. En dépit des lettres grotesques, en dépit du lointain battement des ailes. En dépit des scènes qui surgissent maintenant dans ma mémoire.

Petite ferme dans l'intérieur du district de Quatro Irmãos, Rio Grande do Sul 24 septembre 1935-12 septembre 1947

Les premiers souvenirs, naturellement, ne peuvent être décrits par des mots conventionnels. Il s'agit de choses viscérales, archaïques. De larves au cœur d'un fruit, de vers remuant dans la vase. De sensations lointaines. De vagues douleurs. De visions confuses : un ciel tourmenté sur une mer houleuse ; entre de sombres nuages, glisse, majestueux, le cheval ailé. Il avance, rapide, d'abord au-dessus de l'océan, puis au-dessus du continent. Il laisse derrière lui les plages et les villes, les forêts et les montagnes. Bientôt sa vitesse diminue, et à présent il plane, décrivant de larges cercles, sa crinière au vent.

Là, en bas, illuminée par le clair de lune, une maison en bois rustique, isolée. Les fenêtres reflètent sur l'épais brouillard une faible clarté jaunâtre. Non loin de là, l'étable. Plus avant, un bosquet. Et les champs. Entre les arbres, dans les buissons, de petits animaux volettent, courent, sautillent, rampent. Ils se cachent, se poursuivent, se dévorent. Des gazouillis, des chants perlés, des cris perçants.

Un cri aigu, de femme, retentit dans la vallée. Tout se tait, s'immobilise. Le cheval ailé plane dans les airs, ses grandes ailes déployées. Un nouveau cri, et puis un autre encore. Une suite de cris — et puis le silence, à nouveau. Le cheval ailé décrit un cercle de plus sur la maison, puis disparaît, silencieux, entre les nuages.

C'est ma mère qui crie : elle est en train d'accoucher. Elle est aidée par ses deux filles et par une vieille sage-femme des alentours. Ça fait des heures qu'elle est en travail, mais on ne voit pas le bébé venir. Elle est épuisée, sur le point de s'évanouir. Je n'en peux plus, murmure-t-elle. La sage-femme et les jeunes filles se regardent anxieuses. Ne faudrait-il pas appeler le docteur ? Mais le docteur habite à quarante kilomètres, n'arrivera-t-il pas trop tard ?

Dans la pièce à côté, mon frère et mon père. Mon père fait les cent pas ; mon frère, assis sur le lit, a les yeux fixés sur le mur d'en face. Les cris se succèdent, de plus en plus fréquents, entremêlés de malédictions en yiddish qui font trembler mon père, c'est lui que sa femme est en train d'accuser. *Espèce de bandit ! Il nous a fait partir de chez nous pour nous amener dans cet enfer, dans ce coin perdu au bout du monde ! Je vais mourir à cause de cet assassin ! Aïe, mon Dieu, je suis perdue, aidez-moi !* La sage-femme cherche à la calmer : Tout va bien, Doña Rosa, ne vous affolez pas. Mais sa voix trahit l'anxiété : à la lumière de la lampe elle regarde, effrayée, le ventre tendu, anormalement. Que va-t-il en sortir ?

Mon père s'assied, la tête enfouie entre ses mains. Sa femme a raison, c'est lui qu'il faut blâmer pour ce qui est en train de se passer. Tous les colons juifs de la région, venus avec lui de Russie, sont déjà partis à la ville — à Santa Maria, ou a Passo Fundo, ou à Erechim, ou à Porto Alegre.

La révolution de 1923 a chassé les derniers éléments hors de la colonie.

Mais mon père insiste pour rester. Pourquoi, Leão ? demande ma mère. Pourquoi cet entêtement ? Parce que le baron Hirsch nous a fait confiance, répond-il. Le baron ne nous a pas fait venir d'Europe pour rien. Il veut que nous restions ici, à travailler la terre, à planter et à récolter, pour montrer aux *goym* [1] que les Juifs sont comme tous les autres peuples.

Brave homme, le baron. Dans la Russie de 1906 — défaite lors de la guerre russo-japonaise —, les pauvres Juifs, des tailleurs, des menuisiers, des petits commerçants, vivaient dans des baraques misérables de petits villages, terrorisés par la menace des *pogroms*.

(*Pogrom* : des cosaques ivres envahissaient le village, lançaient leurs chevaux affolés sur les vieillards et les enfants, distribuant des coups de sabre à tort et à travers. Ils tuaient, pillaient, incendiaient. Puis ils s'évanouissaient. Dans la nuit tourmentée retentissaient les échos des cris et des hennissements.)

Dans son château à Paris, le baron Hirsch se réveillait au milieu de la nuit, effrayé. Il entendait un piétinement de sabots. Ce n'est rien, Hirsch, disait sa femme, à moitié endormie. C'est un cauchemar, dors. Mais le baron n'arrivait plus à trouver le sommeil. La vision de chevaux noirs piétinant des corps sans vie ne le quittait pas. Deux millions de livres, murmurait-il entre ses lèvres. Deux millions de livres suffiraient à résoudre le problème.

Il voyait les Juifs vivant en paix dans de lointaines régions d'Amérique du Sud ; il voyait des champs cultivés, des maisons modestes, mais confortables, des écoles d'agriculture. Il voyait des enfants en train de s'amuser dans les bois. Il voyait les rails du chemin de fer (dont il était le principal actionnaire) pénétrer à l'intérieur des forêts.

Le baron a été bon pour nous, répète mon père sans cesse. Un homme aussi riche que lui n'avait aucun besoin de s'occuper de nous autres pauvres. Mais il n'a pas oublié ses compatriotes. Nous devons nous efforcer de ne pas décevoir un homme qui s'est montré aussi charitable. Un saint.

Ils s'efforcent, mes parents. C'est une existence ingrate que la leur : déboiser la forêt, planter, débarrasser les animaux de leurs parasites, chercher l'eau au puits, faire la cuisine. Ils vivent dans la crainte, tout les menace : tantôt c'est la sécheresse, tantôt l'inondation ; la grêle, le gel, l'épidémie. Tout est difficile, il n'y a pas de recours possible, ils vivent isolés : le voisin le plus proche habite à cinq kilomètres.

Mais mes fils auront une vie meilleure, se console mon père. Ils étudieront, ils seront docteurs. Et un jour ils me seront reconnaissants pour les sacrifices que j'ai faits. Pour eux et pour le baron Hirsch.

Les cris cessent. Il y a un moment de silence — mon père lève la tête — et puis des vagissements. Son visage s'illumine :

— C'est un garçon ! Je parie que c'est un garçon ! A l'entendre crier, ça ne peut être qu'un garçon !

Un nouveau cri. Cette fois un hurlement sauvage, horrifié. Mon père se lève, d'un coup. Il reste un instant immobile, hébété. Et il court vers la chambre.

La sage-femme vient vers lui, le visage éclaboussé de sang, les yeux écarquillés : Ah ! monsieur Leão, je ne comprends pas ce qui est arrivé, je n'ai jamais rien vu de pareil, ce n'est pas ma faute, je vous le jure, j'ai fait tout ce qu'il fallait.

Mon père regarde autour de lui, sans rien comprendre. Ses filles sont recroquevillées dans un coin, apeurées, sanglotant. Ma mère est couchée sur le lit, frappée de stupeur. Mais qu'est-ce qui se passe ici ? s'écrie mon père, et c'est alors qu'il me voit.

Je suis couché sur la table. Un bébé robuste, aux joues roses ; vagissant, agitant ses petites mains — un bébé normal, au-dessus de la taille. En dessous : un pelage de *cheval*. Des pattes de *cheval*. Une queue, encore imbibée de liquide amniotique, *de cheval*. Au-dessous de la taille je suis un *cheval*. Je suis — mon père ne connaît certainement pas l'existence de ce substantif — un centaure. *Centaure.*

Mon père s'approche de la table.

Mon père, le colon Leão Tartakovski. C'est un homme rude, dur, il a déjà vu beaucoup de choses dans sa vie, des choses horribles. Une fois, il a remis en place les tripes d'un péon éventré d'un coup de corne. Une autre fois, il a écrasé d'un énorme coup de poing un scorpion qu'il avait trouvé dans une de ses bottes. Une autre fois encore, il a introduit la main dans l'utérus d'une vache pour en extraire le petit veau qui était coincé.

Mais ce qu'il voit maintenant, c'est trop. Il recule, s'appuie contre le mur. Il mord son poing ; non, il ne peut pas crier. Son hurlement briserait tous les carreaux de la maison, traverserait les champs, parviendrait jusqu'aux contreforts de la Serra do Mar, jusqu'à l'océan, au ciel, aux prairies célestes.

Il ne peut pas crier. Mais il peut sangloter. Des sanglots qui parcourent son grand corps et le font tressaillir. Pauvre homme. Pauvres gens.

C'est la sage-femme qui, le premier choc passé, prend en main la situation. Elle coupe le cordon ombilical, m'enveloppe dans une serviette — une grande serviette, la plus grande de la maison — et me dépose dans le berceau. Premier problème : je suis très grand. Mes pattes — de cheval — dépassent. La sage-femme va chercher un cageot, le garnit de linge (as-tu eu l'idée de le fourrer avec de la paille, sage-femme ? Avoue, as-tu eu cette idée ?), elle m'installe là-dedans. Les jours suivants, la brave femme prend soin de la maison, de la famille : elle nettoie, fait la lessive, la cuisine, apporte à manger aux uns et aux autres, elle insiste pour qu'ils mangent, pour qu'ils reprennent des forces — ils ont subi un rude coup, ces pauvres Juifs, il faut qu'ils récupèrent.

Et elle prend soin de moi, du centaure. Elle me donne le biberon, parce que ma mère ne fait que pleurer, ne veut même pas me voir, encore moins m'allaiter. Elle me baigne, me garde propre — et ce n'est pas une tâche facile : mes excréments d'herbivore sont très abondants et exhalent une odeur fétide ; la sage-femme se rend compte que c'est de la verdure qu'il me faut et elle mélange dans mon lait des feuilles de laitues écrasées.

(Plus d'une fois, racontera-t-elle des années plus tard, elle songe à m'étouffer. Avec l'oreiller... Elle ferait cesser les tourments de la famille. Et ça ne serait pas la première fois : elle a déjà étranglé une créature née sans bras, sans jambes, avec un seul œil. Elle a serré le délicat petit cou jusqu'à ce que la cornée de l'œil unique se soit faite opaque, au moment de la mort.)

C'est vrai qu'il n'est pas laid, soupire-t-elle, alors qu'elle me dépose, endormi, dans le cageot : un bambin aux traits agréables, aux cheveux et aux yeux marron. Mais à partir de la taille... Quelle horreur ! Elle a déjà entendu parler de monstres, de créatures moitié poule, moitié rat ; ou moitié porc, moitié vache ; ou moitié cobra, moitié oiseau, de moutons à cinq pattes, d'hommes-loups, tous ces êtres, elle sait qu'ils existent, mais jamais elle n'avait songé qu'elle pourrait s'occuper de l'un d'eux. Dors, ma puce, murmure-t-elle. Malgré tout elle m'aime bien, cette femme que la mort de quatre fils a laissée amère et révoltée.

Mes sœurs n'arrêtent pas de pleurer. Mon frère auparavant plutôt silencieux et un peu bizarre, est maintenant plus silencieux et plus bizarre encore. Quant à mon père, puisqu'il faut travailler, il travaille. Il défriche la brousse, fauche l'herbe. A force d'abattre des arbres à la hache, de frapper la terre à coups de pioche, il parvient, peu à peu, à retrouver son calme. Il est déjà capable de réfléchir sans se laisser engloutir par le désespoir. Laborieusement, il cherche des explications, il formule des hypothèses.

Ce n'est pas un esprit très brillant. Il descend d'une famille de rabbins, de sages, mais lui-même est plutôt limité. Déjà au village, en Russie, on le faisait travailler aux champs parce que ses commentaires talmudiques étaient franchement lamentables. Dieu ne m'a pas donné une bonne tête, a-t-il coutume de dire. Néanmoins, il se fie à son bon sens, à son instinct ; il sait comment interpréter ses propres réactions — le hérissement des poils sur ses bras, le battement de son cœur, les bouffées de chaleur sur son visage, tout cela il sait le comprendre. Parfois, il a l'impression que c'est la voix de Dieu qui lui parle du dedans, d'un point situé entre le nombril et la sortie de l'estomac. C'est une certitude de ce genre qu'il aimerait avoir. La vérité. Pour triste qu'elle soit.

Pourquoi cela lui est-il arrivé ? Pourquoi ?

Pourquoi est-ce lui qui a été choisi et non pas un cosaque de Russie ? Pourquoi lui et non pas un péon, un fermier des alentours ? Pourquoi ? Quel crime a-t-il commis ? Qu'a-t-il fait de mal pour que Dieu le punisse ainsi ? Il a beau s'interroger, il n'arrive pas à se trouver de péchés, du moins des péchés graves. Des fautes mineures peut-être. Il lui est arrivé de traire une vache le sabbat, jour de repos, jour sacré ; mais ses mamelles étaient pleines, il ne pouvait tout de même pas la laisser ainsi, mugissant de douleur. Et le lait, il ne s'en est pas servi, il l'a jeté. Des péchés ? Non.

A mesure qu'il se convainc de son innocence, un doute surgit dans son esprit : est-il certain que c'est bien son fils, le centaure ?

(Centaure. Je lui apprendrai ce mot un jour. Bien qu'il ne soit pas très versé dans la mythologie.)

Mais aussitôt après, les remords l'envahissent. Comment

a-t-il pu penser une chose pareille ? Rosa lui est absolument fidèle. Et même si elle ne l'était pas, quel père pourrait jamais être à l'origine d'une créature aussi exotique ? Il y a bien des gens bizarres dans la région : des métis à l'air sombre, des types aux mines patibulaires, des bandits, des Indiens même. Mais il n'a jamais vu personne avec des pattes de cheval.

Des chevaux dans les parages, il y en a beaucoup. Et même des chevaux sauvages ; des bêtes farouches, dont il entend parfois le hennissement au loin. Mais — avec un cheval ! Non. Il y a des femmes perverses, il le sait bien, capables de faire l'amour avec n'importe quelle créature, même avec un cheval ; mais sa Rosa n'est pas de celles-là. C'est une femme bonne, simple, qui ne vit que pour son mari et pour ses enfants. Une travailleuse infatigable, une maîtresse de maison dévouée. Et fidèle, très fidèle. Un peu révoltée, irritable, mais pleine de bonté, de sagesse. Et fidèle.

Pauvre femme. En ce moment, elle est étendue sur le lit, les yeux grands ouverts, sans réaction aucune. La sage-femme et les filles lui préparent de la soupe ; des bouillons savoureux ; elle ne réagit pas, ne dit rien, elle refuse de manger. Elles essaient, à l'aide d'une cuillère, de la forcer à ouvrir la bouche ; rien à faire ; elle garde les dents obstinément serrées. Quelques gouttes de liquide, quelques particules d'œuf, quelques fibres de poulet arrivent pourtant à pénétrer à l'intérieur de sa bouche, elle les avale malgré elle et c'est sans doute grâce à cela qu'elle se maintient en vie.

En vie mais silencieuse. Muette. Son silence est une accusation envers son mari : c'est ta faute, Leão. C'est toi qui m'as amenée ici au bout du monde, à cet endroit déserté par les hommes, où ne vivent que les animaux. C'est à force de tant regarder les chevaux que j'ai mis au monde un fils pareil. (Elle pourrait donner des exemples : des femmes qui riaient des singes et dont les enfants sont nés velus ; des femmes qui regardaient les chats, leurs bébés ont miaulé pendant des mois). Parfois c'est sur sa famille qu'elle émet des doutes : ils sont tous malformés, remplis de tares. Tu as un oncle avec un bec-de-lièvre, une cousine avec six doigts à chaque main, une sœur diabétique. Enfin : c'est ta faute — elle pourrait crier, mais ne le fait pas. Les forces lui manquent pour un tel effort.

Et puis, surtout, c'est son mari, son homme. Jamais aucun autre ne lui a plu ; jamais elle n'a pensé à un autre. Son père lui dit un jour : tu vas épouser le fils de Tartakovski, c'est un bon garçon. Aussitôt son destin fut tracé. Qui était-elle pour discuter ? Et puis il faut dire qu'il ne lui déplaisait pas, le jeune Leão, c'était un des plus jolis garçons du village. Costaud, d'humeur gaie, elle pouvait même estimer qu'elle avait eu de la chance.

Ils se marièrent. Au début, ça n'allait pas très bien... Le lit, bien sûr. Leão était brutal, maladroit, il lui faisait mal. Mais par la suite elle s'habitua, elle arriva même à y prendre plaisir, et tout semblait aller pour le mieux — lorsqu'une nuit, ils furent réveillés par un galop de chevaux et par les hurlements sauvages des cosaques. Ils coururent se réfugier dans le bois, près de la rivière, et ils restèrent là, glacés, tremblants de peur, à contempler la lueur des incendies. Le lendemain, ils regagnèrent le village. Ils trouvèrent la rue principale jonchée de cadavres mutilés, et les maisons à l'état de ruines fumantes. Partons d'ici, dit Leão d'une voix sombre. Je ne veux plus jamais voir cet endroit maudit.

Rosa ne voulait pas quitter la Russie. Pogroms ou pas, elle aimait le village, c'était sa terre. Mais Leão était décidé. Lorsque les émissaires du baron se présentèrent, il fut le premier à se déclarer prêt à partir pour les colonies d'Amérique du Sud. L'Amérique du Sud ! Rosa s'effrayait, elle imaginait des sauvages nus, des tigres, des cobras gigantesques. Plutôt mille fois les cosaques ! Mais son mari n'était pas disposé à discuter. Il lui ordonna de préparer les bagages. Elle, enceinte, haletant sous l'effort, lui obéit. Ils embarquèrent à bord d'un cargo à Odessa.

(De nombreuses années plus tard, elle se souviendrait encore avec un sentiment d'horreur de ce voyage : le froid, puis la chaleur suffocante, le mal de mer, l'odeur de vomi et de sueur, les ponts sur lesquels étaient entassés des Juifs par centaines, les hommes en casquette, les femmes le foulard sur la tête, les enfants pleurant sans arrêt.)

Lorsque ma mère arriva à Porto Alegre, elle était malade, elle avait de la fièvre. L'odyssée n'était pourtant pas encore à son terme. Il leur fallut voyager vers l'intérieur, d'abord en train, puis en voiture à cheval, à travers bois, avant d'atteindre la colonie. Ils y étaient attendus par un représentant du baron. On attribua à chaque famille un lopin de terre — celui de mes parents était le plus éloigné —, une maison, de l'outillage, des animaux.

Mon père était très content : il se réveillait tous les matins en chantant. Ma mère non. Elle trouvait la vie à la colonie pire, mille fois pire qu'au village en Russie. Les journées de travail exténuantes, les nuits peuplées de bruits mystérieux : de chants perlés, de gazouillis, de cris perçants — et surtout elle sentait la présence invisible d'Indiens qui rôdaient autour de la maison. Mais quels Indiens, femme ! disait mon père en plaisantant, les Indiens sont loin d'ici. Elle se taisait. Mais la nuit, lorsqu'ils étaient assis devant la cheminée et qu'ils buvaient leur thé, c'était bien les yeux des Indiens qu'elle apercevait parmi les braises. Dans ses cauchemars, les Indiens faisaient irruption dans la maison, montés sur des chevaux noirs comme ceux des cosaques. Elle se réveillait en hurlant jusqu'à ce que mon père réussisse à la calmer.

Petit à petit cependant, elle s'habitua à l'endroit. La naissance des enfants, malgré des accouchements toujours laborieux, était pour elle une consolation. Et l'idée qu'ils naissaient dans un pays neuf, un pays d'avenir, parvenait à lui communiquer un certain enthousiasme. Elle commençait à se sentir heureuse. Mais Leão n'était jamais satisfait. Il trouvait que ce n'était pas assez de trois enfants, il lui en fallait un quatrième. Il voulait un homme de plus dans la famille. Elle refusa longtemps, puis finit par céder. Ce fut une grossesse difficile, elle vomissait beaucoup, avait beaucoup de mal à se déplacer avec son ventre énorme — je crois qu'il doit y en avoir quatre ou cinq, se plaignait-elle — en plus, elle était en proie à des hallucinations : au-dessus de la maison, elle entendait un battement d'ailes gigantesques. Et enfin l'accouchement — et le monstre.

Ça va peut-être passer, se dit mon père dans un moment d'espoir. Tout comme sa femme, lui aussi connaît des histoires d'enfants nés velus comme des macaques — mais qui au bout de quelques jours ont perdu leurs poils. Sait-on jamais, peut-être s'agit-il d'un cas semblable ? Il ne faut pas désespérer ; les sabots tomberaient donc, le cuir se déchirerait en grands lambeaux, laissant apparaître un ventre normal, des jambes normales, un peu atrophiées peut-être par la longue immobilisation dans la cavité obscure. Pourtant, à peine libérées, elles commenceraient à remuer, les petites jambes agiles. Il ferait prendre à l'enfant un grand bain ; il brûlerait la carcasse répugnante dans un grand feu — à mesure que les flammes la consumeraient, tous les souvenirs s'effaceraient comme dans un mauvais rêve. Et ils recommenceraient à être heureux.

Les jours passent, les sabots ne tombent pas, le cuir ne montre pas la moindre fissure. Mon père a une autre idée : c'est une maladie. On peut peut-être le soigner ? Qu'en pensez-vous ? demande-t-il à la sage femme. C'est une maladie, ce qu'il a, mon fils ?

La sage-femme ne peut pas se prononcer.

Elle aussi a déjà vu bien des cas étranges : un enfant recouvert d'écailles de poisson, un autre auquel avait poussé une queue — une dizaine de centimètres, peut-être moins, mais une queue, sans aucun doute possible, une queue. S'il y a des traitements ? Ah, ça, elle ne pourrait pas le dire. Seul un médecin pourrait le renseigner avec certitude.

Un médecin. Mon père sait que le docteur Oliveira est une personne compétente. Peut-être trouvera-t-il un remède au cas du bébé-cheval : une opération, ou alors des injections qui, appliquées sur la croupe, feront sécher les pattes. Celles-ci se détacheront comme des branches brisées, alors que le cuir décollé révélera deux jambes normales à l'état embryonnaire. Ou alors des gouttes, des pilules, des sirops, le docteur Oliveira connaît beaucoup de remèdes variés. Il y en a bien un qui ira.

Un doute, cependant, tourmente mon père. Le docteur gardera-t-il le secret ? Les antisémites pourraient bien voir dans ce qui s'est produit une preuve des liens des Juifs avec le Malin. Mon père sait que pour bien moins que cela ses aïeux ont rôti sur les bûchers du Moyen Age.

Il n'y a pas à hésiter. La vie d'un fils est au-dessus de toute considération de risque. Mon père attelle la jument et s'en va en ville parler avec le médecin.

Deux jours plus tard, monté sur un beau cheval gris, le docteur Oliveira apparaît. C'est un homme grand, élégant, à la barbe soigneusement taillée. Une longue cape protège ses vêtements de tissu anglais de la poussière du chemin.

— Eh bien, nous y voilà enfin. Mon gosier ne s'en plaindra pas.

C'est un homme jovial, loquace. Il entre, tapote les joues de mes sœurs, adresse des compliments à ma mère, qui ne répond pas, elle n'est toujours pas remise du choc. L'enfant est là-bas, dit mon père, indiquant le cageot.

Le sourire disparaît du visage du docteur Oliveira ; il fait un pas en arrière. Il n'avait pas véritablement cru à l'histoire de mon père et il ne s'est pas beaucoup pressé pour venir faire sa visite. Mais à présent, il est là ; il voit la chose de ses propres yeux ; et ce spectacle le laisse stupéfait. Stupéfait et horrifié. C'est pourtant un médecin expérimenté, qui a vu beaucoup de choses, beaucoup de cas sortant de l'ordinaire. Mais un centaure, il n'avait jamais vu cela. Centaure, cela dépasse les limites de son imagination. Centaure, cela ne figure dans aucun manuel de médecine. Lequel de ses collègues a-t-il jamais vu un centaure ? Aucun. Pas même les professeurs ni les sommités de la médecine brésilienne. Le cas est unique, cela ne fait aucun doute.

Il s'assoit sur la chaise que lui offre mon père, ôte ses gants et se met, en silence, à contempler le petit centaure. Anxieux, mon père scrute son visage. Mais le médecin ne dit mot. Il extrait de la poche de son paletot un stylo à plume et un calepin ; il commence à noter :

« Créature étrange. Probable malformation congénitale. Ressemblance frappante moitié inféro-postérieure avec équidé. Jusqu'à la cicatrice ombilicale, enfant bien conformé, beau. En dessous — mutation. Visage, cou, thorax, présentent peau lisse, rosée ; suit petite zone de transition : tégument épais, rugueux, tourmenté, annonçant la transformation de la partie inférieure. Duvet doré devient plus sombre et plus dense — brutalement surgit pelage alezan. Puis pattes, lombes, queue, sabots, membres typiquement chevalins. Pénis particulièrement voyant, bien que monstrueux pour un bébé de quelques jours. Cas complexe. Chirurgie radicale ? Impossible. »

Mon père ne tient plus.

— Alors, docteur ?

Le médecin a un sursaut, puis d'un regard hostile :

— Alors quoi, Tartakovski ?

— Cette maladie du petit. Qu'est-ce que c'est ?

— Ce n'est pas une maladie, dit le médecin, regardant son calepin.

— Mais alors qu'est-ce que c'est ? insiste mon père.

— Ce n'est pas une maladie, répète le médecin. Et qu'est-ce qu'on peut faire ? La voix étranglée de mon père.

— Malheureusement rien, répond le docteur Oliveira, en se levant. Il n'y a pas de traitement pour un cas comme celui-ci.

— Il n'y a pas de traitement ? Mon père ne comprend pas. Il n'y a pas de remède à cela ?

— Non. Il n'y a pas de remède.

— Pas même une opération ? Mon pauvre père, de plus en plus anxieux.

— Pas même une opération.

Mon père se tait un instant, puis revient à la charge :

— Qui sait, peut-être qu'en l'amenant en Argentine...

Le docteur Oliveira pose sa main sur l'épaule de mon père.

— Non, Tartakovski. Je ne crois pas qu'en Argentine il y ait un traitement pour un cas comme celui-ci. Je crois même que jamais aucun médecin n'a vu une chose pareille, une créature aussi... étrange.

Il jette un regard vers le bébé centaure qui s'agite dans le cageot et dit, en baissant la voix :

— Je vais être franc, Tartakovski. Il te reste deux choses à faire : le laisser mourir — ou l'accepter tel qu'il est. A toi de choisir.

— J'ai déjà choisi, docteur, murmure mon père. Vous savez bien que j'ai déjà choisi.

— J'admire ton courage, Tartakovski. Et je suis à ta disposition. Je ne peux pas faire grand-chose mais... compte sur moi.

Il attrape la mallette. Combien est-ce que je vous dois, docteur ? demande mon père. Le médecin sourit : Allons, tu n'y penses pas.

Il se dirige vers la porte. Et c'est alors qu'il lui vient une idée : il se retourne brusquement.

— Tartakovski... Ça te dérangerait si je prenais des photographies de ton fils ?

— Pour quoi faire ? Mon père, surpris, méfiant. C'est pour le journal ?

— Bien sûr que non, dit le médecin, souriant. C'est pour une revue de médecine. J'aimerais publier un article à ce sujet.

— Un article ?

— Oui. Lorsqu'un médecin rencontre un cas aussi rare que celui-ci, il doit publier ses observations.

Mon père le regarde, il regarde le petit centaure. Je ne sais pas si c'est une bonne chose, dit-il en maugréant. Le docteur Oliveira insiste : « Je vais couvrir son visage, personne ne saura jamais que c'est ton fils. — Je ne sais pas si c'est une bonne chose, répète mon père. Le docteur Oliveira insiste : C'est une revue lue par tous les médecins, Tartakovski. Il se peut que l'un d'entre eux ait quelque traitement à nous suggérer.

— Mais vous-même vous venez de dire qu'il n'y a pas de traitement, s'écrie mon père.

Le docteur Oliveira sent qu'il a commis une erreur. Il tente de louvoyer : Ce que j'ai dit, c'est qu'il n'y a pas encore de traitement pour des cas comme celui-ci. Mais demain peut-être, ou après-demain, un collègue peut découvrir un nouveau remède, une opération. C'est alors qu'il se souvient de ce qu'il a lu dans la revue, il se met en contact avec moi — et on pourra peut-être faire quelque chose pour ton fils.

Mon père finit par accepter. Pourrait-il en être autrement ? Mais il impose ses conditions : il faudra que le docteur Oliveira transporte lui-même l'appareil de photo — un grand appareil, avec trépied — car mon père ne veut pas entendre parler de photographe : pas d'étrangers chez lui.

Les préparatifs pour la photo sont compliqués. On m'attache bras et pattes, mais même ainsi je ne peux m'empêcher de remuer nerveusement ma queue, qu'on finit par ficeler également. Au moment où on me couvre le visage d'un bout d'étoffe noire, je me mets à pleurer. Pour l'amour de Dieu, arrêtez ça !... s'écrie une de mes sœurs. — Du calme, grogne le médecin, affairé derrière son appareil à photo, maintenant que j'ai commencé, laissez-moi finir mon travail. Le magnésium explose, arrachant aux petites filles des cris de frayeur. Fais-les sortir, Tartakovski ! ordonne le docteur Oliveira. Mon père expulse les filles et la sage-femme hors de la chambre. Le médecin continue de tirer une plaque après l'autre. Ça suffit ! dit mon père, hors de lui. Maintenant ça suffit !

Le docteur comprend que l'homme est à bout. Sans mot dire, il range l'appareil, les accessoires et il quitte les lieux.

(Il envoie les photographies à Porto Alegre pour les faire développer. Elles sont ratées ; elles sont floues, brouillées ; pire encore, on ne distingue pas bien la moitié inférieure du corps. On voit qu'à partir de la taille il y a quelque chose de différent, mais on ne sait pas très bien quoi. Le médecin, déçu, se rend compte qu'il ne pourra rien tirer des photos. Elles ne sont pas du tout concluantes, elles ne prouvent rien. S'il publie un article avec de telles illustrations, il sera sans aucun doute traité de menteur. Il se résout à mettre les photographies à la poubelle. Mais il conserve les négatifs.)

Petit à petit, les choses à la maison reprennent leur cours normal. La famille commence à accepter la présence du centaure.

Les deux fillettes — la douce et sensible Débora, qui a douze ans, et la vive et malicieuse Mina, qui en a dix — prennent soin de moi. Elles aiment me faire rire, elles aiment jouer avec mes doigts, elles en oublient même parfois le corps grotesque ; pas pour longtemps, bien sûr, car les mouvements nerveux de mes pattes les ramènent à la réalité. Pauvre petit, soupirent-elles, ce n'est pas sa faute.

Bernardo, lui aussi, me reconnaît comme frère, mais pour des raisons différentes : il est jaloux, il sent que, bien que monstrueux, j'accapare l'attention de tout le monde. Et il en vient à m'envier : lui aussi aimerait avoir quatre pattes, si c'est le prix à payer pour l'affection de ses sœurs.

La sage-femme continue d'aider la famille, mon père travaille dans les champs — mais ma mère est toujours couchée, immobile, les yeux rivés au plafond. Mon père, inquiet, craint qu'elle ne soit devenue folle. Mais il ne fait rien, il n'appelle pas le docteur Oliveira. Il évite de la déranger. Il veut lui laisser le temps ; il attend que la terrible blessure se referme. La nuit, il laisse une lampe allumée dans la chambre ; il sait que dans le noir les terreurs se multiplient. C'est dans l'obscurité que pousse, exubérante, la plante de la folie, qu'elle prend racine, qu'elle étend ses branches. Dans l'obscurité, comme des larves dans la chair décomposée, prolifèrent des êtres abominables. A la lumière de la lampe, mon père retire ses vêtements — pas le caleçon ni le maillot de corps, il ne faut pas qu'il se montre nu. Il se couche tout doucement. Il ne la touche pas, il sent sa souffrance d'écorchée vive.

Cette conduite sage, patiente, commence à produire ses effets. Ma mère donne des signes de rétablissement, parfois c'est un gémissement, parfois un soupir.

Une nuit, elle se lève, marche, comme une somnambule, jusqu'au cageot où je dors. Derrière la porte, mon père est en train de l'épier, anxieux : que va-t-elle faire ?

Elle reste là, pendant quelques secondes, à me regarder. Puis d'un cri — mon fils ! —, elle se jette sur moi. Je commence à pleurer, effrayé. Mon père sourit : Dieu soit loué, murmure-t-il, s'essuyant les yeux. Dieu soit loué.

Maintenant que la famille est à nouveau réunie autour de la table, maintenant que tout va bien, décide mon père, il est temps de penser à la circoncision du petit. C'est un homme religieux, il ne manquerait pas à ses obligations. Il faut que son fils soit introduit dans le judaïsme.

Avec beaucoup de réserve, craignant des réactions, il présente la chose à sa femme. Elle se contente de soupirer (dorénavant elle va beaucoup soupirer) : C'est bien, Leão. Appelle le *mohel*[2], fais ce qui doit être fait.

Mon père attelle la jument à la charrette — qui ne sert que pour les grandes occasions comme celle-ci — et s'en va en ville trouver le mohel. Il lui dit qu'il a eu un fils, et sans entrer dans les détails (sans raconter que l'enfant est un centaure), il demande que la circoncision soit faite le jour même : le délai prescrit par la Loi est à son terme. Et il faudra que la cérémonie ait lieu à la ferme, car la mère de l'enfant n'est pas encore en état de voyager.

Le mohel, un homuncule bossu, qui cligne les yeux sans arrêt, écoute l'histoire avec une méfiance croissante. Il flaire quelque chose de suspect. Mon père insiste : Allons, mohel, il faut partir, le voyage est long. Et les témoins ? demande le mohel. Malheureusement, je n'ai pas trouvé de témoins, dit mon père, on devra faire la circoncision sans témoins. Sans témoins ? Le mohel n'aime pas cela du tout. Mais il connaît mon père depuis longtemps, il sait que c'est un homme à qui on peut faire confiance. De plus, il est habitué aux gens du mato, il connaît leurs comportements parfois étranges. Il prend la sacoche avec les instruments, le livre de prières, le châle d'oraison et monte dans la charrette.

En cours de route, mon père commence à préparer le terrain. L'enfant est né avec un défaut, dit-il, affectant un air insouciant. Le mohel s'alarme : Est-ce que c'est grave ? L'enfant ne va pas mourir à cause de la circoncision ? Ne vous en faites pas, le rassure mon père, l'enfant a un défaut de naissance, mais il est robuste, vous allez voir.

Ils arrivent à la maison à la tombée de la nuit, le mohel proteste : il ne peut pas travailler à la lumière d'une lampe. Il descend de la charrette, rechignant et maudissant le sort.

La famille est réunie dans la grande salle. Le mohel félicite ma mère, complimente mes sœurs, se rappelle qu'il a fait la circoncision de Bernardo : il m'en a donné du travail, celui-là ! Il arrange son châle de prières, demande où se trouve le bébé.

Mon père me sort du cageot et me dépose sur la table. « Mon Dieu, s'écrie le mohel lâchant la sacoche et reculant. Il fait demi-tour, il court vers la porte. Mon père court derrière lui, l'attrape : Tu ne vas pas t'enfuir, mohel ? Tu vas faire ce qui doit être fait ! Mais c'est un cheval, crie le mohel, essayant de se dégager des mains puissantes de mon père, je n'ai pas l'obligation de pratiquer la circoncision sur un cheval. Ce n'est pas un cheval, hurle mon père, c'est un enfant avec un défaut, un enfant juif !

Ma mère et mes sœurs pleurent en silence. Voyant que le mohel a cessé de se débattre, mon père le lâche, puis barre la porte. Le petit homme, titubant, s'appuie contre le mur, il tremble, garde les yeux fermés. Mon père lui apporte la sacoche avec les instruments : Allons, mohel. Je ne peux pas, implore-t-il. Je suis très nerveux. Mon père va à la cuisine, revient avec un verre de cognac.

— Bois. Ça va te remonter.

— Mais je n'ai pas l'habitude...

— Bois !

Le mohel vide le verre d'un trait. S'étouffe, tousse.

— Ça va mieux ? demande mon père. Ça va mieux, soupire le mohel. Il demande à mon père de me prendre sur ses jambes, sort de la sacoche la lame rituelle. Mais il hésite encore : Tu le tiens ferme ? demande-t-il, regardant mon père par-dessus les lunettes. Il ne bougera pas, soyez tranquille, vous pouvez commencer, dit mon père. Il ne va pas me décocher un coup ? insiste le mohel. Il n'y a pas de danger, garantît mon père, vous pouvez y aller.

Le mohel s'approche, mon père tient mes pattes postérieures. Et les voilà enfin, face à face, le pénis et le mohel, le grand pénis et le petit mohel. Le petit mohel fasciné. Jamais il n'a vu un pénis pareil, le mohel Rachmiel, lui qui a déjà tant fait de circoncisions. Il sent que ça va être une expérience transcendante — la grande circoncision de sa vie, celle dont le souvenir l'accompagnera jusqu'au tombeau. Cheval ou pas, peu importe. Il y a un prépuce, et il fera ce que la Loi prescrit pour les prépuces juifs. Il serre la lame, respire à fond...

C'est un expert, le mohel. En quelques minutes, le tour est joué, il se laisse tomber sur la chaise, épuisé, alors que mon père essaie d'apaiser mes hurlements, me berçant, me promenant d'un côté à l'autre de la pièce. Finalement je me calme, il me remet dans le cageot. Ma mère se sent mal, Débora et Mina sont obligées de la mettre au lit.

— Redonne-moi du cognac, demande le mohel, d'une voix à peine audible. Mon père lui verse un verre et se sert à son tour. Après tout, il est satisfait : la Loi a été accomplie. Il invite le mohel à rester avec la famille : nous avons un lit à votre disposition. Le mohel sursaute, non. C'est hors de question ! Ramène-moi ! Comme vous voudrez, dit mon père, surpris et confus : pourquoi tant de criailleries maintenant que le pire est passé ? Il met son manteau : à votre disposition. Le mohel ramasse les instruments, les fourre dans la sacoche et, sans prendre congé, ouvre la porte et grimpe dans la charrette.

Le trajet de retour se fait en silence. Ils arrivent devant la maison du mohel à l'aube, les coqs chantent déjà. Combien est-ce que je vous dois ? demande mon père, tandis qu'il aide le mohel à descendre. Rien, marmonne-t-il, tu ne me dois rien, je ne veux rien. C'est entendu, dit mon père, et il le tient fermement par les bras, mais il y a une chose : Tout ceci doit rester entre nous, c'est clair ? Le mohel le regarde, avec haine, d'un mouvement brusque, il se dégage, entre dans la maison, claque la porte derrière lui. Mon père remonte sur le banc de la charrette, fait claquer sa langue. La jument se met en marche. Le voilà qui revient vers la ferme, vers sa famille. Vers le petit Guedali.

Quelques semaines plus tard, je fais mes premiers pas.

C'est que ma partie équine se développe plus rapidement que ma partie humaine (va-t-elle vieillir plus vite ? Va-t-elle mourir avant ? Les années à venir montreront que non). Les mains s'agitent encore sans but, incoordonnées, les yeux n'identifient pas les images ni les oreilles les sons — et déjà les pattes emportent ici et là un corps qui ne tient pas droit, qui oscille de façon grotesque comme celui d'une poupée. Ils ne peuvent pas s'empêcher de rire, mes parents et mes sœurs (mais pas mon frère) devant l'air effrayé du bébé qui tantôt se trouve dans le cageot, tantôt dans la cuisine, tantôt à l'extérieur, d'où on s'empresse de le ramener. C'est une des choses que mon père va décider par la suite : Guedali ne devra pas sortir des limites de la ferme. Il pourra courir dans les champs avoisinants, cueillir des mûres sauvages, il pourra se baigner dans le ruisseau — mais que personne ne le voie ; c'est un homme d'expérience, Leão Tartakovski, il connaît la méchanceté du monde. Il faut que son fils soit protégé ; c'est une créature au fond très fragile. Lorsque des inconnus arrivent à la ferme on me cache dans la cave ou dans l'étable. Au milieu d'outils inutilisables et de vieux jouets (des poupées sans tête, des chariots cassés) ou parmi des vaches qui ruminent en silence, je commence à prendre douloureusement conscience de mes pattes, de mes sabots (je vais être obligé de porter ces choses qu'on appelle fers). Je prends conscience de ma queue, belle, bien fournie ; de mon pénis démesuré, qui porte la cicatrice de la circoncision. Je prends conscience de mon ventre énorme — il m'en faudrait des mains pour gratter un ventre pareil — et des longues tripes qui digèrent et assimilent les aliments, le plus souvent inadéquats pour un organisme de cheval, bien que pour les hommes et spécialement pour les Juifs — ce soit une nourriture savoureuse : soupe de betteraves, poisson frit, pain azyme de Pâque.

(Il est clair que bien avant cela, j'aurai déjà pu me faire une idée, même vague, de la nature monstrueuse de mon corps. Ce n'est pas difficile à imaginer : au bout de quelques mois, couché dans le cageot, j'aurai à un certain moment porté une de mes pattes à la bouche, comme le font d'habitude les enfants avec leurs petits pieds ; le sabot m'aura blessé à la lèvre, cette douleur aiguë, cette souffrance, aura imprimé en moi l'idée du conflit entre dureté et douceur, entre brutalité et délicatesse, entre l'équin et l'humain. La nuit, j'ai dû probablement vomir.)

Petit à petit, la sensation de différence, de bizarrerie m'imprègne, fait corps avec mon être ; avant même la question — inévitable, mais qui fait très peur à mes parents : pourquoi suis-je ainsi ? Que s'est-il passé pour que je naisse de cette manière ?

A ces questions mes parents répondent évasivement. Leurs réponses ne font qu'aggraver l'angoisse dans laquelle (depuis la vision du cheval ailé, je crois) mon être se trouve immergé ; angoisse qui se cristallisera, qui se déposera pour toujours dans la moelle de mes os, dans les racines de mes dents, à la naissance de mes cheveux, dans le parenchyme de mon foie, dans la matrice de mes sabots. Mais la tendresse de ma famille agit comme un baume ; les blessures se cicatrisent, les parties dispersées se rassemblent, la souffrance acquiert un sens : je suis un centaure, un être mythologique, mais je suis également Guedali Tartakovski, le fils de Leã et de Rosa, le frère de Débora, de Mina et de Bernardo ; le petit Juif. C'est grâce à cela que je ne sombre pas dans la folie ; je traverse l'effroyable tourbillon — un voyage à travers de nombreuses nuits obscures — mais j'émerge, bien que tout étourdi et affaibli, de l'autre côté, c'est un sourire pâle que découvre Mina sur mon visage, le matin ; mais cela suffit à la faire battre des mains, contente :

— Viens, Guedali ! Viens jouer, ma puce !

Mina aime les animaux et les plantes. Elle connaît le nom de chaque arbre, elle identifie le chant des oiseaux de la région, elle sait prévoir le temps qu'il fera d'après leur vol, elle pêche avec grande habileté, attrape les cobras et les araignées à la main, court dans les champs nu-pieds, sans se blesser sur les cailloux, grimpe aux arbres avec une agilité étonnante. Touche, dit-elle à Débora, tu vois comme il est doux, son poil. La timide Débora s'approche. Ses doigts me caressent, jouent avec ma queue (c'est une sensation qui persistera longtemps en moi, il me suffira de l'évoquer pour que mon pelage se hérisse, pour que des ondes de volupté se mettent à glisser sur mon cuir). Moi, couché sur le sol, elles allongées près de moi appuyant leur tête sur ma croupe. Que c'est bon d'être ainsi, dit Débora, son visage tourné vers le ciel. (Un ciel sans nuages. Sans la moindre forme ailée.) Mina se lève d'un bond : Venez, on va jouer ! On va faire un jeu de poursuite. Moi, exprès, je trotte lentement, j'attends qu'elles me rattrapent. Elles rient aux larmes.

Bernardo nous observe, de loin. A mesure que le temps passe, il se fait plus silencieux. Mon père l'aime beaucoup ; il est industrieux, le petit, il aide aux travaux des champs, il est d'une habileté extraordinaire, il improvise de l'outillage pour la ferme, fabrique des ustensiles pour la cuisine que ma mère exhibe avec fierté, construit toutes sortes de pièges pour lièvres et rats. Mais c'est à peine s'il me parle, malgré l'insistance de Débora et de Mina. Il préfère m'ignorer. J'aurais dû partager une chambre avec lui mais, sentant son hostilité, mon père a préféré m'en construire une autre, annexe à la maison : un logement spacieux, avec une entrée indépendante où je peux aller et venir à volonté. Il est préférable, d'ailleurs, que je n'entre pas trop souvent dans la maison. Mes pas font trembler les murs, les verres de cristal que ma mère a apportés d'Europe — son unique richesse — tintent dangereusement dans la vitrine. Cependant, les repas, eux, doivent être pris en famille ; moi, debout à côté de la table, tenant mon assiette, mon père racontant des histoires bibliques, ma mère veillant à ce que je mange assez. Peu à peu, elle découvre les particularités de mon alimentation. Il faut qu'elle soit abondante (mon poids équivaut à celui de plusieurs enfants de mon âge) et surtout, elle doit comporter beaucoup de verdure, comme l'avait déjà remarqué la sage-femme. Mon père se met donc à cultiver un grand jardin potager ; j'y consomme chaque jour plusieurs pieds de laitue, des choux, des blettes. Et je pousse bien.

Il y a d'autres problèmes : les vêtements, par exemple. Ma mère tricote des pull-overs adaptés à mon corps : ils finissent en une sorte de manteau qui me couvre les reins — il fait froid, l'hiver, dans le Sud. Ces travaux la consolent ; mais elle n'arrive pas, cependant, à se remettre totalement du choc. Souvent, elle me regarde avec un air de douloureuse surprise. C'est comme si elle se demandait : quelle créature est-ce là, comment a-t-elle pu sortir de mon ventre ? Mais elle ne dit rien, m'embrasse avec force ; c'est vrai qu'elle évite de toucher mon pelage qui lui donne des allergies.

Pendant la révolution de 93 [3], on a beaucoup parlé d'une mystérieuse créature, moitié homme, moitié cheval, qui envahissait les campements légalistes, enlevait quelque malheureuse recrue, l'amenait au bord de la rivière et l'égorgeait.

Ce n'était pas moi. Je ne suis né que longtemps après.

Dans un livre qui parle des légendes du Sud, Débora m'apprend à lire. J'apprends avec une très grande facilité ; Negrinho do Pastoreio et Salamanca do Jarau n'ont bientôt plus de secret pour moi, ils font partie de mon quotidien.

J'aime que Débora lise pour moi. J'aime la voir écrire, dessiner. Et surtout j'aime la voir jouer du violon.

Le violon se trouvait dans ma famille depuis des générations. Mon grand-père, Abraham Tartakovski, l'avait donné à mon père dans l'espoir d'en faire un grand virtuose, comme il en existait beaucoup dans la Russie de l'époque : Misha Elman, Gabrilovitch, Zimbalist — tous de jeunes prodiges juifs. Mon père, cependant, n'aimait pas la musique. Il apprit à jouer mais sans grande conviction. Aussitôt arrivé au Brésil, il mit le violon dans un vieux caisson et l'oublia. Ce fut Débora qui le découvrit, elle demanda à mon père de lui apprendre à jouer. Elle avait une excellente oreille, elle apprit tout de suite ; puis elle continua de pratiquer tous les jours.

Une scène émouvante :

Debout, au milieu de sa chambre que le soleil remplit de lumière, Débora joue du violon. Les yeux entrouverts, elle exécute des morceaux qu'elle connaît par cœur : *Rêve d'Amour Numéro Cinq*, et d'autres. Je l'épie par la fenêtre, extasié. Elle ouvre les yeux, m'aperçoit, sursaute. Puis elle sourit. Elle a une idée : Tu veux apprendre à jouer, Guedali ?

Si je veux ? Mais je ne veux que cela ! Nous allons dans la cave — désormais transformée en studio — et là elle m'enseigne la position des doigts, le mouvement de l'archet. J'apprends vite.

J'erre à travers champs, jouant du violon. La mélodie se fond avec le murmure du vent, avec le chant des oiseaux, le cri des cigales ; c'est tellement beau que mes yeux se remplissent de larmes ; j'oublie tout, j'oublie que j'ai des pattes et une queue, je suis un violoniste, un artiste.

— Guedali ! crie ma mère, au loin. Viens manger !

Manger ? je ne veux pas manger. Je veux jouer du violon. Je joue du violon dans l'herbe, je joue dans le ruisseau, les pattes dans l'eau gelée ; je joue dans le bosquet, les feuilles des arbres tombent sur ma croupe, restant collées contre mon poil humide.

Un soir pluvieux du mois de septembre. Je suis au bord d'un précipice en train de jouer une mélodie de ma composition. Soudain un claquement, une corde casse. J'arrête de jouer. Je reste là à regarder le violon. Puis, sans réfléchir, sans hésiter, automatiquement, je le jette dans le ruisseau tout en bas. Les eaux argileuses l'emportent doucement. Trottant sur la berge, je suis son parcours. Je le vois heurter un tronc submergé, je le vois couler. Puis je retourne à la maison.

En chemin, je me rends compte de ce que j'ai fait. Et maintenant, me dis-je, inquiet, que vais-je leur dire ? Je galope dans tous les sens, sans avoir le courage d'entrer.

Finalement, j'ouvre la porte. Débora est assise dans la salle à manger, elle lit à la lumière de la lampe. J'ai perdu le violon, lui dis-je de la porte. Elle me regarde, incrédule :

— Comment, Guedali ? Tu as perdu le violon ?

— Je l'ai perdu, répété-je d'une voix tremblante, mal assurée. Mon père apparaît : Qu'est-ce que c'est que cette histoire, Guedali ? Tu as perdu le violon ? Je l'ai perdu, insisté-je, je l'ai laissé quelque part, je ne sais plus où.

Ils sortent tous, la lampe à la main, à la recherche du violon. Ils battent la campagne pendant des heures. Enfin ils se rendent à l'évidence : le violon est bel et bien perdu. Et avec la pluie qui tombe à torrents, il sera irrémédiablement endommagé. Ils reviennent à la maison. Débora s'enferme dans sa chambre, elle pleure, Mina me reproche ma négligence.

A l'aube, je tente de me tuer.

Seul dans la cave, j'arrache d'une vieille planche vermoulue un énorme clou. Je lacère de coups répétés mon dos, mon ventre, mes pattes, ma poitrine, me mordant les lèvres pour ne pas crier.

Le sang jaillit, ça ne m'arrête pas, je continue. Bernardo arrive pour chercher quelque outil. Il me voit : Mais qu'est-ce que tu fais, demande-t-il alarmé. Il comprend tout, se jette sur moi, tente de me désarmer. Je résiste. Nous luttons, il finit par m'arracher le clou. Il court appeler Débora et Mina.

Elles arrivent, me font des pansements. Elles restent avec moi toute la journée, à me raconter des histoires, à me distraire. Des histoires de dragons et de princesses, de fées et de géants, de sorcières et de fétichistes. Ça ne sert à rien, petites sœurs, dis-je, moi, ce que j'aurais voulu c'est être une personne, être comme notre père, comme Bernardo. Elles sont confuses, ne savent pas quoi dire ; elles me recommandent de beaucoup prier. Et je prie beaucoup, je pense à Dieu avant de m'endormir. Mais la figure qui apparaît dans mes rêves n'est pas celle de Jehova ; c'est celle du terrible cheval ailé.

Pendant les semaines suivantes, je fuis la famille. Je n'ai envie de parler avec personne. Je galope à travers champs, m'aventurant chaque fois plus loin. C'est ainsi que je rencontre le petit Indien.

Lui est en train de sortir du bois, moi, j'avance sur le sentier. Soudain nous nous trouvons face à face. Surpris, méfiants, nous restons là à nous regarder. Je vois un garçon nu, bronzé, armé d'un arc et de flèches — un sauvage ; je connais leur existence à travers les histoires que racontent mes sœurs. Et lui, est-il étonné de me voir ? Impossible à dire. Il me fixe, imperturbable.

J'hésite. Je devrais m'enfuir, je devrais rentrer à la maison comme me l'a recommandé mon père ; mais je n'ai pas le désir de fuir. Je m'approche de l'Indien à la manière des Blancs dans les histoires de mes sœurs — en levant la main droite, en signe de paix, et en répétant : *ami, ami.* Toujours immobile, il continue à me regarder. Je devrais lui offrir un présent, mais quel présent ? Je n'ai rien. J'ai une idée. J'enlève mon tricot, je le lui offre : *présent, ami.* Il ne dit rien, mais il sourit. J'insiste : *prends, ami. Beau tricot ! Mère qui a fait !* Nous sommes maintenant très proches l'un de l'autre. Il prend le tricot, l'examine, curieux, le renifle. Il l'attache à sa ceinture. Et il me donne une flèche. Puis il recule lentement, d'une vingtaine de pas ; il me tourne le dos et disparaît dans le bois.

De retour à la maison, je m'enferme dans ma chambre. Mon père vient m'appeler pour le dîner ; je lui dis que je n'y vais pas, que je n'ai pas faim. Je ne veux parler avec personne. Je me couche, mais je suis tellement excité que je n'arrive pas à dormir. Je me suis fait un ami, ma vie dorénavant ne sera plus la même. La flèche appuyée contre ma poitrine, je fais des projets. J'apprendrai au petit Indien (j'en devine même le nom : Peri) notre langue, il m'enseignera la sienne. Nous serons de grands camarades, Peri et moi. Ensemble nous explorerons la forêt. Nous aurons des cachettes secrètes, nous établirons des pactes, des rituels. Et nous serons inséparables.

J'attends avec impatience que le jour se lève. Je cours vers l'endroit où je l'ai rencontré, apportant avec moi des offrandes précieuses, des jouets qu'on m'a donnés pour mon anniversaire ; des fruits de saison ; et un collier de ma mère que j'ai subtilisé par la fenêtre. Elle y tient beaucoup à ce collier, je le sais. Mais pour un ami il faut tout faire, même voler.

Le petit Indien n'est pas là. Pourquoi serait-il là ? Je ne sais pas : j'étais sûr de l'y trouver, je n'arrive pas à croire qu'il ne soit pas venu. Je fais un tour dans les parages, je monte sur une petite hauteur. Je pénètre dans le bois :

— Peri ! C'est moi ! Ton ami ! Viens, Peri !

Il n'apparaît pas. Je l'attends pendant des heures. Rien. Déçu, je retourne à la maison, je m'enferme dans la chambre, à nouveau je refuse de manger. (Il gronde, mon estomac, mon estomac de cheval ; mais ma bouche sèche, elle, se refuse à avaler quoi que ce soit.)

Le jour suivant, je reviens au même endroit. Et le jour d'après non plus, Peri n'est pas là. Je suis contraint de me rendre à l'évidence : il m'a abandonné. Même les Indiens ne veulent pas de moi, pensai-je, amer.

Cette fois encore, c'est la tendresse de mes sœurs qui me réconforte. Elles jouent avec moi, me distraient. Grâce à elles, je retrouve le sourire.

Mais je pense toujours à Peri. Peut-être lui est-il arrivé quelque chose, me dis-je, peut-être est-il malade ; peut-être va-t-il revenir me chercher. Les Indiens sont maîtres dans l'art de suivre les pistes, ça aussi je le sais bien. Et parfois je me réveille au milieu de la nuit, avec la sensation que quelqu'un frappe à la porte de la chambre.

— Peri ?

Ce n'est pas Peri. C'est le vent ; ou bien c'est notre chien, Pharaon. Je soupire, je cherche, à tâtons, la flèche que je garde sous mon lit. Et je m'endors à nouveau.

Ainsi, jetant ou non des violons dans la rivière, tentant ou non de me tuer, trouvant un ami puis le perdant, je poursuis mon existence.

Elle est calme, l'existence à la ferme. Les jours de la semaine sont faits de dur labeur, auquel je commence à prendre part. Mon père s'oppose, indigné, à ce que je tire la charrue, mais à présent, j'ai mon propre potager à cultiver, où je plante également du maïs ; les épis qui poussent, les grains jaunes qui guettent sous la balle verte, toutes ces choses me ravissent.

Le vendredi soir, tout le monde revêt ses plus beaux habits. On se réunit autour de la table, où les verres de cristal, que ma mère a apportés d'Europe, scintillent sur la nappe blanche. Ma mère allume les bougies, mon père prononce la bénédiction, et nous célébrons ainsi l'arrivée du sabbat. Nous célébrons également la Pâque et le Nouvel An juif. Nous jeûnons le jour du Kippour — jour où toute la famille au grand complet se rend en ville, à la synagogue. A ces occasions, mon père rencontre le mohel. Ils se fixent longuement. Ils n'échangent pas le moindre mot.

La saison venue nous plantons le blé. Les poules naissent, pondent, sont sacrifiées. Les vaches font des veaux. Une fois — à notre grande frayeur — une nuée de sauterelles survola la ferme ; heureusement, il n'y eut pas beaucoup de dégâts. Les saisons se succèdent ; ce sont de bonnes années, selon mon père, ni trop sèches, ni trop humides. Auprès de lui, j'apprends les phases de la lune et j'apprends aussi des chants yiddish. Assis tous ensemble autour de la grande cheminée où crépite un joyeux feu de bois, nous buvons le thé et nous mangeons des galettes ; parfois nous avons même droit au maïs soufflé, aux pignons chauds, aux patates douces rôties.

Toute la famille réunie : n'est-ce pas là un émouvant tableau ! On aurait bien envie d'en effacer le demi-cheval (couché par terre et presque entièrement enfoui sous une couverture) qui vient compléter la deuxième moitié du jeune garçon. Pourquoi ne pas arrêter le regard à mon visage — à l'âge de onze ans je suis un joli garçon, aux cheveux châtains, aux yeux vifs, à la bouche énergique — et à mon thorax, et oublier le reste. Je parviens pour un court instant à me détendre à la chaleur du feu et à laisser le temps filer, sans penser à rien.

Mes parents, eux, n'oublient pas, cependant. Ils ne se détendent pas, eux, n'arrêtent pas de penser ; surtout mon père. Souvent il se lève la nuit pour me regarder pendant mon sommeil. Il m'observe, inquiet, rempli de mauvais pressentiments, mon sommeil est agité, je murmure des choses incompréhensibles, mes pattes remuent sans cesse. Il observe surtout le grand pénis — pénis circoncis, mais pénis de cheval. Quelle femme (femme, mon père est incapable de songer à une autre femelle. Jamais par exemple il ne songerait à une jument. Jamais de la vie. Pour mon père je suis un homme ; un homme avec des appendices anormaux, mais un homme tout de même) voudra-t-elle de lui, se demande-t-il, quelle femme acceptera de partager son lit ? Une prostituée peut-être ; une femme ivre, une folle, une tarée. Mais une jeune fille juive de bonne famille, comme celles d'Erechim, par exemple ? Jamais, conclut mon père avec un pincement au cœur. Jamais : elles tomberaient évanouies rien qu'à le voir.

Pourtant, mon père le sait bien, un jour son fils Guedali éprouvera le désir d'une femme. Un désir irrésistible. Que va-t-il se passer alors ? Mon père ne veut même pas songer à ce qui pourrait se passer, alors, par une nuit de septembre.

Veille du douzième anniversaire de Guedali.

Nuit très chaude. Même pour un mois de septembre. Chaleur insoutenable.

Cette nuit-là, le jeune homme ne réussira pas à trouver le sommeil. Agité, le visage enflammé, il se roulera dans tous les sens sur son lit de paille. (C'est le désir : le grand pénis est en érection, palpitant. Que faire ? Se masturber ? Impossible : les doigts humains se refusent à toucher la peau du cheval.) N'y tenant plus, Guedali partira vers les champs. Il se frottera contre les arbres, se jettera dans la rivière, rien n'y fera. Il poursuivra son galop éperdu, effrayant la faune nocturne.

Dans une ferme du voisinage, il trouvera, à l'intérieur d'un enclos rudimentaire fait de troncs d'arbre, un troupeau de chevaux. Des chevaux et des juments qui le regardent, immobiles sous le clair de lune.

Le centaure s'approchera, tout doucement. Le centaure apercevra une jument, une belle jument toute blanche, avec une très longue crinière. Le centaure caressera ce poil soyeux de ses mains tremblantes, le centaure murmurera, à l'oreille de la jument, quelques petits mots de tendresse. Le centaure : la gorge sèche, les yeux écarquillés, le centaure soudain la montera. L'endroit se transformera en un véritable enfer ; alors que les bêtes fuieront dans tous les sens, se heurtant contre les troncs de l'enclos, le centaure criera :

— Je veux jouir ! Merde ! Je veux jouir de n'importe quelle manière !

Il satisfera son désir — de n'importe quelle manière — brusquement, comme quelqu'un qui veut mourir. Puis il courra vers la rivière, il y prendra un bain purificateur.

(La patte touchera un objet enseveli dans le fond boueux. Le violon ?)

Il retournera à la maison, pénétrera dans sa chambre doucement, sans faire de bruit, comme un voleur.

L'histoire ne finit pas là. Tout cela, même l'imagination de mon père aurait pu le concevoir. Du moins pendant les moments d'hallucination. Mais ce n'est pas tout.

La jument se mettra à le suivre partout.

La nuit Guedali se réveille, troublé. Il entend les hennissements suppliants : la jument est là, près de la fenêtre de sa chambre.

Guedali enfouit sa tête sous son oreiller. Inutile, il continue de l'entendre. Il se lève, essaie de la chasser : Va-t'en d'ici, malheureuse ! gronde-t-il à mi-voix, il a peur de réveiller ses parents. Mais la jument ne s'en va pas. Guedali lui lance des pierres, lui donne des coups de manche de bêche. Inutile.

Elle le suit également pendant le jour. Le propriétaire est obligé de venir la chercher. Je ne sais pas ce qui arrive à Mimosa, dit-il intrigué à Leão, elle s'enfuit à tout bout de champ pour venir ici. Il la sangle — elle se rebiffe, se cabre, ne veut pas partir. L'homme se met à la cravacher, à lui labourer les flancs à coups d'éperons ; finalement ils partent au galop, disparaissent dans un nuage de poussière. Dans sa cachette, au fond de la cave, Guedali soupire, soulagé. Mais à nouveau, la nuit — des hennissements. A ce moment-là, un doute parmi tant d'autres l'assaille : se pourrait-il que la jument soit pleine ? Cette éventualité le remplit de terreur. L'image d'un autre centaure, ou d'un cheval ou — pire — d'un monstre avec un corps de cheval et une tête d'homme ; ou un cheval avec des lèvres d'homme, ou une oreille d'homme ou une jument avec des seins de femme, ou un cheval avec des pieds humains — cette image ne va plus laisser Guedali en paix.

Pas plus que Pacha, d'ailleurs. Pacha l'alezan mâle de la jument, à présent délaissé par celle-ci. Pacha va le poursuivre, cherchant à obtenir vengeance. Et Guedali ne pourra pas se dérober à la lutte finale.

Une nuit, Pacha viendra frapper à grands coups de sabot contre sa porte. Guedali criera : Maintenant ça suffit ! Et il sortira, il affrontera l'ennemi, sous l'œil excité de la jument blanche.

Ce sera sabot contre sabot, et les poings du garçon contre les dents du cheval — une bataille sans merci. Physiquement, l'alezan aura un avantage : en mordant Guedali, il pourra facilement lacérer son cuir ; ses sabots sont puissants, mais la mâchoire de Pacha sera plus puissante encore. Et l'intelligence ? Sera-t-elle supérieure à l'instinct, à la furie de l'animal en lutte pour la survie — et pour sa femelle ? Guedali aura-t-il la présence d'esprit de se munir d'un couteau et de s'en servir au moment propice ?

Mon père fait part de ses craintes à son épouse. Elle ne laisse pas passer cette chance : Alors partons d'ici, Leão. Je t'ai toujours dit qu'on ne devrait pas vivre dans un endroit peuplé par toutes ces bêtes, tous ces chevaux. Partons en ville, Leão. Là-bas, nous aurons d'autres possibilités, il y a des hôpitaux, des bons docteurs — peut-être trouveront-ils un traitement pour notre fils. Nous avons quelques économies, tu pourras ouvrir un magasin. Et puis nous habiterons un endroit à l'écart, où personne ne pourra découvrir l'existence de Guedali.

Quitter la ferme ? se demande mon père, alors qu'il marche dans les champs. L'idée le rebute. Il aime cet endroit. Il aime labourer, semer le blé, il aime sentir les épis mûrs contre ses doigts. Et puis, quitter la terre, ne serait-ce pas trahir la mémoire du baron Hirsch, du saint ? Mon père hésite.

Des événements soudains vont l'obliger à précipiter sa décision.

On me découvre.

Et qui encore : Pedro Bento, le fils du propriétaire de la ferme voisine, un garçon au très mauvais caractère. Il pénètre dans nos terres à la poursuite d'un bouvillon égaré, monté sur le rapide Pacha.

Mon père et moi sommes en train de semer le blé dans les champs, loin de la maison. Mon père est contrarié, il n'avait pas envie de venir. Il est justement en train de me dire qu'il n'aime pas que je reste autant à découvert, lorsque Pedro Bento apparaît. Fuis, Guedali, s'écrie mon père, mais il est déjà trop tard, avant que je ne puisse faire le moindre mouvement, Pedro Bento est sur nous. Il saute de cheval, s'approche, m'examine, émerveillé ; il essaie de me toucher — je recule, effrayé. Quant à mon père, dont il est facile de lire l'angoisse sur le visage, il nous regarde inquiet sans savoir quoi faire.

— Quel animal est-ce donc là, Leão ? demande Pedro Bento. Je n'ai jamais vu une chose pareille. Où êtes-vous allé chercher une bête aussi curieuse ?

Mon père bredouille quelques mots confus ; il finit par demander à Pedro Bento de garder le silence sur ce qu'il a vu. Il lui offre de l'argent. Le garçon accepte l'argent, promet de ne rien dire à personne, mais il impose une condition : il veut revenir me voir tous les jours. Mon père ne peut rien faire d'autre qu'accepter.

Pedro Bento revient en effet tous les jours. Il essaie d'amorcer une conversation, je ne réponds que par monosyllabes. Il commence à me plaire, cependant. Il est sympathique, il raconte des histoires intéressantes. Serait-ce lui, mon premier ami ? Sera-t-il pour moi ce que ne fut pas Peri ?

Un jour il m'invite à faire une promenade dans les champs. Il monte Pacha, comme d'habitude, et nous partons au trot. Il a l'air différent, excité, ses yeux brillent, il ne répond pas à mes questions. De temps à autre, il émet un long sifflement. Soudain, en passant sous un petit bois, il saute de son cheval, et tombe sur mes reins.

— Qu'est-ce que tu fais ? crié-je, surpris et irrité.

Il rit, pousse des hurlements de triomphe, et je comprends aussitôt : trois jeunes garçons sortent du bois — les frères de Pedro Bento.

— Vous avez vu ? s'écrie-t-il. Alors, est-ce que je vous avais menti ?

Pleurant, effrayé, je tourne, je me cabre, essayant de me débarrasser de lui. Je n'y parviens pas : il a l'habitude de dompter les chevaux sauvages, Pedro Bento. Il s'accroche à mon cou, m'étranglant presque. Finalement, je pars en flèche vers la maison. Maintenant, c'est à son tour d'avoir peur.

— Arrête, Guedali, arrête ! laisse-moi descendre ! Ce n'était qu'une plaisanterie !

Je ne l'entends pas ; je ne m'arrête pas avant d'être arrivé à la maison. Alerté par le bruit, mon père sort de l'étable. Ah le fils de pute ! crie-t-il, hors de lui. Il me débarrasse de Pedro Bento, le renverse d'une gifle, continue à le corriger, jusqu'à ce qu'il se retrouve par terre sans connaissance, le visage ensanglanté.

Cette nuit-là éclate un orage. Puis il continue de pleuvoir sans interruption pendant une quinzaine de jours. La récolte de blé est perdue. La pluie torrentielle creuse de véritables grottes dans la terre rouge. Des objets commencent à apparaître : des galets à la forme bizarre ; des pointes de flèche ; des vases d'argile. Et le squelette d'un cheval. Un squelette complet, couché sur le flanc, la tête allongée, la mâchoire ouverte, les orbites pleines d'argile.

— Allons-nous-en, dit mon père, partons pour la ville.

C'est avec douleur que je quitte la ferme. La terre, les pâturages, autant d'éléments familiers à mes sabots ; accepteront-ils, ces sabots, les pavés de la ville ? Je trotte dans les champs une dernière fois, je fais mes adieux aux arbres, aux oiseaux, à la petite rivière, je murmure un adieu aux vaches et aux bouvillons. Je laisse un cadeau à l'endroit où j'ai rencontré Peri : une chemise enveloppée dans une feuille de journal.

Je retourne dans ma chambre, je regarde autour de moi, je soupire : ce n'était pas si mal ici, après tout.

Comme nous n'avons pas de camion et qu'il ne sait pas conduire, mon père loue, pour le déménagement, deux grands chariots. Dans le premier, conduit par mon frère, nous rassemblons quelques petites choses, ainsi que des meubles et des vêtements, les verres de cristal apportés de Russie, le portrait du baron Hirsch. Dans l'autre, conduit par mon père, on me fait entrer, moi, bien caché sous une couverture de laine. Ma mère et mes sœurs nous suivent en autobus.

La sage-femme vient nous dire au revoir. Elle m'embrasse en pleurant, ses larmes tombent sur mon pelage : que Dieu te protège, mon fils. Elle me remet un paquet que m'envoie le docteur Oliveira. Il contient les négatifs des photos qu'il a prises, ainsi qu'un billet où il me demande de les détruire moi-même ou de les garder en souvenir pour le jour où grâce à un traitement quelconque je serai devenu une personne normale.

Peu avant notre départ arrive le mohel. Il ne dit rien, me remet un livre de prières en hébreu, ainsi qu'un châle richement brodé, puis il s'en va. Nous partons.

Je ne garderai que quelques souvenirs confus de ce voyage : le visage de mon père assis sur le palonnier, enveloppé dans un grand manteau de paysan, la pluie qui ruisselait sur son chapeau rabattu ; le dos mouillé des chevaux luisant dans la pâle clarté du matin. Le chemin étroit et boueux. Les arbres ébranchés. Le crâne blanchâtre d'un bœuf enfoncé dans un pieu de clôture. Des oiseaux posés sur les barbelés.

Nous avançons lentement, avec de fréquents arrêts. Nous préparons nous-mêmes nos repas au bord de la route. Je profite de la nuit pour étirer mes pattes engourdies par l'immobilisation prolongée. Je trotte dans les champs, fais quelques bonds dans les prés, me cabre sur mes pattes postérieures, je frappe ma poitrine de mes poings serrés, je pousse un cri sauvage. Bernardo me regarde d'un œil réprobateur, mon père crie : Reviens, tu es fou. Tu veux qu'on nous découvre, peut-être. J'arrive au galop, je m'arrête net devant lui, je l'embrasse. C'est un homme grand, mais ma taille, à cause de mes longues pattes, est encore plus haute, je dois me pencher en avant pour lui murmurer à l'oreille : Je suis heureux, père.

(C'est vrai : je suis heureux.)

Nous retournons près du feu. Mon frère, silencieux, prépare un riz de charretier, le visage dur éclairé par le reflet des flammes.

Nous arrivons enfin à Porto Alegre. Mon père soupire : ici, tu vas être tranquille, mon fils. Personne ne fera attention à toi, ici. Les gens de la ville ne s'étonnent de rien.

Maison dans le quartier de Teresopolis
Porto Alegre
1947-1953

Mes parents et mes sœurs, installés dans un petit hôtel bon marché, étaient à la recherche d'une maison. Quant à moi, il me fallut rester dans le chariot, caché dans le bois, à proximité de la ville. Bernardo, abrité dans une vieille masure, éloignait les curieux et préparait nos repas, aussi laconique que d'habitude. Un soir, cependant, il but toute une bouteille de vin — et se mit à parler. Il dit tout ce qu'il avait sur le cœur ; combien il m'enviait, moi, le protégé de la famille ; sa rancœur contre notre père.

— Je voulais la montre Patek Philipe, celle de notre grand-père. Ah, ça non, pas question de me la donner. Mais le violon, aussitôt que Débora l'a voulu, elle l'a eu. Débora et toi. Pour moi, rien. Pour vous, tout.

Il parla de ses projets : Je veux gagner beaucoup d'argent, disait-il. Je veux aller dans les cabarets et en ressortir avec deux, trois femmes. Tu te rends compte que je ne suis encore jamais allé avec une femme, Guedali ? Sa voix était pleine de rancœur. J'ai dix-huit ans passés et le vieux ne m'a encore jamais donné d'argent pour aller au bordel. Sa voix s'étranglait. Il se tut. Puis il se mit à ronfler.

Je le pris dans mes bras, le ramenai à la baraque. Le jour suivant, il ne se rappelait plus rien. Il continuait à me regarder comme toujours, l'air fâché.

Mes parents voulaient une maison dans un quartier isolé ; ils ne pouvaient pas habiter le Bom Fim où toutes les familles juives se connaissaient, ni le centre, ni Petropolis. Il leur fallait un endroit à l'écart des lieux habités, bref, un endroit situé plus dans les bois que dans la ville.

Ils achetèrent une maison à Teresopolis. Une vieille maison, avec de grandes chambres et un vaste jardin, plein d'arbres ; située au sommet d'une butte, c'était l'unique maison à cent mètres à la ronde. Une espèce de fosse l'entourait, formant une sorte d'obstacle naturel et empêchant ainsi les étrangers d'approcher. De surcroît, le mur d'enceinte était très haut. Je serais tout à fait à l'abri des regards indiscrets.

Dans le sous-sol, l'ancien propriétaire, un distributeur de boissons, avait fait aménager un entrepôt. C'est là où il gardait ses caisses que serait ma chambre. Le premier samedi et le premier dimanche, nous les passâmes à arranger, à nettoyer, à repeindre les murs en vert clair ; l'ancien dépôt devint bientôt un endroit très accueillant. Il mesurait plus de dix mètres de long, ce qui me permettait même d'amorcer un bref galop, qu'il me fallait bien sûr interrompre brusquement lorsque j'atteignais le mur. Mais sa largeur était bien moindre et il n'y avait aucune possibilité de galop, en largeur.

Mon père avait dépensé une bonne part de nos économies pour acheter la maison. Avec le reste, il acheta un magasin. Les clients l'aimaient beaucoup, ce magasin, surtout grâce au bon accueil de mes sœurs qui travaillaient au comptoir. Ma mère restait à la maison et faisait la cuisine ; quant à Bernardo, il avait décidé de se mettre à son compte, et il travaillait à la journée — malgré la réprobation de mon père, lequel aurait voulu qu'il l'aide à tenir la caisse.

Le soir toute la famille se rassemblait. S'il faisait beau, on dînait dehors, sur la terrasse ; plus tard, je trottais un peu dans le jardin. Ah ce que c'était bon ! Je me roulais voluptueusement dans l'herbe verdoyante, perlée de bruine, je respirais à fond, remplissant mes poumons de l'air frais de la nuit. Assis sur des chaises de paille, mes parents et mes sœurs me regardaient avec tendresse. Mon frère, aussitôt le repas terminé, grommelait quelques mots et sortait. (Il revenait tard dans la nuit, sentant le mauvais alcool, avec des traces de rouge à lèvres sur son veston de lin blanc — ce qui lui attirait les foudres de mes parents.)

On discutait. Mon père racontait des histoires sur les villages en Russie, parlait de ses premières années au Brésil. Sa voix s'emplissait de respect lorsqu'il prononçait le nom du baron Hirsch, du saint homme. Mes sœurs parlaient des clients du magasin, du bal auquel elles étaient invitées. Jolies, elles avaient déjà plusieurs prétendants. Ouvrez l'œil, disait mon père, je ne veux pas de mauvaises surprises avec les gens que vous me présenterez. On riait, puis le silence tombait.

On restait silencieux, et ma mère se mettait alors à chanter. Elle avait une belle voix, un peu frêle, un peu tremblante — mais c'était émouvant de la voir entonner d'antiques mélodies juives. Des larmes me montaient aux yeux. Bien, disait mon père, sortant la grande montre de la poche de son gilet, il est l'heure d'aller se coucher. Demain une nouvelle journée de travail nous attend, mes petits.

Durant le jour, il me fallait rester enfermé — mon père ne me permettait pas de sortir dans le patio. Je n'avais rien à faire. Je m'adonnai à la lecture. La chambre commença à se remplir de livres. Je lus tout, de l'histoire de Monteiro Lobato jusqu'au Talmud. De 1947 à 1953, je lus des romans, de la poésie, de la philosophie, de l'histoire, des sciences, tout. Pour ce qui était des livres, mes parents n'étaient pas regardants.

Lis, mon fils, lis, disait ma mère, ce que tu apprends, jamais personne ne pourra te l'enlever ; ce n'est rien d'avoir un défaut, ce qui compte c'est avoir de la culture. Fort de leurs encouragements, je suivis des cours par correspondance, la comptabilité, le dessin industriel, technique, l'électronique, l'anglais, le français, l'allemand. Je connaissais même le nom du compositeur de *Cavalleria rusticana*, et je découvris, enchanté, le curieux dispositif philosophique imaginé par Buridan pour réunir les termes d'un syllogisme — un pont destiné à laisser passer les ânes au trot. (*Ane* : ce mot ne me dérangeait pas du tout, je me moquais même des ânes des fables. *Cheval*, ça oui, ça me tourmentait. Mes oreilles devenaient toutes rouges lorsque je tombais sur ce mot dans un texte. Pire encore si le mot était illustré.)

J'appris le maniement de la table des logarithmes.

Je fis des exercices de vocabulaire. Faites une phrase contenant le mot crépuscule, ordonnait l'énoncé, et moi, obéissant : au crépuscule, le jeune centaure mourut. Il y eut une époque où l'étude était mon vice solitaire.

Accrochés au mur de ma chambre, les diplômes encadrés succédaient aux diplômes, ceci jusqu'au jour où le facteur, curieux, demanda à mon père qui donc était Guedali, provoquant en lui un sentiment de panique. J'en vins donc à suspendre la correspondance. Mais je continuai à lire.

Je me mis à chercher dans les livres les réponses aux doutes qui me tourmentaient. Je dévorais un volume après l'autre, lisant tard dans la nuit (lorsque Bernardo rentrait, au milieu de la nuit, j'étais encore éveillé ; et je ne dormais toujours pas quand les coqs de Teresopolis se mettaient à chanter).

Mes yeux parcouraient les pages avec avidité. J'étais capable de dédaigner des paragraphes entiers ; mais des mots comme *queue*, *galop*, et — principalement — *centaure* me faisaient tressaillir et je lisais alors le passage en entier. Rien.

On n'y disait rien sur les mystérieuses origines du jeune Guedali.

Déçu par les textes contemporains, je remontai dans le temps. Je me tournai vers l'histoire des Juifs.

Les Juifs, ça, c'était un peuple millénaire. Descendant d'Abraham ; d'où l'expression, selon un auteur, *sein d'Abraham* pour désigner le ciel. (Je me le représentais mentalement comme un gigantesque vieillard, à la longue barbe blanche, suspendu entre les planètes et les étoiles, sa tunique entrouverte laissant apparaître deux grandes mamelles entre lesquelles se nichaient des milliers, des millions de petites créatures diaphanes : les âmes des êtres humains. Et les centaures ? Etaient-ils également dans le sein d'Abraham, les centaures ?) Abraham. Il sacrifie presque son fils Isaac. Isaac : deux fils, Esaü (les lentilles) et Jacob. Jacob lutte avec l'ange, il devient Israël.

Les Juifs esclaves en Egype. Ils fuient, guidés par Moïse. Ils traversent la mer Rouge. Ils errent dans le désert. (Et les centaures ?) Je les imagine : un immense cortège se déplaçant lentement dans le Sinaï. J'en viens à distinguer, grâce au regard perçant de mon imagination, deux hommes dans la multitude : un père et un fils, ou peut-être deux frères. L'un d'eux, le visage couvert de poussière, les lèvres gercées, marche devant, scrutant l'horizon, l'autre, appuyant faiblement sa main sur l'épaule du premier, le suit l'échine courbée, la tête tombant sur sa poitrine ; leurs pieds, chaussés de rudimentaires sandales, s'enfonçent dans le sable. Je serre mes yeux très fort, les deux figures se confondent en une, encore un effort et ils se transforment en une espèce de quadrupède — mais le résultat final était un âne, un cheval malingre, tout au plus, mon imagination ne pouvait aller plus loin, un chameau. Un centaure, non, je n'y parvenais pas.

J'essayais encore, cette fois en partant du cheval que je venais d'obtenir ; j'essayais de faire surgir de ses pupilles des petits doigts, puis des petites mains et de petits bras ;

j'essayais de faire en sorte que le crâne se fende révélant une tête d'enfant ; j'essayais aussi de déchirer le cou, pour délivrer le thorax du bébé que j'imaginais caché au-dedans. J'essayais en somme de détruire l'image millénaire du cheval et de la recomposer sous la forme — du moins ébauchée — d'un jeune centaure. Mais rien n'y faisait. Le cheval, même biblique, restait un cheval ; jamais aucun *centaure* ne viendrait de là.

Je continue donc : peuple juif dans le désert. Réception, par Moïse, des Tables de la Loi, cela concordc avec les récits de mon père. Destruction, ensuite, par Moïse lui-même, desdites Tables pour cause d'indignation en raison de l'indifférence, l'insensibilité, la déraison, la cupidité du Peuple Elu. Destruction du Veau d'Or.

Arrivée à Canaan. Conquête du pays. Rois, Juges, Prophètes. (Et les centaures ?) Destruction d'un Temple, Destruction du deuxième Temple, Diaspora, Inquisition, pogroms. (Et les centaures ?) Baron Hirsch, Amérique, Brésil, Quatro Irmãos. Et les centaures ? Dans l'histoire du peuple juif, personne n'y faisait allusion, aucun auteur parmi tous ceux que je compulsais fébrilement. Ils parlaient d'un peuple, de tsars, d'habitants du Sud de la Russie convertis au judaïsme vers la fin du premier millénaire de l'ère chrétienne. Mes parents venaient de la même région, ils étaient peut-être des descendants des tsars ; mais les tsars, étaient-ils des centaures ? Là-dessus, silence. Je me tournai vers la mythologie, je lus des choses sur les centaures proprement dits. Descendants d'Ixion et de Nephele, ils habitaient les montagnes de Thessalie et d'Arcadie. Ils tentèrent de séquestrer Deidamée le jour de son mariage avec Peiritos, roi des Lapites et fils d'Ixion ; ils luttèrent férocement contre les Lapites.

Les centaures n'existent pas, me disaient les livres. Il y a bien des nuages qui ressemblent à des centaures, il y a même des tribus sauvages qui, lorsqu'elles montent à cheval, ressemblent à des centaures ; mais des centaures véritables, ça n'existe pas. Tristement, je regardais le dessin du centaure dans mon livre. L'artiste y avait représenté une créature grossière, barbue, chevelue, au regard féroce. Décidément, ce n'était pas moi. Moi, je n'avais rien de commun avec Ixion, Nephele, la Thessalie, l'Arcadie. Avec les nuages ? Oui, j'aimais les nuages, bien que je craignisse certains corps ailés qui s'y cachaient. Mais tout de même, les nuages ?... J'étais à la recherche de quelque chose d'un peu plus concret.

Je lus Marx. Il me révéla l'existence de la lutte des classes, une constante de l'Histoire — mais je ne vis pas très clairement quel rôle les centaures pouvaient bien y jouer. Moi j'étais solidaire des esclaves contre les maîtres, j'étais avec le prolétariat contre les capitalistes. Et alors ? Que devais-je faire ? Décocher des coups de sabots aux réactionnaires ?

Je lus Freud. L'existence de l'inconscient m'apparut comme une évidence, tout comme les mécanismes de défense, les conflits émotionnels. Je n'eus aucun mal à comprendre le phénomène de dédoublement de la personnalité. Mais les pattes ? La queue ! Où fallait-il les mettre ?

Parmi les œuvres de fiction, je lus les histoires de Scholem Aleichem. Je connus les personnages pittoresques des petites bourgades juives de Russie. Tevie, le laitier, avait un cheval, mais Scholem Aleichem ne disait rien des centaures.

L'aube, les mots se brouillaient devant mes yeux, le livre me tombait des mains ; mais je ne dormais toujours pas, non ; pas encore. Je luttais, cherchant à donner un sens à l'effroyable confusion qui régnait alors dans ma tête ; des noms, des dates, des lieux, tout se mélangeait et je ne me souvenais plus qui avait dit quoi et pourquoi. Freud échangeait ses idées avec Marx, le baron Hirsch s'entretenait avec Scholem Aleichem.

Pourquoi veux-tu me financer, baron Hirsch ? demandait Marx, intrigué. On ne sait jamais ce que l'avenir nous réserve, répondait le baron, je ne peux tout de même pas rester à la merci des lois du marché ; c'est vrai que je me suis enrichi grâce à elles, mais ce n'est pas une raison pour courir le risque de retomber dans la pauvreté. Il faut diversifier ses investissements ; le socialisme me paraît une option raisonnable. Grâce au baron Hirsch, Freud apprit à demander de l'argent à ses clients ; jusqu'alors, l'argent n'était pour lui qu'un symbole, quelque chose comme les tours des cathédrales gothiques. Marx méprisait les histoires de Scholem Aleichem, les considérant comme une espèce d'opium du peuple. Du moins, c'est ce qu'il disait. Au fond, il admirait les romans, il passait des nuits entières au British Museum, s'inspirant des marbres d'Elgin pour écrire des contes fantastiques (sur les centaures ?). Le judaïsme me pèse, se plaignait le baron Hirsch. Il songeait à acheter aux Turcs qui dominaient alors la Palestine le Mur des Lamentations ; il le ferait démonter et transporter, pierre par pierre, au Brésil — à l'intérieur du district de Quatro Irmãos. Là, il ouvrirait également un jardin zoologique qui abriterait des animaux bibliques, des chameaux, par exemple. (Et les centaures ?) Scholem Aleichem avait l'intention d'écrire une comédie musicale dont les personnages principaux seraient lui-même, Freud, le baron Hirsch et Marx. L'intrigue en serait tirée d'un des contes de Marx, intitulé : *Le Juif dans la cage du tsar*. Une histoire impressionnante : bossu, aveugle et muet — on lui avait coupé la langue sur ordre du monarque —, le Juif passait ses journées à somnoler dans sa cage, touchant à peine à la nourriture qu'on lui apportait. Cependant, aussitôt que la foule dans les rues donnait des signes d'inquiétude, il se levait, humant l'air, le visage empreint d'angoisse, et se jetait contre les barreaux de la cage, gesticulant comme un possédé. Le tsar savait alors qu'il était temps de lâcher les cosaques pour le pogrom. Montés sur des chevaux noirs, les scélérats envahissaient les villages juifs, tuaient, pillaient, incendiaient. Qui donc était en mesure de se dresser contre eux ? Le centaure ? Mais où était-il ce centaure, la nuit du pogrom ? Où donc ?

Psychanalyse, matérialisme dialectique : rien ; lois du marché : rien, rien ; romans ; rien ; rien ne semblait s'appliquer à mon cas. Centaure, j'étais irrémédiablement centaure. Et sans aucune explication plausible.

— Nous avons de la chance de vivre au Brésil, disait mon père, après la guerre. En Europe, des millions de Juifs ont été tués.

Il racontait les expériences faites par les médecins nazis sur les prisonniers. Ils les décapitaient, faisaient réduire leurs têtes, à la manière, comme je le lus par la suite, des Indiens Jivaros. Ils les amputaient des jambes et des bras. Ils réalisaient d'étranges transplantations : ils greffaient la moitié supérieure d'un homme à la moitié inférieure d'une femme, ou à la partie postérieure d'un bouc. Heureusement qu'elles mouraient, ces atroces chimères. Elles expiraient en tant qu'êtres humains, elles n'étaient pas obligées de vivre la condition de monstre. (Mes yeux s'emplissaient de larmes. Mon père pensait que c'était la description des crimes nazis qui provoquait mon émotion.)

En 1948, l'Etat d'Israël fut proclamé. Mon père apporta une bouteille de vin — le meilleur du magasin — et nous fêtâmes l'événement. Nous vivions l'oreille collée au poste de radio, à l'écoute des nouvelles de la guerre au Moyen-Orient. Mon père était enthousiasmé par la création du nouvel Etat : en Israël, expliquait-il, habitent les Juifs du monde entier, Juifs blancs d'Europe, Juifs noirs d'Afrique, Juifs d'Inde, sans parler des bédouins avec leurs chameaux : des types très bizarres, Guedali.

Des types bizarres, cela me donnait des idées.

Pourquoi n'irais-je pas en Israël ? Dans un pays où les gens sont si étranges — et en guerre, par-dessus le marché —, j'étais sûr de ne pas attirer l'attention. Encore moins comme combattant, au milieu de la poussière et de la fumée des incendies. Je me voyais courir à travers les ruelles d'un village, tenant à la main un revolver de calibre trente-huit, tirant sans répit ; je me voyais tomber, criblé de balles. Je ne pouvais pas souhaiter plus belle mort, une mort héroïque, justification splendide d'une vie misérable de monstre enfermé. Et pour le cas où je ne mourrais pas, je pouvais toujours aller vivre dans un kibboutz. Moi qui connaissais si bien la vie de la ferme, je trouverais certainement une manière de me rendre utile dans un kibboutz. Je serais un travailleur acharné, et les membres du kibboutz finiraient bien par m'accepter ; dans une société nouvelle, il y a de la place pour tout le monde, même pour ceux qui ont des pattes de cheval. Le tout était d'y arriver, en Israël. J'échafaudai un plan : mon père m'enfermerait dans un grand caisson, avec de l'eau et des vivres, et m'expédierait à Haïfa par bateau. Je me débrouillerais ensuite pour m'échapper des entrepôts de Haïfa, et m'élancerais au galop vers Jérusalem où la lutte était la plus acharnée.

Mais mes parents ne voulurent rien entendre. Tu es fou, disaient-ils, jamais nous ne te laisserons partir. Qui va s'occuper de toi ? Oublie ces idées insensées.

Je tentai de les raisonner. Je me disputai avec eux. Je pleurai. Je refusai de manger ; rien n'y fit, ils se montrèrent inflexibles. Puis un jour la radio annonça qu'un armistice avait été conclu entre Juifs et Arabes. Papa exulta : mon plan n'avait plus de raison d'être. Nous cessâmes de parler d'Israël.

A treize ans — le jour de mon anniversaire approchait —, j'allais devoir me soumettre à la cérémonie de la bar-mitzvah. Impossible, dit ma mère, lorsque mon père lui en parla. Comment cela, impossible ? dit mon père. N'ai-je pas réussi à le faire circoncire, peut-être ? Eh bien maintenant, nous allons penser à la bar-mitzvah. Mais, dit ma mère, qui commençait déjà à s'angoisser, et même à défaillir, comment veux-tu amener Guedali à la synagogue ? Et qui te parle de synagogue ? demanda mon père. Nous allons organiser une cérémonie ici, à la maison. En famille, tout simplement. Cela semblait déjà plus raisonnable. Débora et Mina s'enthousiasmèrent à cette idée. Bernardo ne dit mot.

Des semaines durant, j'étudiai avec mon père le passage de la Bible que je devais réciter en hébreu. Deux jours avant la fête, ma mère, Débora et Mina commencèrent à préparer les gâteaux et les sucreries traditionnelles. Mon père me fit faire un costume, les filles allant et venant sans relâche entre notre maison et celle du tailleur.

La veille de la fête, je ne pus dormir, tellement j'étais excité. Le lendemain de bonne heure, Débora et Mina entrèrent joyeuses, elles me bandèrent les yeux : c'est une surprise, dirent-elles. Pendant plus d'une heure j'écoutai, immobile, le bruit des verres et des couverts. Enfin, elles m'ôtèrent le bandeau.

Ah, que c'était beau ! La table recouverte d'une nappe éblouissante ; les bouteilles de vin, les verres de cristal et les plats fumants, les plats juifs traditionnels. Le matelas était couvert de cadeaux : des livres, un tourne-disques, des disques (*Cavalleria rusticana* n'était pas parmi eux), des reproductions de tableaux, une machine à écrire. Et un violon ; presque le même que celui que j'avais jeté dans la rivière.

Je les embrassai, les yeux pleins de larmes ; eux aussi, ils pleuraient, tout en essayant de contenir leur émotion : Allons, Guedali, que la fête commence. Mon père entra, vêtu des habits qu'il avait achetés pour l'occasion : un paletot sombre, une chemise blanche, une cravate, un chapeau melon. Je m'habillai, je drapai sur mes épaules le châle rituel, le *talit* que m'avait donné le mohel. Ma mère entra, elle portait ses vêtements de fête, et sa coiffure était toute fraîche. Elle m'embrassa, me serra dans ses bras, sanglotant, ne voulant plus me lâcher. Tu vas froisser son veston, disait papa. Bernardo vint me féliciter, l'air sombre.

Je lus le passage de la Bible ; sans erreurs, d'une voix claire et assurée, les franges du talit me tombant sur les reins, sur les hanches, pendant que mes pattes antérieures labouraient le sol, ce qui se produisait toujours quand j'étais nerveux.

— Maintenant, dit mon père, lorsque j'eus terminé, mon fils est juif à part entière.

Ma mère nous servit des boulettes de poisson et du vin. Nous levâmes nos verres. En me retournant, je renversai la bouteille de vin, tachant la nappe et le pantalon de Bernardo. Ce n'est rien, s'empressa de dire ma mère, mais ce n'était pas rien, loin de là ; c'était quelque chose de très important, c'était *ma* queue, et c'étaient *mes* pattes, et *mes* sabots ; c'était un animal qui se trouvait là. J'éclatai en sanglots, me jetai sur le sol : ah mère, père, j'aimerais tant être une personne, j'aimerais tant être normal. Calme-toi, disait mon père, ne désespère pas, Dieu finira bien par te venir en aide. Mes sœurs mirent le tourne-disques en marche, avec un disque de danses russes ; la joyeuse mélodie me rendit le sourire, et puis ils se mirent tous à danser autour de moi, et moi je me mis à frapper dans mes mains, et déjà l'incident était oublié.

Cependant Bernardo, lui, n'avait pas oublié. Il avait de plus en plus de mal à me supporter. J'ai des crampes d'estomac, disait-il à mes parents, rien qu'en pensant à ce monstre en train de trotter dans le dépôt. Vous devriez vous en débarrasser, l'envoyer loin d'ici ; qu'est-ce que vous faites au lieu de cela ? Vous lui organisez des petites fêtes. C'est de la folie pure.

En son for intérieur, il souhaitait ma mort ; il espérait que j'attrape quelque maladie grave, de celles qui frappent les chevaux du Rio Grande, c'était là son vœu le plus cher. Chaque fois que j'avais de la fièvre ou que j'étais refroidi, ses yeux s'animaient d'une étrange lueur ; lorsque je me remettais, il sombrait à nouveau dans l'amertume. Il se plaignait : je ne pourrai jamais utiliser le dépôt pour mes marchandises à moi.

Ou alors : jamais je ne pourrai amener un client à la maison ni un ami, ni une petite amie, tout cela à cause de cet horrible animal. Tais-toi, criait ma mère, ne rends pas la vie de ton frère encore plus difficile à supporter.

— Mon frère ! pestait Bernardo. Quel frère ? Ce n'est pas mon frère, ça. Ni votre fils. C'est un monstre, ça, mère !

Un jour, ils eurent une discussion particulièrement animée, mon père perdit son calme.

— Guedali est mon fils, autant que toi ! s'écria-t-il. Je m'occuperai de lui tant que j'en aurai la force. Si ça ne te convient pas, prends tes affaires et fiche le camp d'ici.

Bernardo nous quitta. Il loua un appartement au centre de la ville, rompit ses relations avec la famille. Il continuait cependant à passer ostensiblement devant le magasin au volant de son automobile, une femme très maquillée — goy certainement — à ses côtés.

Quelque temps après, Débora se rendit au bal du Cercle où elle rencontra un veuf charmant, avocat à Curitiba ; ils tombèrent amoureux l'un de l'autre ; ils décidèrent de se marier immédiatement. Craignant de me blesser, elle hésitait à m'annoncer la nouvelle. Lorsqu'elle le fit, ce fut de la manière la plus désastreuse, bégayant, et pour finir fondant convulsivement en larmes. Allons, Débora, cesse donc de pleurer, je suis très heureux pour toi. Mais tu ne pourras même pas venir à la fête, Guedali ! dit-elle en sanglotant. Je n'ai même pas pu lui parler de toi, je n'ai pas eu le courage de lui raconter. Elle ajouta qu'elle ne l'avait pas encore invité à la maison justement à cause de moi, elle ne voulait pas me demander de me cacher, elle ne voulait pas m'offenser. Que tu es bête, dis-je, tu sais très bien que tu ne m'offenses pas du tout, j'ai l'habitude, invite-le donc. Vraiment ? dit-elle, les yeux brillants. C'est vrai que ça ne te fait rien, Guedali ? Bien sûr que non, dis-je, m'efforçant de sourire, tellement je l'aimais.

L'avocat vint donc dîner à la maison. C'était un homme d'un certain âge, sympathique, fort bavard ; il but beaucoup et, pour finir, s'endormit dans son fauteuil.

Débora eut une idée. Elle courut vers ma chambre : Guedali, veux-tu connaître mon fiancé ? Je ne comprends pas, elle insista, viens, il s'est endormi.

Je la suivis jusqu'à la fenêtre de la salle à manger, j'observai avec mille précautions. L'avocat ronflait, la bouche grande ouverte. Il a l'air très bien, murmurai-je. N'est-ce pas ? dit-elle, rayonnante. Je suis tellement heureuse qu'il te plaise, Guedali.

L'avocat se retourna dans son fauteuil, ouvrit les yeux. Je courus me barricader dans ma chambre, le cœur battant. J'entendis l'homme dire : Mais j'en suis sûr, Débora, j'ai vu un homme à cheval ! Tu dis des bêtises, répondait-elle, tu as trop bu.

Un homme à cheval ! C'en était trop : je tombai sur mon matelas, me tenant les côtes. Un homme à cheval, elle était bien bonne ! Et je riais, je riais. Mina m'entendit, inquiète, elle vint voir ce qui m'arrivait, me demandant de me calmer, mais elle se mit à rire, elle aussi. Je n'en pouvais plus, mon ventre, mon énorme ventre, me faisait mal tellement je riais ; je me roulai par terre, en riant de plus belle alors que Mina essayait de se rappeler une anecdote sur les camps de concentration, pour nous calmer un peu. Rien à faire, je ne m'arrêtai de rire que lorsque je perdis haleine. Débora était déjà partie avec son avocat ; par prudence, elle ne l'invita jamais plus. La semaine suivante, ils se marièrent et s'en allèrent à Curitiba. La maison est devenue trop grande, se lamentait ma mère, qui souffrait de l'absence de sa fille, et elle reprochait maintenant à mon père d'avoir chassé Bernardo. Elle devint mélancolique, commença à prendre part à des séances de spiritisme au cours desquelles elle conversait avec ses voisins du village en Russie, morts dans le pogrom. Elle s'occupait toujours de la maison, cependant, elle faisait la cuisine ; et le soir, nous nous asseyions sur la terrasse pour discuter, comme à l'accoutumée alors que s'écoulaient les semaines et les mois. Il semblait qu'il n'arriverait plus rien, que la vie allait se réduire à cela, à une succession de jours et de nuits tous semblables : tout au plus quelque incident mineur viendrait, de temps à autre, rompre la monotonie d'une routine par ailleurs immuable. Je m'en voulais de désirer quelque chose sans savoir trop ce que c'était. Que puis-je souhaiter d'autre ? me demandais-je ; que puis-je espérer encore ? N'est-ce déjà pas assez beau d'être en vie ?

C'est alors que je tombai amoureux.

Des années durant, je m'étais efforcé de ne pas penser aux choses sexuelles. De par ma nature, j'étais porté à des désirs violents mais grâce aux conseils de certains livres, je parvenais à les sublimer. La nuit, avant de m'endormir, je faisais de la gymnastique : des dizaines de flexions des pattes et du tronc ; je soulevais des haltères très lourds, je flagellais mon corps avec des serviettes humides. Lorsque je me couchais enfin, j'étais épuisé ; même ainsi, pourtant, je ne parvenais pas à trouver le sommeil. Il me semblait entendre des soupirs amoureux, des petits rires vicieux. Je demandai à mon père d'aller à la pharmacie m'acheter des somnifères pour dormir. Quand j'en prenais cinq d'un coup, je réussissais à m'endormir, mais alors c'étaient mes rêves qui me tourmentaient, des rêves peuplés de femmes ou de juments, des rêves dans lesquels j'étais tantôt un homme, tantôt un cheval ; ce n'était pas toujours l'homme qui s'accouplait avec une femme, ni toujours le cheval qui couvrait une jument. Je me réveillais, épuisé ; dégoûté, mais soulagé, je vérifiais si j'avais éjaculé. La nature avait accompli son œuvre. Moi j'étais résigné.

Puis, un jour, je tombai amoureux. Par hasard, comme cela arrive le plus souvent avec ces choses-là.

Pour mes vingt et un ans, mon père me demanda ce que je voulais comme cadeau. A cette époque, je m'intéressais beaucoup à l'astronomie ; je lui demandai donc un télescope. J'avais l'intention de me livrer à certaines observations des planètes et des étoiles.

Le télescope arriva, c'était un bon instrument, avec d'excellentes lentilles. Je parcourus la notice, et je commençai à explorer les cieux. La nuit, je passais de Vénus à Saturne, j'étudiais les constellations (celle du Centaure, pour des raisons évidentes), un peu déçu car je n'y voyais rien de bien sensationnel. (Qu'est-ce que j'espérais voir ? Abraham et son sein ? le cheval ailé ?) Pendant le jour, le télescope dissimulé par les rideaux, j'observais les alentours. C'est ainsi que j'aperçus la jeune femme de la maison coloniale.

La demeure, très jolie, se trouvait à un ou deux kilomètres de chez nous, mais je pouvais l'observer sans difficultés. Au début, je fus surpris par la quantité de domestiques en grande tenue et en tablier blanc. Quelques jours plus tard, je remarquai la présence de la jeune femme aux cheveux cuivrés.

Elle venait tous les matins sur la grande terrasse. Elle se déshabillait avant de s'allonger — nue, complètement nue — pour prendre son bain de soleil. A l'aide de jumelles qui se trouvaient sur la table à côté d'elle, elle se mettait à scruter les alentours, déserts, de la maison. Elle, observait avec ses jumelles, moi, je la guettais au télescope. Je ne distinguais pas bien son visage, mais j'imaginais un petit nez délicat, des lèvres pleines, des dents parfaites. Les yeux, oui. Les yeux je les voyais bien, à travers les lentilles du télescope et des jumelles. J'étais ébloui. L'œil droit, d'un bleu lumineux. Le gauche plus lumineux encore. Mon cœur battait très fort. Ma patte grattait le sol, plus nerveuse que jamais. Dans aucun de mes livres, et j'en avais qui étaient superbement illustrés, dans aucune de mes revues, je n'avais vu de femme aussi jolie. Elle me fascinait. Je ne pouvais plus me passer de la voir.

Peut-être me voyait-elle depuis sa terrasse ? Peut-être était-elle en train d'examiner mon visage à travers le rideau ? Peut-être avait-elle envie de me connaître. Je courais vers le miroir. Non, on ne pouvait pas dire que j'étais laid. De beaux cheveux bouclés, de beaux yeux, un nez droit, une bouche bien dessinée. Quelques boutons sur le front peut-être, mais c'était tout. J'étais un adolescent plutôt beau. Jusqu'à la ceinture, naturellement. Plus bas, centaure, centaure, irrémédiablement centaure.

Vu ma condition, j'aurais dû me contenter de l'observer au télescope. Tout au plus rêver d'elle. Soupirer. Mais il n'en était pas ainsi : cela ne me suffisait pas de la regarder de loin. Je voulais lui parler, toucher son visage, ses mains.

(Dans mes rêves, j'allais la trouver. Dans mes rêves, je galopais jusqu'à la maison coloniale, j'entrais par la grande porte, je montais les marches qui menaient à la terrasse, je la prenais dans mes bras — mon amour, murmurait-elle, enfin tu es là — je l'emmenais au loin, dans les montagnes. Nous vivions cachés dans une grotte, nous nourrissant de fruits sauvages, façonnant des vases d'argile, faisant de longues promenades, elle sur mon dos, ses bras voluptueux passés autour de ma poitrine. Dans ces mêmes rêves, elle s'allongeait sur le sol ; tendait les bras : viens, mon chéri, viens, mon centaure adoré.)

Bien sûr, ce n'étaient que des rêves. Mais moi, je voulais la voir, au moins une fois. Cependant, comment faire ? Comment éviter qu'elle me découvre les pattes, les sabots, la queue ? Comment faire en sorte qu'elle ne s'enfuie pas horrifiée, en criant au monstre ?

Et si je lui écrivais ?

Pourquoi pas ? J'écrivais bien, mes lettres étaient capables de faire bonne impression sur une femme. Je ne connaissais pas son adresse, cependant. Ni son nom, d'ailleurs (qui dans mon imagination ne pouvait être que Magali, l'héroïne sensuelle du roman *Vacances dans les Caraïbes*). Non, ce n'était pas ré lisable par le courrier habituel. Je pensai au *Courrier du cœur* des revues sentimentales, que collectionnait Mina. On y lisait des lettres passionnées, signées par des pseudonymes comme *Oiseau Solitaire, Tigre à l'Agonie, Faune Malheureux*. Au milieu de telles signatures, celle du *Centaure Passionné* n'étonnerait certainement personne. Comment m'adresser à elle, pourtant ? *Chère inconnue de la demeure coloniale de Teresopolis, Porto Alegre ?* Se reconnaîtrait-elle dans cette dénomination affectueuse ? Et, doute encore plus cruel, lisait-elle ce genre de revues ? D'après mes observations, elle ne lisait rien. Elle prenait des bains de soleil, regardait dans ses jumelles. C'était tout.

Pourtant, l'idée de la lettre me sembla intéressante. Tout le problème consistait à la faire parvenir entre les mains de la jeune femme.

C'est alors que j'eus l'idée de me servir d'un pigeon voyageur. La trouvaille était ingénieuse, mais je n'avais pas de pigeon. Il n'était cependant pas impossible de s'en procurer un.

J'aimerais bien construire un pigeonnier, dis-je à mon père cette nuit-là : un quoi ? Un pigeonnier, répétai-je, une petite maison pour élever des pigeons. Il était très perplexe : pigeonnier ? Pour quoi faire, un pigeonnier, Guedali ? Je n'ai rien à faire, dis-je et élever des pigeons pourrait me distraire un peu. Il hésitait, il craignait qu'un pigeonnier n'attire des garnements comme Pedro Bento. L'intervention de ma mère fut providentielle : Fais ce que te demande Guedali, Leão !

Le jour suivant, il apporta le bois et les outils. Nous bâtîmes un pigeonnier, suivant les instructions du manuel. Lorsque celui-ci fut prêt, mon père acheta six pigeons de race.

Je choisis celui qui me semblait le plus intelligent — Colombo, c'est ainsi que je l'appelai — et j'entrepris de le dresser. Je lui appris d'abord à voler d'un endroit à l'autre dans le jardin, ce qui ne fut pas bien difficile : quelques grains de maïs au point de départ, quelques grains au point d'arrivée. L'étape suivante consista à faire en sorte que Colombo associât le patio au point de départ et la maison coloniale au point d'arrivée. Pour ce faire, je tournais le pigeon vers la maison, le maintenant dans cette direction pendant quelques minutes, et cela, plusieurs fois par nuit (les exercices étaient toujours nocturnes) ; puis, je lui donnais du maïs.

Le dressage dura des semaines, et pendant cette longue coexistence, une profonde affection m'avait lié au blanc Colombo lorsque je le tenais dans mes mains, je sentais son corps palpiter, tu me comprends, toi, mon petit pigeon, murmurais-je, tu es sensible à l'intensité de ma passion. Les petits yeux noirs, durs comme des noyaux, ne trahissaient aucun signe d'émotion ; j'étais cependant certain qu'il me comprenait — et qu'il allait accomplir sa mission.

Le moment arriva enfin. Débordant d'émotion, j'enroulai autour de la patte de Colombo le billet écrit de ma main à l'intention de l'*Adorable Inconnue de la Demeure Coloniale*. J'exprimais dans ce billet ma fervente admiration et je lui proposais d'entretenir une correspondance qui devait nous permettre de mieux nous connaître. Des motifs impérieux, affirmais-je, m'ordonnaient de taire mon identité, mais celle-ci serait dévoilée lorsque l'heure viendrait. Je concluais en lui demandant de se servir du même pigeon pour me retourner son message.

J'embrassai la petite tête de Colombo, le lançai en l'air. Il vola au-dessus du patio, décrivit quelques cercles puis partit. Dans la direction opposée à celle de la maion coloniale. Le crétin. L'ingrat.

Je libérai les autres pigeons, démontai le pigeonnier et le jetai au feu, à la grande surprise de mon père : mais n'était-ce pas ce que tu voulais tellement, Guedali ? Je ne répondis pas. Je regardai en silence les planches blanchâtres qui se consumaient dans les flammes.

Jamais plus, me disais-je. Jamais plus je n'aimerai, jamais, jamais plus.

Je pensais que ce serait définitif, mais non : quelques jours plus tard, j'eus un regain d'optimisme. Je ferais une nouvelle tentative, et cette fois, avec l'aide de Dieu, je réussirais. J'utiliserais une catapulte pour envoyer mes messages. Naturellement, j'allais devoir procéder à de nombreux essais avant de réussir à faire atterrir le billet, enroulé autour d'une pierre, sur la terrasse. Mais cela n'avait aucune importance, j'avais tout mon temps.

Je ne fus même pas capable de monter la machine. Je manquais de précision.

Un matin, alors qu'elle était, comme toujours, nue sur la terrasse, en train d'observer les alentours avec ses jumelles, un homme apparut. Il était grand, bronzé, avait des cheveux blancs et portait des lunettes noires. C'est son père, pensai-je tout d'abord. Mais il s'approcha d'elle, par-derrière, l'embrassa, lui prit les seins dans les paumes de ses mains — non, ce n'était pas son père — l'embrassa longuement dans le cou. Elle laissa tomber ses jumelles. Elle ne les déposa pas sur la table, non, elle les laissa tomber par terre. Peu lui importait que les jumelles se brisent : elle avait déjà fermé les yeux ; déjà elle dilatait ses narines, déjà elle — je voyais tout à travers le télescope — se couchait pour recevoir le corps de l'homme sur le sien.

Je tombai malade. Qu'il y ait eu ou non relation de cause à effet, ce qui est certain, c'est que je fus pris d'une fièvre mystérieuse. Six jours durant, je restai couché sur mon matelas, pratiquement sans m'alimenter, buvant à peine.

Mes parents ne quittaient pas mon chevet. Jusqu'alors je n'avais jamais eu besoin de médecin ; mais à présent, ils se demandaient s'il ne fallait pas m'emmener à l'hôpital, même si cela les obligeait à révéler au monde mon existence. Mieux valait que je sois vivant et pourchassé par les journalistes et les curieux de toute sorte, plutôt que de mourir par manque de soins. Ils discutaient à mi-voix près de moi. Lorsque j'ouvrais les yeux, j'apercevais leurs regards anxieux. Qu'as-tu donc, Guedali ? demandait ma mère. Rien, mère, murmurais-je, ça doit être quelque chose que j'ai mangé, j'ai un peu mal au ventre. J'étendais ma main hésitante, touchais mon ventre : pauvre main, perdue dans l'immensité de ce ventre, entre une tache marron et une tache blanche. A quelle race de chevaux est-ce que j'appartiens, me demandai-je à moitié endormi. Arabe ? métis ? percheron ?

Le septième jour, la fièvre tomba.

Convalescent, couché sur le matelas, je passais mon temps à méditer. Que vais-je faire ? me demandai-je. Et maintenant, que vais-je faire ?

Je décidai de m'en aller.

Je partirais loin, dans le mato, j'irais rejoindre les cailles et les perdrix, les tamanduas, les satyres et les esprits malins, les Indiens et les oiseaux solitaires.

L'idée de quitter ma famille me faisait de la peine. Je ne pouvais pourtant pas rester là, prisonnier dans cette petite chambre, et laisser le temps passer jusqu'à ce que, vieux centaure édenté et grisonnant, je meure sans même avoir tenté d'échapper à mon sort. Peut-être allais-je trouver dans le mato un moyen de vivre heureux.

La nuit qui précéda mon départ, je fus incapable de fermer l'œil. Je me promenai toute la nuit d'un bout à l'autre de la chambre. A l'aube, je rédigeai une lettre à l'intention de ma famille. Je leur disais que je m'en allais, mais qu'ils ne devaient pas se faire de souci pour moi — je saurais m'en sortir. Je partis. Je regardai avec mille précautions à travers la fenêtre de la chambre de mes parents. Ils dormaient, enlacés. Comme j'aurais voulu me blottir entre eux deux, et ne plus bouger, bien au chaud, pour toujours. Mais un centaure ?...

Je pénétrai dans la cuisine, pris un peu d'argent de la boîte où ma mère conservait nos économies. Qu'en ferai-je ? me demandais-je en regardant les billets froissés. Je mis cependant l'argent dans mon petit balluchon, et je sortis dans le patio.

Il faisait froid, un brouillard épais dissimulait la maison coloniale — ce qui me soulageait — et me garantissait une fuite tranquille. Je respirai à fond, serrai mes dents, amorçai un court galop, armant le saut prodigieux. Pendant la fraction de seconde qui précéda le bond, j'hésitai à nouveau, prenant conscience de ce que je laissais derrière moi : la maison qui me protégeait des intempéries, les repas à heure fixe, et surtout, surtout, la tendresse des miens. Déjà, cependant, ce n'était plus moi qui décidais, mes pattes m'emportaient, et moi j'étais suspendu en l'air, en plein vol, de l'autre côté du mur, tandis qu'à ma terreur se mêlaient l'excitation et la joie — j'étais libre ! Je continuai à galoper, poursuivi par un chien qui ne cessait d'aboyer. Je sautai une clôture, tombai dans un fossé. Une autre clôture — un poulailler, des poules caquetant effrayées, voletant dans tous les sens, une nouvelle clôture — une femme qui lavait du linge poussa un cri en me voyant, et s'enfuit ; une dernière clôture, un petit chemin de terre et, au bout du chemin, le mato, l'inconnu.

Galopant pendant la nuit et me cachant le jour, je parcourus une distance appréciable. J'ignorais encore quelle serait ma destination : la frontière peut-être : l'Uruguay ou l'Argentine. En attendant, je galopais sans relâche. Le pôle Sud était ma limite.

Cirque
1953-1954

(Je me voyais errant, non pas, comme les Juifs, dans le désert, mais dans une plaine recouverte de neige dans laquelle s'enfonçaient mes sabots. Mes pattes, transies de froid, ne m'obéissaient pratiquement plus, mais cela ne m'empêchait pas d'avancer, la tête haute, — prenant tous les risques. Et je me voyais récompensé : la partie postérieure de mon corps se détachait soudain, et mes pattes, prises dans la neige, restaient clouées au sol ; quant à la moitié antérieure, désormais débarrassée de son fardeau, elle poursuivait son chemin, se perdait dans l'horizon.)

Je galopais la nuit, je me cachais le jour. Lorsque mes provisions s'épuisèrent, je dus me mettre à voler pour me nourrir. Je pénétrais dans les potagers, ressortais les bras chargés de laitues. Je prenais les œufs dans les poulaillers ; à la tombée de la nuit, je trayais les vaches égarées. Plus d'une fois, il me fallut affronter, à coups de sabot, de féroces chiens qui s'étaient jetés sur moi. En deux ou trois occasions j'essuyai même quelques coups de feu, heureusement il ne s'agissait que de bien piètres tireurs. Il m'arriva de passer une journée entière immergé dans un étang, ne laissant dépasser que ma tête, pendant que les chasseurs étaient à ma poursuite, prêts à me lyncher. Une autre fois encore, pour me tirer d'affaire, je fus contraint de grimper dans un wagon à bestiaux. Dissimulé entre les bœufs, les pattes antérieures pliées, le thorax courbé en avant, ne laissant voir que ma croupe, je réussis à me confondre avec les animaux. J'eus très peur lorsque le train commença à rouler : je me voyais déjà sur le chemin de l'abattoir. Je réussis à sauter, pourtant. En m'orientant d'après les étoiles, je pus me rendre compte que j'avais progressé en direction du sud. C'était bien mon chemin.

Je connus beaucoup d'endroits, beaucoup de gens. Des Noirs, par exemple. Je n'avais jamais vu un Noir. Je savais, par mes lectures, que de telles créatures existaient, mais je n'avais aucune idée de ce à quoi pouvait ressembler un Noir en chair et en os, un Noir qui marchait, qui riait. Cette curiosité, j'eus bientôt l'occasion de la satisfaire : une nuit, j'aperçus au bord du chemin quatre Noirs qui marchaient et qui riaient. (Et des centaures noirs ? Y en avait-il ?)

Je vis des nandous dans les champs. Je vis une maison en train de brûler. Je vis une procession nocturne : des gens qui priaient, qui invoquaient la pluie.

Ce galop libre, décidé, me faisait le plus grand bien. Je laissais derrière moi de douloureux souvenirs : les souvenirs d'un amour déçu. J'éprouvai une grande nostalgie, pourtant ; ma famille me manquait ainsi que ma chambre et mes livres et mes disques et jusqu'à mon télescope. Il y eut une période où je priais beaucoup ; à la tombée de la nuit, je me tournais vers l'est, vers la lointaine Jérusalem, et je murmurais les prières que m'avait toujours apprises mon père. Elles n'étaient pas vraiment adressées à Jehovah et ma prière n'était pas vraiment un acte religieux ; c'était avant tout une forme de nostalgie. C'était mon enfance que j'évoquais.

Je priais et je poursuivais mon chemin. Vers le sud.

Un matin, la fatigue l'emporta, aux environs d'une petite ville. C'était un endroit dangereux pour s'arrêter, mais je n'en pouvais plus : j'étais en nage, mes pattes ployaient sous le poids de mon corps. De plus j'étais en rase campagne dans une région tout à fait plate. Je découvris cependant un fossé et m'y couchai ; me couvrant de branchages, je m'endormis aussitôt.

Je me réveillai en sursaut, au beau milieu d'un fracas épouvantable : des roulements de tambour, un son grinçant de trompette, des cris, des coups de marteaux. D'un bond je fus debout, tremblant de tout mon corps. Autour de moi régnait une incroyable confusion : des cages renfermant des animaux sauvages, des camions, des caissons, des gens en train de monter une gigantesque tente.

Un cirque.

Deux nains en pyjama m'examinaient d'un air très intéressé. C'est le nouveau numéro ? demanda l'un d'eux d'une voix grêle et nasillarde. Ça m'en a tout l'air, répondit l'autre. Il se tourna vers moi : Tu es bien le nouveau numéro, n'est-ce pas, camarade ? Peut-être, répondis-je prudemment, tout en me demandant, mi-craintif, mi-amusé : pourquoi pas ? Je regardais un dromadaire qui passait devant moi : pourquoi pas ? Un éléphant retenu à un pieu par une chaîne coulissante : pourquoi pas ?

J'aimerais parler au directeur, dis-je. Le nain haussa les épaules : le directeur avait été hospitalisé ; sa femme, qui normalement le remplaçait, s'était enfuie avec un équilibriste. Il apparut que la personne à qui il fallait désormais s'adresser, c'était la dompteuse.

Je la trouvai près de la cage du tigre ; soucieuse, elle était en train d'examiner l'animal, malade et qui refusait de se lever.

— Je suis le nouveau numéro, dis-je.

Elle se tourna, me regarda d'un œil craintif et méfiant. Plus méfiant que craintif ; elle devait avoir l'habitude des êtres exotiques.

— Qu'est-ce que c'est que cette diablerie ? demanda-t-elle.

C'était une grande femme, vigoureuse, d'âge mûr. Elle était encore jolie : son visage, aux traits bien dessinés, ressemblait à celui de Greta Garbo, que j'avais vue sur une photo dans un de mes livres. Elle portait des lunettes noires, une chemise galonnée, des culottes et des bottes qui ne faisaient qu'accentuer son air autoritaire. Je suis le nouveau numéro, répétai-je, un peu moins sûr de moi, cette fois ; je représente un centaure. Elle fronça les sourcils : Tu représentes quoi ? Un centaure, dis-je, un être mythologique, moitié homme, moitié cheval. Ah oui, dit-elle, j'en ai déjà entendu parler.

Elle ôta ses lunettes — elle avait des yeux clairs, froids —, elle m'examina attentivement, me demanda de tourner autour d'elle. Il est très réussi, ton déguisement, observa-t-elle. C'est du cuir ? Du vrai cuir de cheval, répondis-je, plein d'espoir, comprenant que j'avais suscité son intérêt. Elle continua de m'examiner.

— Et là-dedans, qu'est-ce qu'il y a ? s'enquit-elle soudain.

Mon frère, dis-je, ajoutant rapidement : il n'aime pas se montrer en public, il est sourd-muet et en plus, il est défiguré, une femme lui a jeté de l'acide au visage.

— J'espère que ce ne sont pas des histoires avec la police, fit-elle soupçonneuse. Pas du tout, dis-je, rassurant, la police n'a rien à voir là-dedans, il n'aime pas se montrer, voilà tout.

Elle me regardait droit dans les yeux. Manifestement, mon histoire ne lui inspirait pas vraiment confiance. Je tins bon, cependant ; je soutins son regard, impassible.

— Il ressemble à quoi, votre numéro ? demanda-t-elle. On court autour de la piste, répondis-je, on saute par-dessus des obstacles ; moi, je peux aussi déclamer des poèmes, raconter des histoires, jouer du violon, mais je ne crois pas que ce sera même nécessaire : le public se tord de rire dès notre apparition sur la piste. Il y a de quoi, dit-elle, il est plutôt drôle, votre déguisement.

Elle sortit de sa poche une poignée de cigares.

— Tu fumes ?

Je n'avais jamais fumé, mais j'acceptai. A la première bouffée je faillis m'étouffer, je toussai. Ils ne sont pas pour les centaures, ces cigares-là, dis-je. Elle éclata de rire.

— C'est d'accord, dit-elle. Mais il y a un problème. Un problème sérieux. Je ne sais pas ce que tu avais convenu avec l'ancien patron, mais il faut que tu saches que le cirque est en faillite !

Ça ne fait rien — coupai-je immédiatement —, je me contenterai d'être nourri et logé, du moins pendant quelque temps. Ensuite on verra.

— Bien, si c'est comme ça, tu peux commencer ce soir même. Comment est-ce que tu t'appelles, déjà ?

— Silva, répondis-je. Mon frère et moi, nous portons le même nom.

Elle me tendit la main.

— Je te trouve sympathique, Silva. Sa main s'attardait dans la mienne. J'ai le sentiment qu'on va bien s'entendre, tous les deux.

Elle jeta un coup d'œil à sa montre, une grande montre d'homme :

— Il faut que j'aille voir où en sont les choses, là derrière. On joue ce soir. Ton numéro est le deuxième.

A travers la fente d'un rideau déchiré, j'épiais le public qui s'entassait sur les gradins. Des gens pauvres : des journaliers des fermes voisines, des ouvriers, des soldats, des petites employées ; des femmes aux seins flasques, des enfants édentés. (Et Pedro Bento, était-il là, lui aussi ?) Des Indiens. (Peri ?)

Des visages inconnus. Des *goym*. Certains avaient des mines inquiétantes, des têtes de bandit. Je voulais m'enfuir, retourner chez moi, auprès de mes parents. J'en éprouvais de la colère. Ne bouge pas, me répétais-je en moi-même, espèce de lâche, tu ne vas pas te dégonfler.

Les nains sortirent de la piste en courant. C'est à toi, dit une voix derrière mon dos. Je me retournai : c'était la dompteuse, entièrement prête pour la représentation : chapeau haut de forme, frac, un fouet dans une main, un bâton dans l'autre. Elle m'adressa un sourire, cligna de l'œil : Ne t'en fais pas, Silva, tout va aller bien, je suis là. Il y eut le roulement du tambour, un air de trompette jouant faux. Bonne chance, dit-elle en m'ajustant la cape brodée de dorures que je portais sur mes lombes. J'y vais, murmurai-je et j'entrai, tremblant, au galop.

Je fus complètement aveuglé par la lumière des projecteurs, alors qu'un vacarme assourdissant se levait autour de moi. Je crus que j'allais m'évanouir, mais je continuai à galoper, tout comme lorsque j'étais bébé, c'étaient mes pattes qui me portaient autour de la piste pour la quatrième, cinquième fois. Finalement, comme convenu, je me dirigeai vers le centre, me cabrai sur mes pattes postérieures, saluai : bonsoir, mes chers amis ! d'une voix étrange, nasillarde, à laquelle ils répondirent pourtant par des applaudissements. Je m'entendis dire alors, à ma grande surprise, bien fort et d'une voix assurée :

— Je n'ai pas entendu, mes amis. Encore une fois, s'il vous plaît : bonsoir.

— Bonsoir, crièrent-ils, et j'attendis, souriant, tandis que le maître de cérémonies expliquait qui j'étais : un centaure des montagnes de Tunisie, dernier spécimen d'une race en voie d'extinction. Il se tourna vers moi :

— Centaure, mon ami ! Montre-nous un peu ce que tu sais faire.

Je fis quelques tours de piste supplémentaires, sautai des

obstacles. Lorsque, accompagné par l'accordéoniste, je dansai une polka — sur mes pattes qui s'y perdaient complètement —, le cirque faillit s'écrouler : ils hurlaient comme des fous. Je dus répéter le numéro deux, trois fois. Je sortis enfin, épuisé, en nage. La dompteuse m'attendait avec un large sourire : Ne t'avais-je pas dit, Silva, que ce serait un grand succès ? Les gens du cirque se bousculaient autour de moi, me félicitaient. Les choses vont enfin s'améliorer, on va peut-être sortir du pétrin, disaient les nains. Ils m'offrirent d'entrer dans l'arène juchés sur mon dos ; le trapéziste aussi voulut monter un numéro avec moi : le centaure volant. C'était bien joli tout cela, tous ces hommages, mais toutes ces mains qui me touchaient, me palpaient, commençaient à me rendre nerveux — je craignais que dans l'allégresse générale quelqu'un ne se rende compte qu'il ne s'agissait pas d'un déguisement, que c'était bien moi-même qui me trouvais à l'intérieur de cette peau, de ce cuir, qu'il n'y avait aucun Silva sourd-muet au visage brûlé, mais des intestins, un foie, des reins, des viscères de cheval. Je me retournai vers ma croupe : Allez, petit frère, dis-je d'une voix forte, on va prendre un bain. Ils se mirent à rire : un bain ? Ça prend des bains, les centaures ? Mais déjà je m'éloignais au galop.

Le cirque se mit à afficher complet. J'étais l'attraction principale. Non content des résultats obtenus, j'avais introduit des variations dans mon numéro. Je disputais une course contre un chameau — ce qui mettait le public en délire. J'appris également à jongler, je sautais à travers des cerceaux enflammés : des applaudissements, encore des applaudissements.

Bien sûr, les choses ne se passaient pas toujours aussi bien. Quelques mauvais plaisants s'amusaient parfois à me tirer la queue, des soûlards essayaient de me chevaucher, et ce n'était pas l'envie de leur flanquer quelques coups de sabot qui me manquait alors. Ne te fâche pas, disaient les nains, ce sont des gens grossiers, des gens de l'intérieur.

Les gens du cirque m'appréciaient beaucoup, et surtout les nains, qui ne me quittaient plus d'une semelle. Cela m'ennuyait : plus j'étais seul et mieux cela valait. Je demandai une roulotte pour moi tout seul, ce que la dompteuse m'accorda immédiatement : commande, me dit-elle, clignant de l'œil, ne demande pas.

La roulotte, de luxe, était très confortable pour les gens normaux, pas pour un centaure. J'avais du mal à m'y tenir debout, de plus je ne disposais pas d'un grand matelas, comme dans ma chambre, chez mes parents, mais de deux petits lits — un pour moi et l'autre pour mon frère. De toute manière, c'est là que je passais le plus clair de mon temps, à lire. Lorsque je sortais, je me couvrais d'un grand drap qui retombait jusqu'aux sabots. J'expliquais qu'il fallait que je protège ce déguisement de centaure qui m'avait coûté très cher, alors qu'en réalité je ne cherchais qu'à me soustraire aux mains indiscrètes.

Ils me laissaient tranquille. Ils me trouvaient un peu étrange, mais en ces lieux je n'étais pas, et de loin, l'être le plus bizarre. Le lanceur de couteaux parlait tout seul, le clown ne parlait à personne, le trapéziste adorait fourrer les poches des nains d'araignées et de cafards.

Je vais bien, écrivis-je à mes parents. J'ai assez à manger, je m'amuse beaucoup et je n'ai plus de fièvre. Pour le moment, je ne peux pas vous indiquer mon adresse, mais ne vous faites aucun souci : tout se passe bien.

C'était vrai que tout allait bien, je sentais même que j'étais heureux. Je commençais à penser qu'après tout il existait cet endroit où j'aurais une place parmi les hommes, pattes ou pas pattes, queue ou pas queue. Les rires du public et l'amitié des gens du cirque me réconfortaient. Et puis il y avait les regards de la dompteuse.

Les nains me parlaient d'elle avec un mélange de crainte et d'admiration. C'est un tyran en jupon, disaient-ils, elle dirige le cirque d'une main de fer. Et quel tempérament :

aucun homme n'était capable de la satisfaire. Le trapéziste, le lanceur de couteaux, le clown, tous s'y étaient essayés, et tous, après un lamentable échec, s'étaient vus rejetés avec mépris : ils ne sont pas assez virils pour moi, disait-elle. En ce moment elle n'avait personne, ce qui n'était pas sans inquiéter la troupe, car c'était en ces périodes qu'elle était le plus irascible, insupportable.

En attendant, elle me regardait. Elle me regardait souvent. Depuis la cage du lion ; allongée à côté du félin qu'elle embrassait amoureusement sur la bouche. Quand trouverai-je un homme, s'exclamait-elle, qui vaille cet animal-là ! Et elle me clignait de l'œil. Je souriais et je m'éloignais, gêné. En réalité, cependant, je n'arrêtais pas de penser à elle. Je ne dormais plus ; mon énorme pénis en érection, je me retournais sur le plancher, incapable de rester en place. Après tout, un centaure, est-ce que ça ne valait pas un lion ?

Les jeunes filles qui venaient au cirque se pressaient autour de moi, admiratives : qu'il est beau ! Elles demandaient si elles pouvaient me toucher. La dompteuse se mettait alors dans tous ses états, ce qui ne me rassurait pas du tout.

J'ai le pressentiment qu'il va se passer quelque chose.

Une nuit, je n'arrive pas à trouver le sommeil. Il fait très chaud dans la roulotte, une chaleur lourde, suffocante. Je trempe ma tête dans une bassine pleine d'eau, j'enroule autour de moi des serviettes humides ; cela ne sert à rien. N'y tenant plus, je décide d'aller prendre l'air.

Je m'avance pas à pas entre les cages des fauves. Les animaux me regardent silencieux, leurs yeux luisant dans l'obscurité. L'éléphant, debout, oscille légèrement sur ses pattes. Pauvres bêtes. Je n'ai aucun mal à les comprendre, moi. Mes viscères sont les leurs, même s'il est vrai que mon destin est différent.

— Où vas-tu, jeune homme ?

Je me retourne, sursautant. C'est la dompteuse. Appuyée contre la cage du tigre, elle me regarde, souriante.

— Tu te promènes ?

— Je suis sorti prendre un peu l'air, dis-je, d'une voix que je ne me connais pas.

Elle jette un coup d'œil autour de nous. Personne, ils sont tous en train de dormir. Viens, murmure-t-elle. Ses yeux, ses lèvres entrouvertes débordent de désir. Moi, j'ai la gorge sèche, j'ai peur, mais je ne peux plus me retenir, je l'embrasse.

— Attends, dit-elle. Pas ici.

Je la prends dans mes bras. Nous pénétrons dans la roulotte, je l'embrasse avec furie, sur la bouche, sur les yeux, dans le cou. Calme-toi, mon amour, dit-elle, laisse-moi me déshabiller. Je la laisse ; frémissant de désir, je la regarde déboutonner son chemisier, ôter ses bottes.

Et ton frère, demande-t-elle, il ne va pas s'ennuyer ? Elle a une idée : Si vous voulez, vous pouvez venir tous les deux. Non ! dis-je criant presque, puis, sur un ton plus calme : Lui... mon petit frère... Il n'aime pas tellement ces choses-là. Mais ça ne le dérange pas... ce que je fais, moi.

— Ah, bon, dit-elle. Elle achève de se déshabiller — j'entrevois dans la semi-obscurité son corps bien modelé —, elle s'allonge sur le lit.

— Viens, mon amour, murmure-t-elle. Viens, mon centaure chéri.

Les pattes fléchies, je me penche sur elle, je l'embrasse, comme un fou — sur la bouche, sur les seins, sur les cuisses. Ah, mon amour, soupire-t-elle, tu me rends folle, complètement folle ! Prends-moi, mon amour. Sors de cette peau et prends-moi.

Alors — avalanche dévastant la montagne, torrent pulvérisant ses digues — je me jette sur elle, aveuglément. C'est à peine si je l'entends crier au secours — à l'aide, on m'attaque, c'est un monstre —, je la maîtrise, l'empêche de crier, tente de la pénétrer, je n'y parviens pas, j'éjacule entre ses cuisses, je m'affale sur le côté, épuisé. Elle saute du lit et s'échappe en criant : Au secours, c'est un cheval ! C'est un vrai cheval.

Je me remets sur mes pattes, encore tout étourdi. Je sors. Des voix exaltées se lèvent dans la nuit, des lumières s'allument. Les lions rugissent, les macaques glapissent. Il n'y a pas un instant à perdre. Je pars au galop.

(Ce galop. Ce galop au milieu de la nuit en rase campagne près des étangs qui renvoient le pâle reflet de la lune, ce galop restera longtemps dans ma mémoire. Aujourd'hui je me souviens, nostalgique, du temps où je pouvais galoper librement ; même si — comme cette nuit-là — j'étais terrifié, même si mes pattes écrasaient les grenouilles, même si les arbres bas de la pampa m'égratignaient au passage.

C'est bon de courir. Mes amis courent tous les jours, à l'aube ; ils font cinq, six fois le tour du parc ; en apparence, ils courent pour conjurer l'infarctus. Ils prétendent aussi que cela leur rend les idées plus claires, que le cerveau, agité dans la boîte crânienne, se libère de toutes ses préoccupations, de ses obsessions, il paraît même qu'un petit nuage de vapeur se forme au-dessus de la tête des grands coureurs.

Mais je sais, moi, que ce n'est pas pour cela qu'ils courent. Il courent pour courir, parce que c'est bon ; s'ils ne tenaient pas compte des limites de temps et d'espace, si ce n'étaient pour les responsabilités qu'ils ont à assumer, la famille et tout le reste, ils continueraient à courir droit devant eux, ils iraient très loin, arriveraient au paradis des coureurs heureux, là où jamais personne, même en courant éternellement, ne dépassera la limite ; là où tout le monde ne fait qu'une seule chose : courir, les uns en tenue bleu marine, les autres en pantalon blanc, d'autres encore en tenue de tennis, ou bien nu-pieds ; ils courent seuls ou en groupe, ils courent en discutant, ils courent en mangeant des sandwiches, ils courent en déféquant, ils courent sans s'arrêter, comme moi, cette nuit-là, je courais, mais heureux, sans connaître la peur qui m'habitait.)

Au matin, je suis déjà loin. La position du soleil me permet de constater que j'avance toujours, comme prévu, en direction du sud. Il me faut encore découvrir — bien que ma direction soit opposée à celle de la Thessalie et de l'Arcadie — le légendaire pays des centaures, des rois centaures, des sujets centaures, des laboureurs centaures, des écrivains centaures. Et des centauresses.

Je galope vers le pôle Sud, vers les glaces éternelles qui préservent, intactes, les carcasses des quadrupèdes ancestraux.

Je galope toute la nuit, comme avant. Comme avant, je vole des fruits et des salades, et aussi de la nourriture sur les camions stationnés au bord de la route. Comme avant, je dors pendant le jour, mais maintenant uniquement dans des endroits sûrs, bien à l'abri.

Je parcours des lieues et des lieues.

Estancia dans le Rio Grande do Sul
1954-1959

J'avance en direction de la frontière.

(Je dois être passé par São Borja à peu près à l'époque où on enterrait Getulio Vargas. Je n'étais alors pas au courant de ces choses-là. Je me contentais de galoper.)

Un matin de pluie, je cherchai refuge dans un ranch abandonné, une vieille bicoque qui se trouvait en plein milieu d'un vaste champ. Mon sommeil fut bercé par le crépitement de la pluie et le coassement des crapauds ; un sommeil bestial d'ailleurs, provoqué par des muscles épuisés, par des tendons endoloris. Un sommeil de mulet.

Au matin...

Je me réveille avec un sentiment d'angoisse, avec d'étranges pressentiments. Je me lève, je jette un coup d'œil par la petite fenêtre du ranch.

Le ciel est toujours couvert, mais il a cessé de pleuvoir. Des moutons sont en train de paître, placides. Personne n'est en vue. Pourquoi donc cette peur, alors ?

Il se passe quelque chose, pourtant. C'est mon ventre qui m'en avertit ; dans mon ventre résonne, bien que lointain, un galop de chevaux. Je scrute l'horizon ; je distingue quelque chose au loin.

Un cavalier. Non, deux cavaliers. Ils arrivent très vite, ils viennent vers moi.

Celui de devant semble être une femme... C'est une femme : on aperçoit les longs cheveux qui flottent au vent. Le cheval est étrange. Où est sa tête ? *La tête du cheval ?*

Il n'y a pas de tête. Il n'y a pas de cheval. Celui qui vient derrière, un vieux, lui, oui, il est à cheval ; mais le premier personnage c'est une femme et un cheval, c'est une femme-cheval, c'est — est-ce que je rêve ? — une centauresse.

Une (mais alors je ne suis pas tout seul, alors nous sommes nombreux, peut-être très nombreux) centauresse ! Et d'où (c'est une jeune femme et elle semble très jolie) sort-elle ? De Quatro (ah si mes parents) Irmãos, d'Argentine, du pôle (si Débora et Mina) Sud ? Ce n'est pas le moment de se poser ce genre de questions, la jeune femme, la centauresse, a des ennuis, on voit qu'elle est à bout, qu'elle a peur, l'homme, qui est à sa poursuite, se rapproche d'elle, il faut que je fasse quelque chose, mais quoi, Jehovah, quoi donc ? Ah, si j'étais le cheval ailé.

— Arrête, diablesse ! Arrête ! Le vieux semble possédé.

Je l'enlèverais, je monterais avec elle jusque dans les nuages, mais je ne suis qu'un centaure apeuré, en colère ; que faire ? Sortir de ma cachette, affronter l'homme ?

— Arrête ou je tire !

Il a un revolver dans sa main, il est à moins de cent mètres de la centauresse, il vise, ils galopent tous deux à une allure effrénée, ils vont passer près du ranch. Maintenant, MAINTENANT.

Je me jette contre la porte peu solide, l'enfonce, me précipite au-dehors, m'élance vers l'homme, celui-ci retient son cheval, écarquille les yeux, pousse un hurlement de terreur, le cheval se cabre — au moment où il allait tirer — il tombe, le cheval s'enfuit.

Je m'approche avec prudence. Il est immobile, le visage tourné contre le sol. Je m'agenouille près de lui, le retourne. Evitant de regarder ses yeux grands ouverts, j'appuie ma main contre son cœur. Le cœur ne bat plus.

— Il est mort ? C'est la jeune femme, la centauresse, qui s'est approchée de moi.

Nous nous regardons.

Elle est jolie. Pas aussi jolie que la jeune femme de la maison coloniale, mais très jolie tout de même ; un petit visage aux traits indiens, des yeux sombres.

— Bel et bien mort, dis-je en me levant.

Elle se met à pleurer. Elle est encore sous le coup de l'émotion. J'aimerais la réconforter, caresser ses longs cheveux noirs, lui dire que ce n'était rien, que maintenant tout va bien. C'est ce que je fais : je lui caresse les cheveux, je lui dis que ce n'était rien, que maintenant tout va bien. Je la reconnais comme mienne, elle me reconnaît comme sien. Nous faisons partie de la même race aberrante, son pelage ressemble même un peu au mien : il est alezan.

(Tacheté, m'étais-je dit une fois, plein de dégoût. Ce n'était pas assez d'être centaure, il fallait encore que je sois alezan ! Mais maintenant — maintenant je suis content d'être alezan. C'est une chose de plus que nous avons en commun.)

Elle s'essuie les yeux sur la manche de sa longue tunique blanche, elle me regarde. Seulement, maintenant que la panique est passée, elle semble se rendre compte que moi aussi, j'ai des pattes, que moi aussi je suis à moitié cheval. Je lis l'étonnement sur son visage ; l'étonnement et la crainte.

— Je m'appelle Guedali, lui dis-je pour la rassurer. Elle ne comprend pas : Comment ? demande-t-elle en fronçant les sourcils en une expression presque comique. Guedali, répétai-je. Ah, dit-elle, eh bien moi, je m'appelle Tita.

Je me rends compte soudain que nous sommes en plein

champ, à découvert. Je cache le corps de l'homme sous des arbustes, je la prends par la main, l'emmène dans le ranch, la fais asseoir près de moi. Sanglotant encore, elle me raconte l'histoire de l'homme mort, le fazendeiro Zeca Fagundes.

Zeca Fagundes, le propriétaire de toutes ces terres. Il s'était consacré à l'élevage des moutons à une époque où les quotations sur le marché international atteignaient des sommets. Il s'était enrichi rapidement.

Il vivait avec sa femme, Doña Cotinha, dans une gigantesque maison — imitation d'un château médiéval, avec pont-levis, murailles, tours, et tout le reste. Les portes des chambres et des vastes salons étaient garnies d'armatures médiévales, authentiques, achetées à un antiquaire respectable de Pelotas. Le sol était de pierre ; les fenêtres, petites, étaient protégées par de lourds treillis. L'éclairage était assuré par des flambeaux. Au sous-sol, il y avait une oubliette, et une salle de torture où était accrochée une cage en fer qui renfermait un squelette décapité. Les restes d'un péon supplicié, disait Zeca Fagundes, mais tout le monde savait qu'il s'agissait d'une plaisanterie — le squelette était celui d'un Indien, un vieux sorcier, mort de mort naturelle.

Doña Cotinha, une petite femme maigre et silencieuse, toujours habillée de noir, ne sortait jamais de chez elle. Elle s'était vouée à l'art du tissage. Elle travaillait sur d'anciens métiers hérités de sa grand-mère, elle aussi femme de fazendeiro. Elle tissait avec la laine des moutons des tapis aux très beaux dessins : des symboles héraldiques, des animaux de la région (le nandou était un motif qui revenait souvent) ou des animaux mythologiques — la licorne, le griffon —, des figures des légendes gauchas, comme celle de Salamanca do Jarau. Ces tapis étaient fixés au mur au moyen de crochets ; leur vue apportait un peu de joie dans la vie de Doña Cotinha, femme triste et solitaire. Leur fils unique n'avait pas de très bons rapports avec son père ; il vivait à Porto Alegre, où il étudiait le droit depuis de longues années ; il ne terminait jamais ses études. Certaines lettres anonymes disaient des choses affreuses à son sujet, le dénonçaient comme alcoolique, taré, ce qui ne contribuait pas à améliorer l'état d'esprit de la pauvre dame.

Zeca Fagundes, homme irascible, détestait les moutons — animaux stupides, couards — bien que leur devant toute sa fortune. Et il détestait les vaches de l'estancia également. Vous vous imaginez que je ne sais pas ce vous faites ? disait-il à ses péons, sur un ton mi-affectueux, mi-moqueur, mi-fâché, mi-compréhensif. Qu'est-ce que vous racontez là, m'sieu Zeca ? disaient les hommes baissant les yeux ; avec des moutons, m'sieu Zeca, où avez-vous déjà vu une chose pareille ?

Ce que Zeca Fagundes aimait vraiment, c'étaient ses chevaux. Il en avait peu — ses voisins en possédaient des dizaines — mais il les sélectionnait soigneusement : des pur-sang, des chevaux très rapides. Zeca Fagundes les traitait avec tendresse, ne permettant à aucun péon de s'approcher des écuries.

C'était lui-même qui apportait son fourrage à chaque cheval et qui ensuite l'étrillait.

Sultan, le cheval gris, était son préféré, c'est avec lui qu'il sortait galoper sur ses terres, la chemise ouverte sur sa poitrine, les cheveux blancs flottant au vent. Lorsqu'il apercevait un troupeau de moutons, il s'abattait sur eux au galop. Ah comme il galopait ! Il se régalait en voyant les animaux s'enfuir, éperdus, il aimait les entendre bêler.

Les chevaux. Les chevaux et les femmes. Non pas Doña Cotinha, laide et dépourvue de charme, bien que compagne fidèle ; les autres. Il les faisait venir de Bagé, d'Alegrete : de petites caissières effrontées ; des femmes divorcées ; des putains aussi. Il faisait semblant de les employer à l'estancia, les unes comme cuisinières, les autres comme femmes de ménage, les troisièmes chargées de la correspondance et de la comptabilité. Elles logeaient toutes dans une grande chambre voûtée, dans le sous-sol du château. A n'importe quelle heure du jour et de la nuit, il entrait, désignait l'une d'entre elles — viens, toi ! — et la faisait monter dans son appartement secret, une pièce dont lui seul possédait la clé et qui se trouvait au sommet d'une tour isolée du reste de la maison.

Les femmes n'étaient pas prisonnières. Elles étaient libres de s'en aller si elles le souhaitaient. Elles n'osaient pas le faire cependant. Elles savaient que Zeca Fagundes irait les rechercher, où qu'elles se cachent et que le châtiment serait terrible — l'oubliette était là, tout près et la salle de torture (on disait qu'elle était remplie de fouets, de fers à marquer les bestiaux, sans oublier le squelette dans la cage) aussi. Elles préféraient rester. Après tout, elles étaient bien nourries, avaient de jolis vêtements et des parfums raffinés, pour lesquels Zeca Fagundes dépensait sans compter. Je veux que mes pouliches soient jolies et bien parfumées, disait-il. Il les satisfaisait toutes, malgré son âge.

(Une fois, une étrangère arriva à l'estancia. Elle était jeune, jolie, blonde — chose assez rare dans la région — et parlait avec l'accent de São Paulo. Elle se disait admiratrice de chevaux ; elle était venue tout spécialement pour visiter le haras de Zeca Fagundes. L'estanceiro l'accueillit avec méfiance ; il avait des doutes quant à cette femme à la robe largement décolletée, maquillée et couverte de bijoux. Pendant la conversation, elle lui raconta qu'elle s'était séparée de son mari, et que les hommes du centre l'avaient beaucoup déçue, qu'ils ne valaient pas un clou.

Zeca Fagundes l'observa en silence pendant quelques instants, puis l'invita à l'accompagner dans la chambre de la tour. Elle le suivit ; au lit, elle se révéla plutôt moyenne ; malgré tout, il lui proposa de rester à l'estancia, peut-être parce qu'elle était différente des autres. Elle accepta pendant quelque temps puis annonça qu'elle allait partir. Zeca Fagundes lui répondit sèchement que c'était lui qui fixait les échéances et personne d'autre.

Dès lors, il apparut clairement que la blonde n'était pas comme les autres. Elle ne restait pas enfermée dans les logements ; elle allait dans toute la maison, mettait son nez partout, posait des questions embarrassantes, prenait des notes sur un petit calepin. De plus elle essayait d'amener les femmes à se révolter contre Zeca Fagundes : Vous n'êtes que des esclaves, leur criait-elle, cet homme règne sur vous ! Lors d'une visite impromptue, l'estanceiro la surprit en train de griffonner des notes. Il lui arracha le carnet des mains ; elle tenta de lui résister — donne-moi ça, vieux porc ! —, il la renversa d'une bourrade. Ce qu'il lut provoqua en lui une fureur encore plus terrible : Mais c'est un article de journal, ça ! Un article de journal ! C'est qu'elle serait journaliste, notre traînée.

Le châtiment : il la déshabilla, l'attacha au poteau de la salle de torture, la fouetta publiquement devant toutes les femmes. Puis il la mit sur la croupe d'un cheval et l'expédia en direction de la ville :

— Ne t'avise plus jamais de remettre les pieds ici ! cria-t-il. Et le cheval tu peux le garder, espèce de traînée !)

C'est dans le château de Zeca Fagundes que la centaurette voit le jour. Sa mère est une femme cabocla, laide, stupide, silencieuse, qui s'appelle Chica, une femme dont la présence au harem était un mystère : nul ne comprenait ce que l'estanceiro lui trouvait.

La cabocla se retrouve enceinte et n'en parle pas. Peut-être parce qu'elle le cache ou bien parce que les femmes ne font pas attention à elle, personne, jusqu'au jour de l'accouchement, ne remarque son ventre, pourtant anormalement gros.

Au milieu de la nuit, elle va dans la salle de bain. C'est là que, accroupie dans l'antique position utilisée par les Indiennes pour accoucher, elle commence à pousser et à émettre des plaintes. Une des femmes, réveillée par le bruit, la découvre, prévient les autres qui se mettent à courir à droite et à gauche, à criailler. Finalement elle commence à accoucher, les femmes font de leur mieux pour l'aider ; soudain elles voient une patte, puis une autre — des cris d'horreur — et puis une autre et une autre encore et la centaurette naît, parmi les hurlements des femmes qui ne s'évanouissent pas, tandis que la cabocla elle-même n'a pas l'air de se rendre compte de ce qui s'est produit.

Une fois revenues à elles-mêmes, les femmes examinent la créature qui vagit et s'agite dans un drap. Comment une chose tellement bizarre a-t-elle pu être conçue, se demandent-elles, et l'une d'elles se souvient de la passion de Chica pour les chevaux de Zeca Fagundes. Qu'est-ce que tu es allée faire ? lui demandent-elles. Elle, prostrée, les yeux fermés, ne répond pas. Elle persiste dans son mutisme, puis elle commence à avoir de la fièvre, à cause de l'accouchement sans doute, et elle se met à délirer. Cela se passe au moment où, par hasard, Zeca Fagundes et sa femme sont en cure dans une station thermale. Les femmes ne savent pas quoi faire ; elles n'osent pas appeler le médecin, l'estanceiro ne veut pas d'étrangers chez lui. Elles font boire à la cabocla du thé qu'elle avale à contrecœur. Elle finit par mourir, les laissant devant le fait accompli : il faudra bien qu'elles s'occupent de la centaurette. Elles ne songeront pas, contrairement à la sage-femme de Quatro Irmãos, à mettre fin aux jours de la petite créature. Elles sont prêtes à s'occuper d'elle. Tout comme mes parents, elles choisissent de garder le secret. Comme elles ont besoin d'aide, cependant, elles se résolvent à raconter à Doña Cotinha ce qui s'est passé. Elle s'est toujours montrée hostile à leur égard, mais, pensent-elles, elle ne restera sûrement pas insensible à la vue de la pathétique petite créature. Et elles ne se trompent pas. Au début, Doña Cotinha ne veut rien savoir, ne veut même pas entendre parler de cette histoire : vous faites vos cochonneries, vous accouchez des monstres et ensuite vous venez me demander de l'aide ; moi, je n'ai rien à voir dans tout cela, ce sont des choses qui n'arrivent qu'aux syphilitiques de votre espèce. Quand elles lui montrent le bébé, pourtant, elle change du tout au tout ; au début, elle est effrayée, et puis elle finit par s'émouvoir — elle aussi sait ce que cela veut dire d'être mère —, elle pleure. A partir de ce moment-là, une chaude amitié, une sorte de muette solidarité, va naître entre l'épouse légitime et les concubines.

Suivant les conseils de Doña Cotinha, les femmes cachent la centaurette (Marta, c'est le nom qu'elles vont lui donner ; Marta, Martita, Tita) dans l'ancien dépôt de bois désormais vide, contigu au logement. Elles la nourrissent au biberon — et découvrent également la nécessité d'ajouter au lait des feuilles de laitue pilées —, la centaurette pousse bien. Toujours cachée, mais entourée de l'affection des femmes. Eveillée, elle commence à parler très tôt puis à poser des questions. Mères (toutes sont des mères pour elle), pourquoi suis-je ainsi ? Pourquoi est-ce que j'ai ces pattes, cette queue ? Pourquoi ne suis-je pas comme vous ? Elle ne demande rien sur son père, elle ne sait pas ce qu'est un homme, elle n'imagine même pas qu'il puisse en exister.

Elle ne peut pas se résigner à vivre comme une prisonnière, dans le dépôt, ou tout au plus (mais seulement quand Zeca Fagundes n'est pas là) à trotter un peu dans le logement des femmes. Elle est en quête de soleil, d'air libre ; elle veut connaître tout le monde qui se trouve là dehors. Non, tu ne peux pas sortir, c'est très dangereux, répètent les femmes, ils vont te tuer. Mais chaque jour qui passe la rend plus nerveuse (et, ce qui est pire, plus jolie), les femmes sentent bien qu'elles ne réussiront pas à la protéger longtemps encore.

Effectivement, un matin, le jour de son dix-septième anniversaire, elle ouvre la porte et sort tout doucement, sans que les femmes la remarquent. Il fait encore noir, c'est l'hiver ; on n'y voit pas grand-chose, mais tout de même, la sensation de liberté crée en elle un délicieux vertige ; elle décide de trotter un peu dans les alentours, quel mal y aurait-il ? Il est très tôt, tout le monde est en train de dormir.

Elle se trompe, tout le monde n'est pas en train de dormir : Zeca Fagundes, lui, est déjà debout, en train de seller son cheval. Il voit la centauresse passer, il en est abasourdi, il se frotte les yeux : c'est le sommeil ? Ou alors est-ce bien une femme-cheval qu'il a vue ? Mais si une telle créature existe, il faut qu'elle lui appartienne, c'est Dieu qui la lui envoie ! Il se met en selle et, au triple galop, il part à la poursuite de la fantastique vision.

Le reste, tu le connais, dit-elle, essuyant ses larmes.

Je la regarde, elle me regarde.

Je la serre contre moi, l'embrasse. Je sens contre ma poitrine nue ses seins nus, drus, sous la tunique. Je l'embrasse, nous nous embrassons, maladroits, mais avides. Qu'est-ce que c'est, Guedali ? demande-t-elle dans un murmure. Qu'est-ce que tu es en train de faire ? N'aie pas peur, dis-je, ça va être bon, Tita, ça va être bon.

Je voudrais faire l'amour à la manière des gens normaux, comme je l'ai déjà vu dans les illustrations de mes livres ; mais ce n'est pas possible, nos corps sont trop grands, il y a trop de pattes. Je finis par la monter — dans cette position, je heurte ma tête contre le toit de la bicoque, je perce même la paille — je me penche en avant, je l'embrasse par-derrière, je prends ses seins entre mes mains, je lui murmure des petits mots tendres à l'oreille et, doucement, je la pénètre. C'est bon, soupire-t-elle, c'est très bon. Les grands corps se mettent à frémir de plaisir.

A la tombée de la nuit, nous sortons. Je dépose le corps de Zeca Fagundes sur ma croupe

(s'il était en vie, l'estanceiro me prendrait sûrement comme péon ; je ferais un rabatteur de troupeaux superbe, je serais imbattable dans les carrières de sable ; et quand je serais

vieux il m'attellerait à un chariot — et il n'y aurait besoin de personne pour tenir les rênes : des palonniers vides, comme ceux des chariots fantômes qui glissent en silence dans le brouillard)
et nous nous dirigeons vers l'estancia. Notre arrivée provoque une incroyable confusion parmi les femmes : un nouveau centaure ! Et Tita qui réapparaît ! Et l'estanceiro mort ! C'est trop d'émotions : elles poussent des cris, s'évanouissent. Tita réussit après quelque temps à les calmer et leur raconte ce qui s'est passé.

Elles réagissent à la mort de l'estanceiro par des sentiments mitigés : il y a de la tristesse, bien sûr ; mais il y a de la joie aussi. Elles en avaient assez de la tyrannie du vieux, de ses manies et de ses perversions — dont la plus innocente consistait à leur faire l'amour avec des éperons. Elles consolent Doña Cotinha qui pleure, serrant dans ses bras le corps de son mari : que peut-on y faire, c'est Dieu qui l'a voulu. Merci, mes petites, sanglote la vieille dame, à présent veuve, vous avez été bonnes pour moi, je saurai m'en souvenir, croyez-le.

Les femmes se tournent alors vers moi. Elles m'entourent, m'examinent, curieuses. Et moi qui pensais, dit l'une d'elles, que Tita était un cas unique. On a de la chance qu'il soit si beau, dit une autre, ils feront un très joli couple tous les deux. Elles sont unanimes. Que peuvent faire d'autre un centaure et une centauresse qui se rencontrent, sinon vivre ensemble ? (Leur instinct les avertit que quelque chose s'est déjà passé entre Tita et moi ; le regard de la jeune femme est différent à présent, son allure est différente, elle a un sourire mystérieux ; elle est devenue femme, la jeune centauresse. Femme centaure.) J'espère bien que vous allez vous marier, sermonne une troisième, vous n'allez pas faire de cochonneries et vivre ensemble sans être mariés à l'église. Elles rient, imaginant la tête du curé, Tita rit, je ris moi aussi. Je ne peux pas me marier à l'église, dis-je toujours en riant, je suis juif.

Elles se sont arrêtées de rire, elles se regardent, méfiantes.

Juif, ça ne leur inspire rien de bon, ça. Les Juifs ont tué le Christ, les Juifs sont des gens cupides, c'est à de telles gens qu'elles vont confier leur Tita ? Elles ont entendu, pourtant, l'histoire d'une femme qui avait un amant juif, un vendeur ambulant ; elle disait que ce ne sont pas des mauvaises gens, qu'il faut savoir les prendre, comme tout un chacun. Soulagées, elles retrouvent le sourire. Cette fois, c'est mon nom qui les amuse, elles le trouvent drôle : Guedali, c'est un nom de personne, ça ?

Nous passons le reste de la journée à discuter, et aussi une bonne partie de la nuit.

A l'aube, les femmes se souviennent qu'il faut penser à préparer les cérémonies funèbres, auxquelles vont assister tous les fazendeiros de la région. Il ne faut pas qu'on les voie là : le mort appartient à la veuve, à elle seulement. Elles préparent leurs affaires — se disputent les robes, les parfums —, elles viennent, les larmes aux yeux, nous faire leurs adieux. Elles m'obligent à promettre que je vais m'occuper de Tita et de Doña Cotinha ; à présent l'homme de la maison, c'est moi. Puis elles s'en vont.

Pendant une semaine entière, la veuve reste enfermée dans sa chambre, seule avec sa douleur (son fils ne s'est pas même montré).

La maison nous appartient, à Tita et à moi ; nous nous promenons dans les grands salons, nous descendons au sous-sol, nous montons — avec beaucoup de mal car les escaliers sont très étroits — à la tour ; nous nous aimons, dans cette chambre remplie de miroirs ; et dans l'oubliette, à la lumière des torches ; et dans l'ancien dépôt de bois, où je partage le matelas — qui ressemble à celui que j'avais chez moi — de Tita.

Doña Cotinha réapparaît, à notre surprise, fraîche et dispose ; elle prend ses décisions avec une énergie qu'on ne lui soupçonnait pas. La première chose à laquelle elle se consacre, c'est l'élimination des traces de la présence de son mari : elle brûle ses papiers, distribue ses affaires aux péons. Elle fait sceller la porte de ce qui avait été leur chambre, elle déménage dans un appartement plus modeste.

Et en ce qui nous concerne, Tita et moi, quelles sont ses intentions ? Elle ne dit rien, je commence à avoir des doutes : peut-être tolère-t-elle mal ma présence, peut-être me trouve-t-elle dépravé ? Je me décide à lui demander un entretien. Tita et moi nous nous aimons, dis-je, nous avons l'intention de vivre ensemble, et, si vous n'y voyez pas d'inconvénient, nous aimerions continuer à vivre ici. Sinon, accordez-nous un délai et nous allons quitter l'estancia.

— Mais certainement pas, dit-elle, surprise. Tita est comme une fille pour moi ; et moi aussi, elle commence à me trouver sympathique. Il se peut que je n'exprime pas très bien mes sentiments, ajoute-t-elle, mais vous savez, je suis un peu sèche ; tant d'années vécues avec un animal pareil...

Elle sort un mouchoir de la manche de son costume, elle s'essuie les yeux. Prenez l'ancien appartement de ses femmes, dit-elle. Et elle ajoute : Ne vous préoccupez pas de bêtises comme le mariage. Je me suis bien mariée, moi, en robe brodée et en voile blanc, et cela a servi à quoi ? Restez donc, mes enfants, aimez-vous autant qu'il vous plaira, à votre façon. Votre compagnie me suffit.

De 1954 à 1959, nous vivons à l'estancia auprès de Doña Cotinha. Il n'y a qu'elle et l'intendant — un homme étrange, silencieux, mais en qui on peut avoir entièrement confiance —, il connaît notre existence.

C'est une vie heureuse, sans préoccupations.

Pendant la journée, naturellement, nous devons rester dans la maison, mais nous avons de quoi nous occuper. Tita aide Doña Cotinha dans les tâches domestiques, ou à tisser les tapisseries, moi, je lis, j'étudie (je m'intéresse beaucoup à la gestion des entreprises), ou alors je joue du violon (le violon que j'ai trouvé dans une armoire appartenait au grand-père de Doña Cotinha ; c'est un instrument remarquable, très rudimentaire, mais dont je réussis à tirer de merveilleuses mélodies ! Tita et Doña Cotinha en sont émues aux larmes).

La nuit, très tard, aux heures mortes — nous allons nous promener dans les champs, Tita et moi. Nous galopons côte à côte, main dans la main, nous écoutons le sifflement du vent sur nos oreilles. Nous nous arrêtons, nous nous regardons, riant, essoufflés. Lentement son sourire disparaît de son visage ; j'ai envie de toi, murmure-t-elle. Moi aussi, dis-je.

Tita et Guedali, Guedali et Tita, les amants de la pampa. Leurs peaux s'attirent, ainsi que leurs pelages, leurs muqueuses ; lorsqu'ils font l'amour, c'est un véritable ballet, leurs deux grands corps se soulèvent lentement dans l'air, leurs bras et leurs pattes s'entrelacent, pour retomber ensuite, en douceur et sans bruit, sur le frais tapis d'herbe humide.

Elle vient à peine de sortir de l'enfance, elle. Il y a encore peu de temps, elle jouait avec les poupées que lui offraient les femmes de l'estancia. Cependant, elle est intelligente, curieuse ; elle veut tout savoir sur moi, sur ma famille. Je lui raconte, ça me fait plaisir de lui raconter. Je lui parle de la ferme de l'intérieur de Quatro Irmãos, de mes parents, de mon frère, de mes sœurs et du violon, de Peri, le petit Indien, de Pedro Bento. Et de la maison de Teresopolis, et de mon amour pour la jeune femme de la maison coloniale (ça la rend jalouse, elle se renfrogne, je l'apaise, lui expliquant que ce n'était pas sérieux). Je parle du cirque, des nains, de la dompteuse (à nouveau elle devient jalouse, à nouveau je la console), de mon galop dans les champs. Il y a pourtant des choses dont je ne parle pas : du cheval ailé, dont je n'ai pas entendu battre les ailes depuis longtemps, je n'en parle pas, je ne peux pas en parler. Et puis il y a aussi des choses qu'elle ne comprend pas très bien : Juif, qu'est-ce que c'est que cette histoire d'être Juif ? J'essaie d'expliquer, je lui parle d'Abraham et de son sein, de Moïse, du baron Hirsch. Je lui raconte les histoires de Scholem Aleichem, je parle d'Israël, de Jérusalem, du kibboutz ; Marx et Freud aussi font partie de mon histoire.

Je me tais. Je commence à éprouver la nostalgie de mes parents, de Débora, de Mina et même de Bernardo. Je continue à leur écrire de longues lettres que le gardien va poster en ville. Je leur dis que je vais bien, qu'ils ne se fassent pas de souci, mais dois-je leur parler de Tita ? Je décide que non, il n'est pas encore temps.

Doña Cotinha éprouve pour nous une estime croissante. Nous sommes tout pour elle (mes petites puces chéries, c'est comme ça qu'elle nous appelle), nous sommes plus importants que son fils qui ne lui écrit même pas. Le fait que nous soyons amants la dérange un peu ; elle ne nous dit rien, mais nous savons qu'au fond elle considère notre relation comme une chose grotesque, et même comme un péché. Si nous nous embrassons devant elle, elle détourne les yeux, embarrassée. En dehors de cela, elle est très tendre ave nous, elle nous comble de cadeaux : des pull-overs pour moi, des colliers pour Tita. Cela suffit à nous rendre heureux.

Heureux, Tita et moi. Heureux de 1954 à 1959.

Nous passions ensemble toutes les journées, toutes les minutes de chaque journée. Nous apprenions l'un de l'autre la signification de chaque geste, de chaque regard. Nous commencions à prendre des habitudes communes, à utiliser un code privé : je devins Gué, elle, Ti. Gué et Ti, Ti et Gué, nous étions inséparables. Je savais qu'elle aimait être embrassée sur le lobe de l'oreille, elle savait que j'aimais qu'elle repose sa tête contre ma poitrine. Mais surtout, nous savions quand nous avions envie l'un de l'autre. Le désir montait en nous à n'importe quelle heure — de la nuit, du matin, de l'après-midi — que nous soyons en train de dormir, de manger ou de boire. Nous nous étreignions, vibrants de désir. Et toujours c'était bon.

Heureux, de 1954 à 1959. De 1954 à 1959 ? Eh bien peut-être pas tout à fait. Peut-être de 1954 à 1958, ou même 1957, fin 1957. Ce qui est certain, c'est que nous étions bel et bien arrivés au bout de notre période heureuse. La cause en était un certain trouble qui s'était insidieusement introduit dans l'esprit de Tita. Cela provenait peut-être de certaines revues en couleurs qu'elle passait son temps à feuilleter, des nouvelles qu'elle écoutait à la radio. Pourquoi ne pourrions-nous pas nous marier et vivre dans la capitale ? demandait-elle. Pourquoi ne puis-je pas, moi aussi, aller au supermarché comme toutes les autres femmes, acheter des légumes, du fromage, des œufs, des napperons pour la table, toutes ces choses-là ? Pourquoi ne puis-je pas connaître mes beaux-parents, et déjeuner avec eux le dimanche ? Pourquoi ne me laisses-tu pas avoir des enfants ?

(J'employais avec elle la méthode Ogino, qui heureusement s'était révélée efficace. Que pouvais-je faire d'autre ? Une pierre dans l'utérus, à la manière des Indiennes ? C'était barbare. Je ne savais rien de la pilule ; et même si j'avais été au courant — des pilules pour les centauresses ? Les préservatifs pouvaient également être utiles, mais où allais-je trouver un préservatif géant ?)

Ses questions révélaient une profonde ingénuité, et même une certaine bizarrerie (était-ce la mère en elle qui parlait ?). Elle oubliait tout simplement sa partie équine, qui dans son imagination se détachait de Tita, la femme, s'en allait galoper au loin pour ne plus jamais revenir.

Elle oubliait qu'elle était centaure. Pourquoi ne suis-je pas comme les autres ? insistait-elle. Parce que c'est comme ça, aurais-je dû lui répondre ; parce que tu as une queue, une croupe, des sabots et même un peu de crinière. Mais je ne voulais pas être brutal envers elle, je ne voulais pas la choquer ni lui ôter ses illusions. Ses questions m'émouvaient, m'arrachaient même quelques larmes furtives. Moi aussi, j'aurais aimé vivre à Porto Alegre, dans un appartement avec trois chambres à coucher, un vaste living, un garage. Moi aussi j'aurais aimé avoir une famille. Et un magasin (puisque je ne pourrais rien faire d'autre). Et des amis avec qui jouer au football le dimanche. Mais un quadrupède qui joue au football ? Cela ne s'est jamais vu. Au polo peut-être. Mais au football, jamais.

Et si on essayait quelque chose, un traitement ? La science avait beaucoup progressé, ces dernières années. Tita me montrait dans une revue un reportage sur un médecin marocain qui faisait des merveilles, qui transformait les femmes en hommes et vice versa — et pourquoi, demandait-elle, ne transformerait-il pas les centaures en personnes normales ?

Cela me semblait une entreprise impossible. Je ne pensais pas pouvoir survivre à une telle opération. Mais en admettant que le médecin accepte de nous opérer, qu'il y ait des chances réelles de réussite, comment ferions-nous pour arriver au Maroc ? Pour payer le coût d'une telle opération, qui sans aucun doute devait être exorbitant ?

Cela m'empêchait de dormir, l'idée que peut-être la solution à notre problème existait et que nous ne pourrions pas la saisir me tourmentait continuellement.

Une nuit, Doña Cotinha vint me voir :

— Guedali, il faut que je te parle, tout seul.

Je me tournai vers Tita. Elle semblait absorbée par un point de tricot particulièrement délicat. J'accompagnai donc Doña Cotinha dans son bureau. Elle ferma la porte puis se tourna vers moi.

— Tita m'a dit qu'il existe un médecin au Maroc capable de résoudre votre problème. Il semble que ce ne soit qu'une question d'argent.

— Ce n'est pas tout à fait ainsi, Doña Cotinha, commençai-je à dire, mais elle m'interrompit aussitôt :

— Il faut que tu saches que je prendrai en charge toutes les dépenses. J'essayai de l'interrompre, elle m'arrêta d'un geste :

— Je suis vieille, je n'ai besoin de rien, je n'ai pas besoin de terres ni de quoi que ce soit d'autre. Vous, vous êtes jeunes, l'avenir vous appartient. Allez, mes enfants, allez au Maroc, faites faire cette opération et revenez-moi comme des gens normaux.

Je fus profondément touché par tant de générosité désintéressée. Vous êtes une véritable mère pour nous, dis-je. J'étais très ému lorsque je sortis, et je pleurai beaucoup cette nuit-là, et pas seulement parce que j'avais la nostalgie de mes parents et de mes sœurs, mais aussi à cause de l'immense bonté de Doña Cotinha.

Même ainsi, cependant, je ne parvenais pas à me décider.

Ce n'était pas seulement la peur de l'intervention chirurgicale. C'était la sensation d'être en train de violer une œuvre de la nature, le résultat d'une disposition supérieure, divine peut-être. Tita s'aperçut du conflit dans lequel je me débattais. Elle arrêta de parler de ce sujet ; elle attendait que je prenne l'initiative. Moi, je me promenais dans les champs. Je réfléchissais, je réfléchissais beaucoup, et je ne parvenais pas à me convaincre que l'opération était bien la meilleure des choses pour nous.

Sans doute en raison de la tension dans laquelle je vivais pendant ces jours, je tombai malade.

Cela commença par de légers maux de tête, qui s'aggravèrent progressivement jusqu'à se transformer en une douleur insupportable, lancinante, qui faisait éclater ma tête en mille morceaux.

Je n'y voyais presque plus, je n'entendais pas ; ma douleur était si intense que je n'arrêtais pas de vomir. Tita et Doña Cotinha me portèrent jusqu'au lit, faisant ce qui était en leur pouvoir pour me soulager : elles m'appliquaient des compresses froides sur le front, ainsi que des épluchures de pommes de terre.

Je passai quatre jours sans toucher à rien, en proie à d'étranges sensations : parfois il me semblait que mes pattes se transformaient en pieds humains ; d'autres fois, qu'elles se multipliaient de manière fantastique, pendant que mon corps s'allongeait, me donnant un aspect de centaure-millepattes. Je marchais dans un salon interminable, m'efforçant — une-deux, une-deux — de maintenir un rythme cohérent entre ces dizaines de pattes. Tentative qui se révélait inutile : de nouvelles pattes continuaient de pousser, toujours plus grotesques, toujours plus ridicules. A la fin, j'étais en train de me donner des coups à moi-même, me blessant cruellement. Le corps meurtri, le sang jaillissant par une dizaine de blessures, je regardais, terrorisé, deux pattes qui étaient en train de se livrer une lutte à mort. Puis ces visions se firent graduellement plus confuses et finirent par s'évanouir totalement. Il me semblait à présent me trouver dans un bateau ou quelque chose de semblable ; en haute mer, à la dérive, j'étais suavement bercé par les vagues, en train d'admirer un paysage calme et reposant : la côte d'un pays inconnu, avec des palmiers, des maisons blanches, une ville.

Lorsque je revins à moi, bien qu'encore très affaibli, ma décision était prise :

— Nous allons au Maroc, dis-je.

Tita et Doña Cotinha m'embrassèrent en pleurant, je savais, disait Doña Cotinha, je savais que Dieu allait t'inspirer, Guedali.

Deux semaines plus tard, nous partions pour l'Afrique du Nord.

Maroc
juin-décembre 1959

Ce voyage au Maroc fut épouvantable.

Nous ne pouvions pas prendre l'avion, bien évidemment, ni même un bateau régulier. Doña Cotinha se rendit à Rio Grande pour parler avec le commandant d'un cargo, un de ses parents éloignés. L'homme, un vieux col bleu, ne voulut pas croire à son histoire, pensant qu'il s'agissait d'une plaisanterie. Doña Cotinha lui montra une de nos photos, prise (contre notre gré) dans le seul but de convaincre cet homme. Il se laissa attendrir et accepta de nous emmener à condition que nous ne quittions pas la cale, où il nous ferait aménager un compartiment spécial, pendant toute la durée du trajet. Doña Cotinha lui remit l'argent — beaucoup d'argent — il nous fournit un certain confort, des matelas en mousse, des ventilateurs, un réfrigérateur, un cabinet d'aisances chimique. Même ainsi, le logement était loin d'être des plus confortables. Cela n'avait cependant aucune importance à nos yeux. Nous ne demandions qu'à arriver au Maroc, où le chirurgien, avec qui nous avions tout réglé par courrier, nous attendait.

Il nous fallait auparavant rejoindre le Rio Grande, qui se trouvait à environ trois cents kilomètres de chez nous. Doña Cotinha loua un camion à bestiaux ; c'était son homme de confiance qui allait le conduire. Pour ne pas attirer l'attention, le camion transporterait également les chevaux de Zeca Fagundes. C'est une bonne occasion de s'en débarrasser, dit Doña Cotinha qui détestait ces animaux. Le trajet s'effectuerait de nuit.

Nous prîmes congé de Doña Cotinha, elle était très émue, Tita pleurait, puis nous montâmes dans le camion, à l'arrière, où les chevaux nous attendaient déjà. Le chauffeur arrima sa cargaison au moyen de cordes qu'il passa de part et d'autre du camion, et nous partîmes.

Nous étions tendus. C'était la première fois que Tita quittait l'estancia, mais ce n'était pas pour une promenade, et cela ne lui faisait pas du tout plaisir ; elle était dans un état proche de la terreur, et elle avait beaucoup de mal à se contenir. Les feux des voitures qui nous croisaient sur la route éclairaient à travers les fentes de la carrosserie son visage blême, ses grands yeux hagards.

Les chevaux étaient calmes. Je craignais qu'ils ne s'en prennent à nous, qu'ils ne se jettent sur nous et nous piétinent. Et j'avais quelque raison de le craindre : un des chevaux était Sultan, un autre me semblait être Pacha — vieux, mais encore vigoureux. Sultan et Pacha, redoutable paire ; pourrions-nous leur tenir tête, à eux et aux autres chevaux, leurs alliés ? Impossible. Heureusement, les bêtes ne donnaient aucun signe d'énervement.

Nous arrivâmes à Rio Grande à l'aube. On nous fit monter clandestinement à bord du cargo. Seuls le capitaine et son second, ainsi qu'un marin chargé de s'occuper de nous, étaient au courant. Nous n'étions pas plus tôt à bord que le navire leva l'ancre.

Quel épouvantable voyage ! La chaleur était suffocante, la cale sentait mauvais, la mer était constamment agitée. Tita commença à éprouver des nausées dès que le navire eut quitté le port ; elle faisait des cauchemars, elle rêvait de monstres marins, se mettait à frapper la coque de ses mains nues. Je me réveillais, luttant avec les rats qui essayaient de dévorer nos queues. Un combat inégal. Ils étaient très nombreux, agiles et expérimentés, doués d'une astuce affinée par des dizaines d'années passées en mer. Ils couraient dans la cale avec désinvolture, ils grimpaient le long des câbles qui pendaient des poutres d'acier, profitaient d'un moment de distraction ou de notre sommeil pour nous sauter dessus. Mes sabots étaient presque toujours impuissants contre eux ; mais les rares fois où je parvenais à en écraser un d'un coup de patte j'éprouvais une grande joie : toi, tu n'embêteras plus personne, sale bestiole.

Je faisais de mon mieux pour maintenir Tita de bonne humeur. Nous referons ce voyage, lui disais-je, mais cette fois en avion ; ou dans un transatlantique en première classe, avec piscine et tout le reste. Elle souriait faiblement. Une piscine, Guedali ? Des centaures dans une piscine ? Très bientôt, nous ne serons plus des centaures, lui disais-je, essayant de croire à mes propres paroles.

Finalement nous arrivâmes. Par le hublot nous pouvions voir l'Afrique, la côte, une ville, des maisons blanches qui resplendissaient au soleil. Que nous arriverait-il là-bas ? Nous débarquâmes la nuit. Nous fûmes accueillis par un assistant du médecin, un type grand, enveloppé dans un large manteau. Il nous emmena vers un fourgon noir, fermé et qui ressemblait désagréablement à un corbillard : c'est pour ne pas éveiller de soupçons, nous dit le type, dans un mauvais espagnol. Il nous fit monter à l'arrière. Les portes métalliques se fermèrent avec fracas, le corbillard démarra à toute vitesse, Tita se serra contre moi. Une demi-heure plus tard nous arrivâmes à la clinique, située aux abords de la ville : quelques bâtiments blancs entourés d'un grand mur et surveillés par un garde en armes.

Le médecin marocain ne nous inspirait aucune confiance : un petit homme noir, d'âge indéterminé, habillé en dandy ; des cheveux soigneusement coiffés en arrière, des lunettes noires, des ongles taillés par une manucure, un sourire légèrement ironique sur ses lèvres pleines. Il parlait espagnol et français. Bienvenue dans mon hôpital, dit-il, nous regardant d'un air très intéressé. Tout à fait ce que j'imaginais, ajouta-t-il, vous êtes tout à fait comme je vous voyais. Vraiment très étrange, très étrange, tout cela.

C'était la nuit, nous étions épuisés, mais il tint à nous examiner sur-le-champ : je travaille mieux la nuit, expliqua-t-il. Il nous emmena dans une espèce de studio, alluma les projecteurs, se saisit d'un appareil et prit plusieurs photographies de moi dans différentes postures. Lorsque ce fut le tour de Tita, il lui demanda d'ôter sa tunique ; elle refusa, timide, mais le docteur insista, alléguant que c'était pour les archives. Fais ce qu'il te demande, Tita, dis-je.

Les photos prises, il nous conduisit à notre logement, un petit pavillon séparé des autres bâtiments. Ici personne ne viendra vous déranger, nous assura-t-il, ouvrant la porte. Un vaste appartement, presque vide : quelques matelas par terre, deux petites armoires. Il acheva de nous examiner en nous auscultant, en nous palpant ; intéressant, répétait-il, très intéressant ; j'ai déjà vu des cas curieux, mais en matière d'exotisme vous dépassez tout ce que j'ai déjà connu. Il adressa quelques mots à son assistant, il se tourna vers moi : il va vous faire une série de radiographies, elles seront indispensables pour me permettre de décider à quel type d'intervention il faudra procéder.

Il allait sortir lorsque je le saisis par le bras : est-ce que cela va réussir, docteur ? Il me sourit : ça ne fait aucun doute, toutes mes opérations réussissent. Il me flatta la croupe : très intéressant, votre cas, vraiment très intéressant. Bien sûr que cela va réussir.

Je n'aime pas cet homme, dit Tita lorsque nous fûmes seuls, et j'ai très peur, Guedali, de cette opération. Je tentai de la rassurer, mais en réalité, moi-même je n'étais pas très confiant. Je décidai alors que ce serait moi qui subirais l'intervention le premier. Si je mourais, Tita retournerait à l'estancia, centauresse, mais vivante.

La mort. Cette idée n'aurait pas dû me sembler étrange. Quelle différence y avait-il entre un être à moitié cheval et un être à moitié mort ? Pourtant, la vérité est que j'y tenais, à cette vie : une drôle de vie, une vie misérable peut-être, mais une vie, ma vie. Et maintenant j'avais même Tita. Je la regardais couchée sur le matelas, endormie, et je me disais que je ne voulais pas mourir. Non, décidément, je ne voulais pas. Puis je fus pris par une soudaine vague d'optimisme : mourir ? Allons donc ! Qui parlait de mourir ? L'opération réussirait, le médecin nous enlèverait ces excroissances — les queues, les pattes, comme s'il s'agissait de vulgaires verrues ! Des verrues gigantesques, mais qui n'en pouvaient pas moins être extirpées.

Et ce fut à ce moment-là qu'un bien curieux sentiment s'empara de moi : une douce mélancolie, une espèce de nostalgie anticipée. Mais non, ce n'étaient pas des verrues accrochées à notre corps, c'étaient des extensions de notre être ; au fond de nous-mêmes, nous sommes aussi des centaures, pensai-je, prenant ma queue dans mes mains et laissant glisser le poil entre mes doigts. Une belle queue, épaisse : en la lavant avec du shampooing elle redeviendrait douce et soyeuse. Quant à mes pattes, elles n'avaient jamais faibli ; elles ne m'avaient jamais trahi pendant les longues heures de galop. Bien sûr, elles avaient des sabots aux extrémités — mais le lanceur de couteaux du cirque qui se laissait pousser l'ongle du petit doigt, était-ce moins affreux ? La queue, les pattes, les sabots étaient des choses à moi, autant que mon *id* et que mon *ego*. Cependant, ma décision était prise, et je ne reviendrais pas dessus : adieu mes sabots — soupirai-je — adieu pattes puissantes, adieu belle queue. Pelage de mon ventre aux couleurs somptueuses, adieu. Très bientôt tout cela ne fera plus partie de moi. Le médecin marocain m'avait déjà photographié ; dans les prochaines photos, j'apparaîtrais en pantalon, souriant. Avant et après, comme dans les réclames. Je pensai encore à bien d'autres choses cette nuit-là, des choses tristes et des choses moins tristes. Le résultat final, cependant, ne fut ni la tristesse ni la joie, ni le désespoir ni les pleurs, ni le rire ni rien. Le résultat final fut le sommeil — brutal, puissant, un sommeil épais qui engloutit, comme des sables mouvants, les sabots, les pattes, la queue, la bouche, les yeux, tout.

Nous passions nos journées dans notre chambre comme nous l'avait recommandé le médecin ; il valait mieux que les autres patients ne nous voient pas, disait-il.

Nous non plus, nous ne voyions pas d'autres patients, lorsque nous regardions par la petite fenêtre qui donnait sur les jardins, de beaux jardins, avec des parterres de roses et une fontaine dont l'eau clapotait doucement, nous voyions des allées vides, traversées de temps à autre par un employé au tablier blanc qui marchait d'un pas pressé. Il y a des personnalités importantes là-bas — disait l'assistant du médecin dans son mauvais espagnol, indiquant les autres pavillons. Des gens très importants, ils ne peuvent pas se montrer. Effectivement, ils ne se montraient pas.

Les examens se succédaient. Examens du sang, des urines, électrocardiogrammes et surtout radiographies. La clinique était merveilleusement bien équipée. Nous fûmes soumis aux types de radiographie les plus variés. Il faut que je sache ce que je vais trouver à l'intérieur de votre corps, disait le médecin. Deux ou quatre reins ? Un ou deux foies ? Un foie humain ou un foie de cheval ? Il nous révéla que pendant l'opération, il serait assisté par deux vétérinaires, français, dit-il orgueilleux. Mon équipe est parmi les meilleures du monde.

La nuit, épuisés par tant de manipulations, nous retournions à notre chambre. Nous nous couchions, éteignions la lumière. Mais nous ne trouvions pas le sommeil. Nous entendions, presque couvert par le clapotis de la fontaine, dans le patio, le son de lointains tambours : l'Afrique. Au-delà des murs blancs, le désert rocailleux ; les hommes noirs, enveloppés dans des burnous, montant de rapides et silencieux chameaux ; des macaques sur les palmiers ; des sphinx. Le Zambèze. Le Kilimandjaro. Les Zoulous. Les fétichistes avec leurs masques tribaux. Une nuit peuplée de monstres créés par l'imagination de deux pauvres centaures insomniaques.

Je n'ai pas gardé de souvenirs très clairs de la nuit qui précéda l'opération. Je sais que j'ai vu l'assistant du médecin me faire une injection, pour dormir, expliqua-t-il. Plus tard, je sentis confusément qu'on me soulevait du matelas, plusieurs hommes, et qu'on m'installait sur une espèce de chariot : c'était l'heure. Tita était debout, près de moi. Je voulais lui dire au revoir, lui dire qu'elle ne se fasse pas de souci, que tout se passerait bien, mais aucun son ne sortit de ma gorge. Elle se pencha sur moi, m'embrassa. L'espace d'un instant, je vis son œil, la sclérotique blanche de son œil ; puis la porte qui s'ouvrait, et le ciel grisâtre de l'aube, un couloir, la salle d'opération. On me coucha sur une grande table, on m'attacha les bras, les pattes, la queue. Je fus aveuglé par la lumière d'une puissante lampe. Le médecin marocain s'approcha, il portait déjà le tablier, la calotte et le masque. Il murmura quelque chose. Je sentis une piqûre dans mon bras, puis je ne vis plus rien.

Me voici dans la salle de réanimation, mais pas encore très bien réveillé. Des visions confuses ; des visages qui s'inclinent sur le mien ; des nuages dans la tourmente, et, parmi ces visions, celle du cheval ailé aux grandes ailes déployées.

La douleur. L'épouvantable douleur ; douleur hors du commun, douleur de chair lacérée. Aïe, ma petite mère, me lamentais-je, aïe, mon petit père, venez à mon secours. J'étais couché sur le côté, le bras droit plié sous mon corps me faisait aussi mal que la blessure de l'opération. J'essayai d'appeler quelqu'un ; inutile, ma voix ne sortait pas de ma gorge, j'étendis le bras gauche, je réussis à m'agripper au cadre, et au prix d'un énorme effort, j'arrivai à me soulever.

Ce fut comme si des milliers de pointes acérées me pénétraient dans le dos — mais je me rendis compte qu'en ce moment, pour la première fois de ma vie, j'étais couché sur mon dos. Tout comme mes parents dans leur lit nuptial les matins de sabbat. Tout comme Débora et Mina, et Bernardo, et Pedro Bento, et la jeune femme de la maison coloniale, et les nains, et la dompteuse, et Doña Cotinha et tout le monde : sur le dos. Je regardais le plafond, comme c'était bon, de regarder ce plafond, c'était tout simplement un plafond blanc, mais je le regardais avec une telle tendresse, ce plafond. J'avais envie de rire, cela m'était impossible à cause de la douleur, mais j'avais tellement envie de rire, j'étais heureux d'être en vie, d'avoir survécu à l'opération — mais surtout, j'étais heureux de pouvoir me coucher sur le dos. J'étendis la main, avec mille précautions, je me tâtai. Je sentis le pelage sur mes pattes et j'en éprouvai une profonde sensation de dégoût ; plus haut, à la racine de la cuisse, je sentis la texture de la gaze. A partir de là, j'étais enveloppé dans de la gaze, beaucoup de gaze. De la gaze, mais pas de pattes postérieures ; de la gaze, mais pas de queue, de la gaze, mais pas de ventre gigantesque. Comme c'était bon d'être enveloppé dans de la gaze, dans des bandes et des bandes de gaze. Je dois ressembler à une momie égyptienne, pensai-je, et, de nouveau, j'éprouvai le besoin de rire.

— *Buenas Dias*. C'était le médecin marocain qui entrait,

souriant. Il souleva le drap, m'examina, trouva que tout était parfait. Il me décrivit l'opération, ayant recours aux mimiques lorsque les mots lui manquaient ; et les mots lui manquaient à tout bout de champ, tellement il était excité. D'après ce que je crus comprendre, il avait trouvé, lors de l'opération, des organes doubles — d'être humain et de cheval — si bien qu'il avait pu sans aucun risque retirer (à l'exception des pattes antérieures) toute la partie équine.

— Et qu'en avez-vous fait ? demandai-je.

La question le prit de court. D'abord il répondit qu'il avait fait jeter le tout à la mer — pattes, queue, cuir, viscères, à la mer. Puis il se contredit : non, il ne les avait pas fait jeter à la mer, il les avait fait incinérer.

Il finit par avouer qu'il avait vendu les dépouilles aux indigènes. La viande de cheval est très prisée dans la région, dit-il et vous étiez plutôt bien nourri. En outre, les indigènes savent tirer profit de toutes les parties du cheval : avec le cuir ils fabriquent des tambours pour leurs danses rituelles ; avec les os ils font des engrais, avec les sabots, de jolis cendriers et d'autres objets artisanaux ; avec la queue, ils confectionnent une espèce de tue-mouches destiné aux hauts dignitaires. J'espère que vous n'y voyez pas d'inconvénient, ajouta-t-il. Non, murmurai-je, pas du tout.

Il y eut un court silence. Je regardais le plafond, une grande mouche collée au plafond blanc : une mouche tsé-tsé ?

— Ah, dit-il soudain, j'allais oublier de vous dire la chose la plus importante !

Le visage illuminé, il se mit à me décrire la transplantation du pénis à l'endroit correspondant à celui des êtres humains, entre les pattes antérieures. Cela a merveilleusement réussi, s'exclama-t-il. Il rit : Et quel pénis, hein ? Quel beau pénis ! Il cligna de l'œil : Je vous envie, mon ami ; franchement, je vous envie.

Il se leva :

— Je vais annoncer la nouvelle à votre, euh, épouse. Bien

sûr, elle ne vous verra pas. Mais je lui dirai que tout va bien.

Cette nuit-là, je fus incapable de dormir. Je restai éveillé, écoutant les tambours qui résonnaient au loin dans le désert. De grandes mains battaient sur mon cuir tendu ; le son sourd retentissait, implacable, dans ma tête, comme un écho. A l'aube seulement, épuisé, je pus enfin fermer les yeux.

L'opération de Tita, qui eut lieu quelques jours plus tard, se déroula également très bien. J'étais alors déjà assis dans un fauteuil roulant, souffrant encore mais beaucoup plus dispos. La nuit, le médecin marocain vint me voir dans ma chambre. Je veux vous montrer quelque chose, dit-il. Il me conduisit aux cuisines de la clinique, désertes à cette heure de la nuit, ouvrit les portes de la chambre froide :

— J'ai dû les conserver ici, il n'y avait pas d'autre endroit.

Je vis les parties postérieures de Tita, ensanglantées, suspendues à un crochet. A l'autre crochet étaient suspendus ses viscères.

— Que voulez-vous que je fasse de tout ceci ? demanda-t-il d'un air vexé. Il n'avait pas apprécié ma réprobation quant au sort qui avait été fait à mes restes ; il reconnaissait cependant, bien que de mauvaise grâce, mes droits sur les dépouilles conservées dans le réfrigérateur.

L'incinération, c'est cela que j'exigeai. L'incinération et la dispersion des cendres dans la mer. Je supervisai personnellement le déroulement de l'opération, laquelle eut lieu à la tombée de la nuit. Je restai impassible, en dépit du regard chargé d'ironie de l'assistant du médecin.

Le médecin nous annonça notre transfert dans une chambre de la clinique : nous n'avions plus besoin de nous cacher. La première des choses que nous remarquâmes, ce fut le lit — nuptial. Un lit très grand, avec un couvre-lit aux grands dessins joyeux, qui ressemblaient à ceux des tapisseries de Doña Cotinha. Je regardai Tita, elle me regarda, nous échangeâmes un sourire : c'était notre premier lit.

Avec l'aide des infirmières nous ôtâmes nos habits et nous nous couchâmes, l'un en face de l'autre, nous regardant et souriant, toujours, Tita dit qu'elle avait sommeil, elle se tourna de l'autre côté. Je la serrai par-derrière, je pris ses seins dans les paumes de mes mains, je l'embrassai sur la nuque.

(Là en bas, c'était toujours des pattes que nous avions : quatre, comme celles d'un centaure ; mais la surface couverte de peau — les mains, les seins, la nuque — commençaient à prédominer sur la surface couverte de cuir. Arriverait-elle à l'envahir un jour ?)

Je soupirai. Tout allait très bien, vraiment très bien. La seule chose qui me dérangeait un peu, c'était le son des tambours, mais même celui-ci s'estompait graduellement, chaque jour un peu plus. Quant au battement des ailes, rien.

Lorsque les plaies furent cicatrisées, on nous confia à une équipe de physiothérapeutes chargés de nous apprendre à marcher comme des personnes normales.

Ce ne fut pas une tâche aisée. Tout d'abord, on nous prépara des chaussures orthopédiques, des bottes hautes, avec de larges semelles, afin de nous donner plus d'assise au sol. A l'intérieur il y avait des cavités correspondant à la taille de nos sabots et dans lesquelles ceux-ci s'encastraient.

Des semaines durant, nous fîmes des exercices, d'abord aux barres parallèles, puis en nous aidant de béquilles et de cannes. Nous tombions fréquemment, ce qui nous décourageait et faisait pleurer Tita. Le médecin marocain, cependant, n'arrêtait pas de nous encourager ; finalement, arriva le jour où, main dans la main, nous réussîmes à faire nos premiers pas. Ce fut une joie immense, qui ne fut surpassée que par celle que nous éprouvâmes en dansant notre première valse sous les applaudissements du personnel de la clinique.

Me voyant marcher d'un pas toujours plus assuré, le médecin disait : vous verrez que vous serez champion de football, un jour, dans votre pays. Il éprouvait une vive curiosité pour le Brésil : il paraît qu'on y gagne beaucoup d'argent, est-ce que c'est vrai ? — Ça dépend, répondais-je essayant de trouver un autre sujet de conversation — ce qui ne faisait que piquer sa curiosité (et sa convoitise, c'était évident). Un jour, il m'amena en ville dans son cabinet ; il me présenta à plusieurs personnages, très bien habillés, certains marocains, d'autres européens, tous avec des lunettes noires. Ce sont des hommes d'affaires, dit-il, ils s'intéressent au Brésil.

Ils voulaient investir, exporter, importer, ils avaient besoin d'informations ; je leur dis ce que je savais, ce qui se résumait à pas grand-chose. Ils furent cependant impressionnés. Ils me remirent leurs cartes de visite me demandant de leur écrire.

En décembre 1959, nous étions prêts à retourner au Brésil. Nous reçûmes alors une lettre de l'intendant de l'estancia nous annonçant que Doña Cotinha était décédée. Cela nous remplit de douleur ; nous avions échangé des lettres, et elle était au courant de nos progrès, nous lui avions même envoyé des photos, où on nous voyait dans le jardin de la clinique, au marché arabe, avec le médecin. Pauvre Doña Cotinha, elle ne nous verrait pas marcher comme des personnes normales — alors que c'était son plus grand désir. (Nous fûmes encore plus émus plus tard lorsque nous apprîmes qu'elle nous léguait une partie de son héritage, le reste étant partagé entre le fils, le surveillant, les péons et les femmes.)

Nous allions devoir modifier nos projets. Nous n'étions pas très attirés par la perspective de vivre à l'estancia de Doña Cotinha avec son fils qui était venu s'y installer. Et si nous allions à Porto Alegre ?

J'écrivis à mes parents. C'était la première fois depuis bien longtemps. Je leur parlai de l'opération, de Tita ; je leur annonçai que nous avions l'intention de vivre à Porto Alegre. Venez, répondirent-ils, venez immédiatement, nous vous attendons les bras ouverts.

Ce fut ainsi que, la veille de Noël 1959, nous prîmes l'avion pour rentrer au Brésil. A l'aéroport, on nous remarquait, mais surtout en raison de notre taille, de notre élégance. Je portais un pantalon de velours et une chemise imprimée. Tita un chemisier de soie et un jean, qui désormais allaient devenir ses vêtements habituels. Et naturellement, les bottes, que nous allions devoir porter pendant longtemps encore, peut-être toujours. Mais quelle importance, disait Tita, rayonnante, regardant à travers le hublot de l'avion qui décollait.

Je m'installai confortablement dans mon fauteuil, je fermai les yeux. L'avion glissait entre les nuages, je me sentais bien. C'était bon de voyager en avion. Nous n'aurions plus jamais besoin d'être transportés en camion, ou dans des chariots. Plus jamais on ne devrait nous cacher dans la cale d'un bateau, ni dans aucun autre endroit. Nous ne galoperions plus jamais.

Soudain, je fus pris par une étrange sensation, je sursautai. J'ouvris les yeux, je regardai par le hublot. Non, non, il n'y avait pas de cheval ailé à côté de l'avion.

Des nuages, oui, il y en avait, dont certains aux formes bizarres, qui rappelaient des animaux. Mais de cheval ailé, non.

Porto Alegre
25 décembre 1959-25 septembre 1960

Nous ne pûmes cependant pas nous installer définitivement à Porto Alegre.

Nous fûmes très bien accueillis par mes parents — et par Mina et Débora, son mari, et leurs deux filles ; et par Bernardo, qui après s'être réconcilié avec la famille, avait épousé une jeune fille juive, dont il avait à présent un enfant. Nous nous embrassâmes tous, les yeux remplis de larmes ; nous nous éloignions, nous nous regardions, et puis nous nous embrassions à nouveau.

Mes parents avaient vieilli. Ma mère avait des cheveux blancs, mon père n'était plus l'homme puissant de jadis, il était voûté maintenant. Débora avait un peu grossi, mais restait encore jolie ; son mari, l'avocat de Curitiba, plaisantait toujours autant. Par contre, je trouvai Mina amère : je suis toujours aussi seule, Guedali, murmura-t-elle en m'embrassant. Ne t'inquiète pas, Mina, dis-je, il finira bien par se montrer un jour, ton prince charmant. Bernardo était toujours aussi renfermé, sa femme, au contraire, parlait sans arrêt, poussant de petits cris hystériques. Leur fils, un véritable démon, voulait absolument soulever une jambe de nos pantalons (j'imaginai les conversations que j'aurais entendues), mais n'y parvenait pas, car nos pantalons étaient pris à l'intérieur de nos bottes — une précaution que nous avions prise pour éviter ce genre d'incidents.

Tita, naturellement, était restée un peu à l'écart. La famille se tourna alors vers elle, et on commença à la regarder et à la complimenter, on lui disait qu'elle était jolie ; moi, je la sentais peu sûre d'elle, j'essayais de la soutenir en la prenant par le bras, mais je remarquai qu'elle vacillait, je craignais qu'elle n'arrive pas à rester debout. Je m'aperçus soudain que ma propre botte, la droite, grattait le sol : la pointe frottait de façon rythmée contre le parterre poli de l'aéroport. Le mari de Débora sauva la situation : et si on se mettait en route, dit-il, un repas de fête nous attend à la maison. Doña Rosa a préparé un véritable festin.

En effet, c'était bien un festin qu'avait préparé maman, un repas comme seule elle savait en faire, riche, délicieux, une soupe exquise, de tendres boulettes de viande et — bien que ce ne fût plus nécessaire — un énorme saladier rempli de feuilles de laitue et de choux. Assis entre mes parents, je racontais les histoires du Maroc, je leur parlais de chameaux et d'Arabes enveloppés dans des burnous. Tita, très réservée, ne touchait presque pas à la nourriture.

Après le déjeuner, nous nous promenâmes dans la maison ; c'était la même vieille maison, elle n'avait pas beaucoup changé.

— Je leur ai déjà dit de déménager, disait Débora d'un ton réprobateur. Ils pourraient habiter dans le Bom Fim, dans un bel appartement, près de Bernardo. Penses-tu, on dirait qu'ils ont pris racine dans cette vieille bicoque.

— Allons, Débora, dit mon père, c'est une bonne maison, elle est grande. Où pourrais-je vous loger, toi, ton mari et tes filles, lorsque vous venez de Curitiba ? Dans un appartement ? Certainement pas. Et puis je me sens bien ici, dans cette maison. Je suis un homme de la terre, j'aime l'espace, les arbres.

Il nous proposa d'aller nous asseoir sous la tonnelle, comme autrefois. Je commençai à frémir : je n'avais aucune envie de revoir la maison coloniale, je ne voulais pas me souvenir de la jeune femme nue, ni du traître Colombo. Il fait froid, dis-je, il vaut mieux rester à l'intérieur.

— Froid ? s'étonna mon père. Il fait trente degrés et tu appelles ça froid ? Regarde-moi, Guedali, je suis en nage ! Tu trouves peut-être qu'il fait froid parce que tu arrives d'Afrique. Viens, allons dehors.

Il me prit par le bras et m'entraîna. Je constatai avec soulagement et mélancolie qu'on ne voyait plus la maison coloniale, laquelle était masquée par un immeuble résidentiel. Le quartier, d'ailleurs, était méconnaissable, plein de constructions neuves. C'est devenu très bruyant par ici, se plaignait ma mère. Et je ne m'entends pas du tout avec les voisins. Débora a raison, nous devrions déménager pour le Bom Fim, vivre près de gens comme nous. — Je suis un homme de la terre, répéta mon père. Puisque je ne sais plus la cultiver, la terre, au moins laisse-moi m'occuper des arbres du verger, planter quelques légumes. C'est le moins que je puisse faire pour la mémoire du baron Hirsch.

Je montrai à Tita mon ancienne chambre, à présent transformée par Bernardo en dépôt de marchandises : des caisses de chaussures et de chemises s'y empilaient jusqu'au plafond. Comment vont les affaires ? demandai-je à Bernardo. Il haussa les épaules : comment veux-tu que ça aille, ça va mal, l'inflation n'aide que les voleurs, les pauvres types comme moi se font avoir ; de plus, avec la bonne idée que j'ai eue de me marier, tu peux bien t'imaginer comment je vais. Il prit congé et s'en alla, avec sa femme et son fils qui n'arrêtait pas de me faire des grimaces. Débora, son mari et ses filles se retirèrent également.

— Venez, dit ma mère. J'ai préparé votre chambre. C'était l'ancienne chambre de Bernardo ; elle avait rajouté un lit et des fauteuils à l'armoire en pin jaune et au lit qui s'y trouvaient déjà — comme ça vous pourrez bien vous reposer, dit-elle. Elle enleva le vase de fleurs qui se trouvait sur la table ; les fleurs sont mauvaises pour la santé, la nuit, expliqua-t-elle. Elle nous souhaita la bonne nuit puis sortit.

Tita s'assit au bord du lit, immobile ; elle prit son visage entre ses mains et se mit à sangloter. Je m'approchai d'elle, fis de mon mieux pour la réconforter ; je sais que tu ne te plais pas ici, lui dis-je, mais ce n'est qu'un arrangement provisoire, on va bientôt trouver une maison à nous tout seuls. Elle ne répondit pas ; elle s'essuya les yeux, commença à se déshabiller. Je m'approchai d'elle, l'embrassai. Laisse-moi, Guedali, murmura-t-elle, je suis fatiguée, je veux dormir. Bon, soupirai-je, commençant à me dévêtir. Nous venions d'ôter nos bottes, opération délicate, et nous étions encore nus, lorsque la porte s'ouvrit : c'était ma mère. Elle nous regarda, elle regarda nos pattes : il y avait de la tristesse et de la douleur, dans ce regard, mais il y avait de la curiosité aussi. — Excusez-moi, dit-elle, j'ai cru que vous m'aviez appelée. Et elle referma la porte.

Il ne manquait plus que ça, dit Tita, pourquoi n'as-tu pas fermé la porte à clé ? Je ne savais pas quoi répondre. Il était clair, cependant, que nous n'allions pas pouvoir continuer à habiter dans cette maison.

Il se passa pourtant plus d'un an avant que nous puissions déménager. Mon père tomba malade peu après notre arrivée ; il eut un infarctus et dut garder le lit pendant des mois. Pendant ce temps, il fallait bien les aider. Moi j'allais au magasin, Tita aidait à la cuisine. J'aurais pu, avec l'argent de Doña Cotinha, engager des domestiques et employer quelqu'un pour s'occuper du magasin ; mais mon père, orgueilleux, n'aurait jamais accepté. L'aumône ? aurait-il dit.

Jamais, le baron Hirsch ne voulait pas qu'on demande la charité.

Ma mère ne s'entendait pas bien avec Tita.

— Elle n'est pas des nôtres, me disait-elle, lorsque nous étions seuls. Jamais je ne pourrai m'habituer à elle.

Mais moi aussi, je suis différent, mère, lui faisais-je remarquer, je suis un centaure. Elle avait un geste de mépris : des sornettes, Guedali. Tu étais différent. Maintenant, après ton opération, tu es comme tout le monde. Mais j'ai des pattes, mère, criais-je, irrité ; as-tu déjà vu plus bizarre qu'un homme avec des pattes de cheval, mère ? Et ceux qui portent des jambes de bois, répliquait-elle, ce ne sont peut-être pas des êtres humains ? Allons, Guedali, cesse donc de chercher des excuses. Tu aurais pu épouser une jeune femme juive. Pattes ou pas pattes tu en aurais bien trouvé une, à la fin. Je me disais alors qu'il était inutile de poursuivre plus longtemps : je ne parviendrais pas à la convaincre.

Mina y mettait davantage du sien. Elle invitait Tita à sortir, lui achetait des vêtements. Mais elle avait fréquemment des crises de dépression pendant lesquelles elle s'enfermait dans sa chambre et ne parlait avec personne. Elle suivait un traitement psychiatrique. Il faut que je voie clair en moi-même, disait-elle. Pendant cinq ans au moins, ne comptez pas sur moi. Quant à Bernardo, il ne venait pas très souvent ; Débora faisait de son mieux pour nous redonner un peu de moral lorsqu'elle venait de Curitiba, ce qui était assez rare.

Je pris la décision de quitter Porto Alegre avec Tita aussitôt mon père rétabli. Je pensais aller à São Paulo, dans une grande ville, où, me disais-je, on passerait tout à fait inaperçus. J'avais en outre l'intention de me lancer dans les affaires ; avec l'argent de l'héritage, je mettrais sur pied une entreprise d'import-export — et São Paulo me semblait l'endroit rêvé pour de tels projets. Je pris contact avec les hommes d'affaires que j'avais connus au Maroc. Je conclus avec eux un marché qui me parut intéressant.

L'hiver touchait à sa fin, mon père commençait à aller mieux. Le jour de mon anniversaire, je donnai une fête à laquelle toute la famille était conviée : un excellent repas arrosé de vins fins, servi par des garçons en livrée. Près de l'assiette de chacun, il y avait un présent : pour ma mère un collier de perles, pour mon père un stylo en or, des boucles d'oreilles pour Mina, un bracelet pour Débora, une montre pour Bernardo, une serviette porte-documents pour le mari de Débora, une bague pour la femme de Bernardo (qui ne manqua pas de se demander, suffisamment haut pour que je l'entende, d'où pouvait bien provenir l'argent nécessaire à tant de cadeaux), et des jouets pour les enfants. Tout le monde, enfin, reçut quelque chose.

Le jour suivant, nous étions à nouveau à l'aéroport, et à nouveau, toute la famille était réunie, mais cette fois, pour nous faire ses adieux. Ma mère pleurait, elle nous demandait de ne pas partir, de revenir bientôt. J'étais cependant bien sûr que notre départ était pour tout le monde la meilleure des solutions.

Les haut-parleurs annoncèrent l'embarquement pour notre vol. Tita et moi, nous nous prîmes par la main et, calmes, souriants, nous gravîmes les marches de la passerelle. A bord, on nous servit du vin lors du déjeuner ; nous bûmes à notre nouvelle vie. Je m'assoupis et ne m'éveillai que lors de l'atterrissage à Congonhas. Le cheval ailé nous a peut-être suivis — mais moi, je n'en sais rien. Pas une seule fois je n'ai regardé au-dehors.

São Paulo
25 septembre 1960-15 juillet 1968

A São Paulo, je pris le parti de procéder lentement, avec prudence. L'argent de l'héritage était suffisant pour financer le lancement de l'entreprise et pour nous permettre de vivre à l'aise pendant quelque temps ; je voulais cependant être prêt à toute éventualité ; il me fallait donc limiter les dépenses.

J'achetai une belle maison, petite mais confortable, près d'Ibirapuera. (Je ne voulais surtout pas d'appartements, redoutant les escaliers et les voisins indiscrets.) J'achetai également une voiture, une Simca. A Porto Alegre, j'avais obtenu mon permis de conduire et cela m'était très utile maintenant, car j'avais besoin de mobilité pour établir mes contacts.

Tita se chargea de l'ameublement et de la décoration de la maison, tâche dont elle s'acquitta avec un goût exquis ; cela pouvait paraître surprenant du fait qu'elle n'était jamais sortie de l'estancia. Nous parcourions ensemble les magasins de meubles et d'objets d'intérieur, c'était toujours elle qui choisissait.

— Je veux que la maison soit très accueillante, disait-elle, comme dans les revues. C'est notre maison, Guedali, notre maison.

Elle était heureuse et son bonheur était contagieux. Nous passions beaucoup de temps à faire l'amour. Plus de temps que les gens ordinaires, je pense. Pourquoi ? Etait-ce à cause de notre nature fougueuse ? Du grand pénis ? Du profond vagin ? Peut-être. Parfois, nous étions complètement épuisés après le coït ; c'était comme si le plaisir était désormais trop intense pour nos corps maintenant quasi humains. Mais c'était bon, tellement bon qu'il m'était difficile de me détacher d'elle. Les premiers temps à São Paulo, je sortais très peu ; j'allais en ville régler certaines affaires, les démarches nécessaires à l'enregistrement de l'entreprise, je cherchais un bureau à louer, et je retournais immédiatement auprès de Tita. Nous restions couchés sur le moelleux tapis du living, dans les bras l'un de l'autre, simplement ; et simplement nous goûtions le bonheur d'être là. Le soir venu, elle préparait le dîner, moi je lisais le journal en fumant le cachimbo. Après le dîner, toujours succulent — sa cuisine était exquise —, nous regardions la télé jusqu'au moment d'aller nous coucher. C'était une bien belle vie, tellement paisible pour des gens qui avaient passé leurs matinées à galoper. Il semblait que jamais rien ne viendrait troubler cette tranquillité.

Une nuit, notre maison fut cambriolée.

Ceci arriva à cause d'un oubli de Tita : très distraite, elle avait oublié de fermer la porte de derrière. A notre réveil, le lendemain matin nous constatâmes que les voleurs avaient pris les montres, le tourne-disques, l'appareil de photo. Ils avaient également emmené nos vêtements.

Je décidai de porter plainte. Je commençai de m'habiller, mettant la seule chemise et le seul pantalon qui me restaient — mais je ne trouvai pas les bottes. Où sont les bottes, demandai-je à Tita. Elle ne savait pas. Inquiets nous nous mîmes à chercher dans les moindres recoins, ne nous déplaçant qu'au prix d'énormes difficultés, la plupart du temps à quatre pattes. Finalement nous dûmes nous rendre à l'évidence : les voleurs avaient bel et bien emporté nos bottes.

— Mais pourquoi ont-ils fait cela ? cria Tita. A quoi peuvent bien leur servir nos bottes, puisqu'il n'y a que nous qui puissions les porter ? Ils n'ont pas de sabots, eux, Guedali. Personne n'a des sabots, Guedali, il n'y a que nous. Elle s'effondra sur le lit, se mit à pleurer. Je la pris dans mes bras, essayant de la calmer. Pour quelle raison devons-nous souffrir autant, Guedali ? se plaignait-elle. Pourquoi Dieu ne prend-il pas pitié de nous ?

Ne perds pas l'espoir, Tita, on trouvera bien un moyen, ce n'est tout de même pas la fin du monde. C'était pourtant bien de cela qu'il s'agissait : pour nous, c'était la fin du monde. Sans les bottes, nous étions perdus, nous étions aussi fragiles que des fœtus. Tita sanglotait, moi je cherchais fébrilement une solution. Ce n'est pas possible, répétais-je en moi-même, ce n'est pas possible que tout s'écroule maintenant, alors que tout allait si bien.

Il me vint soudain une idée.

Je pris le téléphone, demandai une communication avec le Maroc, avec la clinique. J'eus de la chance : le médecin lui-même vint à l'appareil. Je lui racontai ce qui s'était passé, le suppliant de nous envoyer de nouvelles bottes immédiatement. Je ferai tout mon possible, répondit-il, me rappelant qu'une commande de la sorte, à caractère urgent, reviendrait beaucoup plus cher qu'un envoi normal. Cela n'a aucune importance, criai-je, je paierai ce qu'il faudra. — OK, dit-il, dès qu'elles seront prêtes, je vous les enverrai par avion.

Trois jours durant nous fûmes enfermés chez nous, la plupart du temps assis ou couchés ; nous ne pouvions marcher qu'en nous accrochant aux meubles, aux parois. Je commandais les repas à un restaurant qui nous les livrait à domicile ; je prenais le plateau par la porte entrouverte, je ne voulais pas que le commis nous voie.

Le troisième jour, Tita se sentit tout à coup très mal ; elle se plaignait de forts maux de tête, qu'elle ne pouvait pas supporter. Fais quelque chose, soupirait-elle, appelle un médecin.

Un médecin ? C'était absolument hors de question. Du moins pas avant d'avoir trouvé un docteur en qui on pourrait avoir confiance, à qui on pourrait raconter notre histoire. Non, le médecin il ne fallait pas y penser.

Je trouvai une autre solution. Démontant le cadre en bois, je fabriquai, avec les lattes, une paire de béquilles rudimentaires mais solides. J'enveloppai mes sabots dans plusieurs couches de gaze, essayant de les faire ressembler à des pieds, des pieds de petite taille, mais des pieds.

Le soir je sortis, me dirigeai vers la pharmacie la plus proche. J'expliquai au pharmacien ce que Tita ressentait. J'ai ce qu'il vous faut, dit-il, c'est un médicament très efficace pour ce genre de douleurs.

— Que vous est-il arrivé aux pieds ? demanda-t-il, curieux, pendant qu'il préparait le paquet.

Un accident, dis-je. J'ai fait un brasero pour me réchauffer, et je me suis brûlé. Un brasero, dit-il, mais ça ne se fait plus depuis longtemps. Oui, en effet, je m'en suis rendu compte, dis-je et nous éclatâmes de rire. Nous rîmes beaucoup ; brasero, disait-il, me montrant du doigt ; il riait aux larmes. Brasero, répétais-je et je riais, je riais. Finalement, essuyant mes yeux, je lui dis au revoir et je m'en retournai chez moi. Tita prit le médicament, se sentit mieux, puis elle s'endormit.

Le jour suivant, très tôt le matin, on frappa à la porte. Je me doutai que c'étaient les bottes, et j'allai ouvrir, appuyé sur mes béquilles. C'était en effet un garçon qui nous apportait un grand colis ; Tita l'ouvrit fébrilement. Elle y trouva les bottes, trois paires pour chacun. Dieu soit loué, dit-elle. Dieu soit loué.

Les bottes. Elles étaient hautes, pas aussi hautes que des bottes de paysan, juste ce qu'il fallait pour qu'on ne voie pas nos jarrets. Elles étaient en cuir souple, mais pas trop ; nous avions besoin de soutien tout autant que de confort — c'est aussi pour cela qu'elles étaient renforcées à l'intérieur. Elles étaient de couleur bronze, une couleur très discrète, neutre. De petits talons, suffisamment bas pour ne pas nous déséquilibrer, leur donnaient un air très élégant (les talons de Tita — une concession du cordonnier à la coquetterie féminine — étaient un peu plus hauts). Le bout se terminait en pointe ; c'était un faux bout, *proforma*, rembourré avec de la gomme de caoutchouc. Si quelque mauvais plaisant essayait de nous marcher sur les pieds, il en serait pour ses frais ! Il marcherait sur du mou et n'entendrait de nous ni plainte ni protestation.

Vues de l'extérieur, donc, nos bottes paraissaient absolument normales, des bottes ordinaires. Mais à l'intérieur ! A l'intérieur elles représentaient un véritable prodige d'ingéniosité : des supports en métal, des ressorts, de petits fils d'acier dont la tension était réglable par de minuscules vis — bref, une œuvre capable de rivaliser, pour la complexité de sa technologie, avec un pont suspendu ou encore avec une capsule spatiale. Le tout avait été conçu grâce au talent d'un artisan marocain.

Chaussé de ces bottes, je me sentais capable d'affronter les rues de la grande ville. J'étais prêt à mener, avec elles, le dur combat pour la vie.

Il régnait une grande euphorie dans les milieux commerciaux et industriels, lorsque j'y fis mon entrée. L'économie était chauffée à blanc ; il y avait, il est vrai, une inflation galopante, mais — je ne peux pas résister à l'image —, ce n'était pas vraiment un problème pour quelqu'un qui avait des pattes de cheval.

J'établis mon bureau dans le centre, dans un immeuble très convenable. Il était traditionnel, mais non pas archaïque ; laid mais solide. Il ne satisfaisait pas toutes mes exigences ;

il n'y avait pas de loge, par exemple. Les ascenseurs ressemblaient plutôt à de grosses cages, ils étaient trop lents pour ceux qui, comme moi, avaient hâte de monter. Les sociétés qui s'y trouvaient jouissaient cependant d'une bonne réputation sur le marché. Bien sûr, il y avait des pièces condamnées. Et des recoins obscurs. Et une odeur de moisi. Et un gigantesque rat que je dus écraser avec le talon de ma botte. Malgré tout, il me semblait que c'était un bon endroit pour commencer. L'espace était réduit, mais il y avait le téléphone. Et puis je n'allais pas passer toute ma journée à attendre les clients. C'était dans la rue que j'allais devoir me battre. Dans la rue, dans des bureaux situés dans des immeubles comme le mien, meilleurs ou pires. Dans les cafés. Dans les clubs. Dans tous les endroits où l'on trouvait des hommes d'affaires, on me trouverait, moi aussi, en train de prendre des contacts, d'offrir mes produits.

Il fallait marcher, beaucoup marcher. Mais qu'était-ce que marcher dans les rues de São Paulo, pour quelqu'un qui avait galopé dans les prairies du Rio Grande ? Pour quelqu'un qui avait, en plus d'une volonté de fer, une voiture et un téléphone qui lui permettaient de démultiplier ses capacités ? Cependant je découvris bien vite que les guichets n'étaient pas des cerceaux que l'on pouvait franchir par des sauts hardis. Je me heurtai à des obstacles auxquels je n'étais pas habitué : l'apathie des fonctionnaires, l'effronterie des directeurs, l'arrogance des jeunes cadres. Autant de bourbiers, autant de sables mouvants qui venaient barrer mon chemin. En réalité, il me manquait une certaine habileté. J'étais un peu impatient, un peu bourru. Lorsque j'avais besoin d'un document, il m'arrivait souvent de piaffer dans les bureaux, jusqu'à ce que — pour rester dans les images équines — j'apprenne à faire usage de sucreries pour adoucir les palais. Rapidité, telle était ma devise. Il me fallait rattraper le temps perdu dans une petite ferme de l'intérieur de Quatro Irmãos, dans un cirque, dans une estancia à la frontière, dans une clinique au

Maroc ; autant d'expériences intéressantes en un certain sens, mais qui n'avaient rien à voir avec mes préoccupations présentes.

Soudain, au milieu de toutes ces allées et venues, surgit un danger imprévu.

Je pris pendant la nuit un taxi pour rentrer à la maison. Donnant l'adresse au chauffeur, je m'assis sur la banquette arrière et me mis à parcourir les manchettes des journaux.

J'éprouvai à ce moment, parmi d'autres, une sensation très étrange. Je jetai un coup d'œil dans le rétroviseur pour voir le visage du chauffeur ; j'avais l'impression de le connaître. Ce regard — méchant, ce sourire — niais ; c'était bien lui, il n'y avait pas de doute : Pedro Bento ! Pedro Bento en chair et en os ! Que faisait-il à São Paulo, aussi loin du Rio Grande ? Je réussis, à grand-peine, à dissimuler mon émotion, me cachant derrière mon journal. Et s'il me reconnaissait, me demandais-je. Il ne me laissera plus jamais tranquille. Il me fera chanter, menacera de révéler mon histoire aux journaux. Il va rendre ma vie infernale.

Regardant sa nuque qui sortait de sa chemise sale, il me vint l'idée de le tuer. J'avais une arme dans la serviette, une longue cisaille que Tita m'avait demandé d'acheter. L'occasion était rêvée : on roulait en ce moment même dans une rue déserte, sombre. Un bon coup sur la nuque...

Arrêtez-vous ici, m'entendis-je dire d'une voix sourde, méconnaissable. Mais, demanda-t-il, ce n'est pas l'adresse que Monsieur m'a donnée. Je ne l'entendais plus ; j'étais déjà en train de le régler, déjà j'étais descendu, je grimpais le long d'une ruelle ; je m'appuyais contre un mur, encore abasourdi et amer : cela ne suffit donc pas encore, Seigneur ? Que me réserves-tu donc ?

J'arrivais à la maison abattu ; je n'avais pas envie de dîner, j'allai directement me coucher. Tita, inquiète, me demanda ce qui était arrivé. Rien, répondis-je, il ne s'est rien passé, tout va bien.

Le lendemain matin, me sentant mal, je restai à la maison. Quelques jours me suffirent, cependant, pour retrouver mon calme. Je me prenais même à douter : était-ce bien Pedro Bento que j'avais vu ? Très peu probable, conclus-je. Et l'incident fut oublié. D'ailleurs, j'avais d'autres sources d'inquiétude : je ne parvenais pas à faire entrer de l'argent en caisse. Plusieurs affaires, des importations, étaient sur le point d'être menées à terme. Rien de concret, cependant, n'était encore conclu, et ceci me décourageait un peu. En fin de journée je me sentais fatigué, j'avais la bouche amère. Les sabots, jusque-là insensibles, me faisaient mal à présent. C'était une douleur interne ; elle provenait de la racine, de la moelle, du cœur même du sabot, une douleur profonde, lancinante, comme si leur corps était désormais trop grand pour l'enveloppe cornée encore rapetissée par l'encaissement métallique des bottes. Je commençai à ressentir des maux de tête, comme Tita. Il me semblait que les lointains tambours des tribus africaines résonnaient dans mon crâne, mêlés à ceux des charruas, des tapes et des tapuias.

Ce fut alors que je fis ma première vente : un chargement, modeste il est vrai, de phosphate marocain. L'acheteur, un marchand allemand, circonspect, me paya comptant, en liquide.

C'était l'élan dont j'avais besoin ! Je me sentai renaître. Je fis encadrer un des billets de banque, tellement j'étais heureux. Et j'invitai Tita à dîner dehors. Ce fut à cette occasion que nous découvrîmes le restaurant tunisien Le Jardin des Délices. Il n'était pas marocain mais c'était presque pareil.

Le restaurant était situé bien à l'écart, dans une maison de style mauresque, avec patio et palmiers, et même une fontaine, l'endroit rêvé ! Le serveur, enveloppé dans un burnous, nous conduisit à une table à l'extérieur, puis nous présenta le menu. Nous choisîmes les plats, nous amusant beaucoup à cause des noms que nous trouvions bizarres. Puis, lorsque le serveur s'éloigna avec la commande, je pris la petite et délicate main de Tita entre les miennes, et tout doucement, je lui demandai si elle acceptait de m'épouser.

Elle sourit : allons, Guadeli, tu ne parles pas sérieusement. Je sortis de ma poche une alliance que j'avais achetée le soir même, je l'enfilai à son doigt. Les larmes lui montèrent aux yeux.

— Ce n'était pas nécessaire, Guedali, murmura-t-elle, ce qui compte c'est d'être ensemble. Elle n'en fut pas moins très heureuse, elle n'arrêtait pas de regarder l'alliance. Elle se souvint de Doña Cotinha : J'aimerais tellement qu'elle soit là, dit-elle. Elle, les femmes de l'estancia. Ma mère...

Elle se tut. Il lui était douloureux, je le savais, d'évoquer ce sujet. Mère ? La créature grossière, indifférente, dont me parlait Doña Cotinha, était-ce là l'image d'une mère ? *Ce l'était* pourtant : *mère*, soupirait Tita dans son sommeil agité. Et parfois, elle appelait également son père. Père ? Qui était son père ? Zeca Fagundes ? Le gardien ? Un péon trapu et silencieux qui venait parfois rôder autour de la maison des femmes, à l'estancia ?

Elle essuya ses yeux, parvint, au prix d'un effort, à esquisser un sourire. Tu deviens chaque jour plus jolie, dis-je, et c'était vrai ; elle perdait son air de jeune fille et se changeait en femme, en une jolie femme à la beauté étrange. Nous étions très différents physiquement.

Elle fit un mouvement, la pointe de sa botte toucha mon genou. C'était comme un message, un avertissement qui nous venait de nos pattes, de nos sabots : ne nous oubliez pas, nous sommes cachés, déguisés, mais nous sommes toujours là.

Au-dessus de la table, Guedali et Tita étaient les clients d'un restaurant sympathique ; ils bavardaient et étaient servis par un garçon très aimable. En dessous, c'étaient les pattes qui dictaient leur loi, des pattes nerveuses, folles d'envie de galoper, ne serait-ce que dans le patio du Jardin des Délices, mais qui étaient forcées de se restreindre au petit mètre carré qu'on leur avait concédé pour le moment.

De retour chez nous, nous reparlâmes de mariage. Le mariage civil ne présentait pas de problème. Naturellement, il fallait faire des papiers pour Tita, les miens avaient été faits lors de la déclaration de l'entreprise. Tita, par contre, ne disposait que du faux passeport que lui avait procuré le médecin marocain pour nous permettre d'embarquer.

Quant au mariage religieux, lui dis-je, choisissant mes mots, l'affaire va être un peu plus compliquée parce qu'il va falloir te convertir. Elle protesta, elle dit qu'elle n'avait aucune intention de devenir juive, qu'elle n'avait aucune religion, qu'elle avait même oublié les prières que lui avait enseignées Doña Cotinha. J'objectai cependant que mes parents n'accepteraient le mariage que si elle était convertie. Ça simplifie beaucoup les choses, lui dis-je. Et puis ce n'est pas très compliqué.

Très bien, dit-elle, se déshabillant. Que faut-il faire ? Je commençai à lui expliquer le processus de conversion, mais je me retins : j'allais justement lui parler du bain rituel de la *mikvah* — et maintenant que je la voyais nue, je me demandais : comment ferait-elle pour entrer dans la *mikvah* sans que les autres femmes voient ses pattes ?

— Laisse-moi faire, dis-je, je vais résoudre le problème d'une autre façon.

C'est ce que je fis : je parlai avec un rabbin qui était sur le point de quitter le pays en raison de certaines difficultés avec la communauté. Il donna quelques cours à Tita — demanda très cher — et me fournit, avant de partir, un certificat de conversion.

Le mariage eut lieu à Porto Alegre. Seuls la famille et certains amis de mes parents étaient invités ; la fête n'en fut pas moins délicieuse. Tita était très belle dans sa robe de mariée, celle que Débora avait portée, et qui balayait le sol, soustrayant ainsi les bottes de Tita aux regards indiscrets. (Ma mère et mes sœurs s'étaient offert de l'aider à s'habiller. Elle avait refusé ; timide, elle ne voulait pas que l'on voie ses pattes. Chez moi, dit-elle, la tradition veut que la mariée s'habille toute seule. Ma mère hocha la tête d'un air réprobateur. Comme tu voudras, dit-elle, et elles sortirent toutes les trois de la chambre où Tita se préparait. Après le mariage, pourtant, elle l'embrassa, lui donna un baiser, avoua qu'au début elle ne s'était guère réjouie à l'idée de la voir vivre avec son fils. A présent, dit-elle, c'est différent, à présent je suis certaine que vous allez être heureux.)

De retour à São Paulo, je me remis à mes affaires qui maintenant allaient très bien. Tita passait sa journée à la maison. Elle s'occupait des tâches domestiques — nous ne voulions pas de servantes qui passeraient leur temps à chuchoter — même ainsi, cependant, il lui restait beaucoup de temps libre. Elle regardait la télé, assise dans un fauteuil, les bottes sur un tabouret, une boîte de bonbons à ses côtés (elle commençait déjà à grossir). Elle dormait mal ; la nuit, elle se promenait partout dans la maison, vêtue de ses seules bottes. Je n'aimais pas voir cela, les pattes, l'affreuse cicatrice de l'opération. Qu'y a-t-il, Guedali ? disait-elle d'un ton railleur, amer, tu as déjà oublié que nous étions des centaures ? Il n'y a pas si longtemps, nous galopions encore dans les champs.

Elle s'asseyait, soupirant : Ah, Guedali, comme l'estancia me manque. Au moins, là-bas, nous avions les prés pour galoper et les tapisseries de Doña Cotinha pour nous distraire.

Je lui trouvai un professeur. Elle savait à peine lire et écrire, et je voulais qu'elle s'instruise un peu ; plus tard, peut-être, nous pourrions suivre des cours à l'université. D'autre part, je me voyais souvent obligé de refuser des invitations à des cocktails ou à dîner, parce que Tita n'était pas en mesure de tenir une conversation. C'était une personne tout à fait inculte, qui sortait tout droit de la campagne. Inculte, mais intelligente : elle fit des progrès remarquables dès qu'elle se mit aux études. Son professeur, une dame discrète, silencieuse, se montra surprise : votre femme est vraiment très douée, monsieur Guedali.

Nous commençâmes à fréquenter les théâtres et les boîtes de nuit, maintenant que nous avions des amis : des jeunes entrepreneurs et leurs femmes, pour la plupart juifs. Comme je l'avais prévu, ils nous acceptèrent sans difficulté. Ils s'étonnaient du fait que nous n'allions jamais à la plage ni à la piscine, que Tita portât toujours des pantalons. Il y avait cependant dans notre cercle d'amis un ingénieur argentin qui écrivait d'étranges poèmes et un cadre carioque qui vivait avec deux femmes, nous n'étions aucunement les plus étranges.

Je remarquais pourtant que Tita n'était pas heureuse. Peut-être vaudrait-il mieux que tu voies un psychologue, lui suggérai-je. Elle s'irritait : un psychologue ! Crois-tu vraiment qu'un psychologue pourra comprendre notre cas ? Ne m'ennuie pas, Guedali ! Je me taisais, je retournais à mes journaux.

L'année 1962 fut une année très agitée : grèves, discours politiques, le dollar qui s'envolait. Ça ne va pas durer longtemps, disait Paulo, une olive dans sa bouche. Il dirigeait une grande entreprise, c'était mon (Peri ?) meilleur ami. Nous avions l'habitude de nous retrouver, en fin de journée, dans un bar tranquille du centre ville. Devant un verre de bière, nous parlions longuement d'affaires, de la situation du pays, naturellement ; mais nous parlions aussi d'autres sujets. Il me racontait tout, ses problèmes conjugaux, sa femme était difficile à vivre, elle était intelligente, jolie, mais pleine de complexes, tout à fait névrosée ; et sa fille, retardée mentale, ne rendait pas les choses plus faciles. Moi, j'avais plutôt tendance à l'écouter. Lorsqu'il me posait des questions sur ma vie privée, je répondais évasivement, je lui racontais quelque épisode de ma vie en famille, je lui parlais de notre ferme de Quatro Irmãos, de notre maison de Teresopolis. Je ne pouvais pas aller beaucoup plus loin sans me replonger dans mes souvenirs de centaure. Déjà il était dangereux de passer tout ce temps avec lui, d'établir une relation intime : parfois, se souvenant d'une anecdote amusante, il se mettait à rire, me donnant alors une grande claque sur la cuisse. Je ne crois pas qu'il aurait pu sentir le cuir sous l'étoffe épaisse de mon pantalon ; mais c'était toujours un risque. Un risque parmi tant d'autres, il est vrai : si un jour il fallait qu'on m'opère d'urgence ? Si une voiture me renversait ? Si quelque voyeur nous observait à la jumelle ? (Je m'étais déjà prémuni contre une telle éventualité : les rideaux de mes fenêtres étaient très épais.) Si mon pantalon se déchirait ? Autant de risques nécessaires si je voulais mener une vie normale.

Elle va sauter, cette satanée baraque, grognait Paulo, déjà à moitié soûl. La baraque, c'était le Brésil : il était certain qu'une révolution violente était sur le point d'éclater, et qu'elle serait suivie d'un changement radical de régime. Ce type-là du Rio Grande, disait-il, ce Brizola, c'est un véritable fou, le pays n'est pas mûr pour le socialisme. Il va y avoir de la bagarre — il se penchait en avant — et c'est nous autres Juifs qui allons en faire les frais. J'aurais dû partir en Israël, Guedali. Je serais en ce moment dans un kibboutz, tranquille, en train de traire les vaches. Je n'aurais pas dû jouer au plus fin, vouloir gagner de l'argent pour aller en Israël avec un compte en banque bien fourni.

Il vidait sa chope d'un trait : Me voilà en train de dire des inepties. Je n'irai jamais en Israël, Guedali. Que veux-tu, ce n'est pas si simple avec ma femme, bourgeoise et névrosée comme elle est, elle ne pense qu'à une chose : se la couler douce et me rendre la vie impossible.

Il se taisait un instant, revenait à la charge : Je fais tout à l'envers, Guedali. J'étais socialiste quand tous mes collègues ne pensaient qu'à se remplir les poches. Maintenant que j'ai enfin décidé d'en faire autant, voilà que l'aubaine est finie et que le socialisme arrive. De plus j'ai raté mon mariage ; et ma fille est malade... Je suis fichu, Guedali.

J'essayais de le réconforter : Allons, ça ne va pas si mal que cela. Je prenais comme exemple nos amis, Joel, gérant d'une chaîne de supermarchés ; Armando, directeur de la filiale d'une société américaine ; Julio, grand promoteur immobilier ; tous gagnaient très bien leur vie et paraissaient satisfaits, insouciants quant à leur avenir.

En réalité, il n'en était pas tout à fait ainsi : Joel avait un ulcère à l'estomac et souffrait d'hypertension ; Armando était pris de panique à chaque fois que la maison mère envoyait quelqu'un pour superviser le déroulement des affaires : qu'est-ce qu'ils veulent encore, ces gringos, il en est déjà venu deux le mois dernier. Julio devait répondre d'un procès en justice : il avait construit un immeuble sur un terrain qui ne lui appartenait pas. Ce n'était cependant pas le moment de raconter ces choses-là à Paulo, soûl et déprimé comme il l'était. Je changeais de sujet. On discutait de son sport préféré : la course de fond. Paulo se considérait comme un excellent coureur de fond, capable de gagner des marathons. Il s'était découvert cette vocation par hasard.

— Je n'ai jamais beaucoup aimé le volley, le foot, tous ces sports-là.

C'était, au contraire, un type plutôt introverti. C'est pour cela qu'il s'était consacré aux études de sciences sociales.

— L'inquiétude, tu sais ce que c'est. Tu as des problèmes, personnel, ou autres, tu n'en dors pas la nuit. Tu penses que cela a à voir avec la société, tu te mets à étudier, croyant ainsi soulager ton angoisse. Ça ne soulage pas, mon vieux. Est-ce que des études de médecine peuvent libérer quelqu'un de sa souffrance ? Certainement pas. A cette époque, nous étions dans une mauvaise passe avec Fernanda, je t'ai déjà raconté... Enfin, j'obtins tout de même mon diplôme, et presque aussitôt après, un emploi dans une fondation d'Etat chargée de mettre au point un plan d'habitations populaires. C'était juste après que nous avions eu confirmation du diagnostic pour notre fille, et je me plongeai à corps perdu dans le travail. C'était une sorte de réconfort, tu comprends, Guedali ?

Ses collègues à la fondation, presque tous jeunes et de gauche, voyaient dans le plan un véritable pas en direction du socialisme. D'abord une maison pour chacun, disaient-ils, ensuite à manger pour tout le monde, puis le transport assuré pour tous, et puis les moyens de production pour tous. Le fait que les maisons allaient devoir être construites par des entrepreneurs privés, cela ne les dérangeait pas ; la vérité était destinée à prévaloir dans le choc dialectique entre l'individuel et le collectif, entre l'égoïsme et l'altruisme, entre les coûts réels des maisons et les prix facturés par les entrepreneurs, entre la prétendue bonne qualité du mortier et les fissures qui tôt ou tard apparaîtraient dans les murs : des fissures énormes, qui se ramifiaient pour former de fantaisistes dessins (des bois de cerf, des arbres décisionnels, et jusqu'à des lettres, comme celles interprétées pour le roi par le prophète Daniel). D'autant plus que le plan prévoyait, en accord avec les idées du socialiste français Louis Blanc (1811-1882), la création, dans le secteur public de l'économie, de véritables usines sociales, autogestionnaires, constituées en entreprises. Les profits réalisés par ces usines seraient pour partie distribués aux travailleurs, pour partie réinvestis. Des ouvriers qui investissaient, voilà où se trouvait l'intérêt de la chose : les armes du capitalisme utilisées contre le capitalisme même !

Quant aux lézardes, personne dans le groupe, qui comptait des architectes, des sociologues, des économistes, ne doutait qu'elles allaient apparaître ; et personne ne doutait qu'elles joueraient le rôle de signes avant-coureurs, annonçant le socialisme : ce que l'on consentait encore à discuter, c'était le moment où elles surgiraient. Les uns pensaient que c'était une affaire imminente, d'autres rappelaient que la réaction possédait des réserves insoupçonnées. De toute façon, ce n'était qu'une question de temps ; un an, tout au plus un an et demi. Le journal mural de la fondation était couvert d'articles en la matière. On y voyait également des caricatures et des panneaux portant les inscriptions suivantes : *Des maisons et du pain — Du travail oui, des patrons non.*

Paulo était emporté par le tourbillon. Tant d'excitation lui donnait parfois le frisson.

— Et le kibboutz ? criait-il alors. Pourquoi on ne ferait pas un réseau de kibboutzim ?

Certains trouvaient que c'était une bonne idée, mais d'autres le regardaient d'un air méfiant : ils étaient réservés à l'égard d'Israël, et en particulier des Juifs, dans la peau desquels, soupçonnaient-ils, se cachaient les sionistes.

Ses parents, ainsi que Fernanda, émettaient des réserves, mais d'un autre type. Ne te mêle pas de ce genre d'affaires, disaient-ils, cela ne peut que mal se terminer, tu n'as pas le droit de prendre des risques, tu es père de famille, tu as un enfant malade.

— Mais je ne les écoutais pas. C'est la paranoïa juive, me disais-je : ils voient des tribunaux de l'Inquisition et des fours crématoires partout.

C'était pourtant bien eux qui avaient raison. Le gouvernement fut remplacé, un type dénommé Honorio prit la direction de la fondation, un personnage mystérieux et intimidant. Il était impassible : un visage taillé dans un bloc de pierre, une pierre dans laquelle il n'y avait guère de fissures, à moins que l'on ne considère comme telles les cicatrices d'une ancienne acné. Il était toujours vêtu de gris, portait une cravate noire et des lunettes à cadre métallique, anciennes, avec des verres teintés. On ne pouvait jamais savoir où allait le regard de cet homme-là. On ne savait que très peu de chose sur lui : qu'il était ingénieur et qu'il était célibataire. On disait aussi qu'il faisait partie d'une organisation anticommuniste. Dans le premier discours qu'il donna, lorsqu'il prit ses fonctions, il annonça qu'à partir de ce jour-là, les fonctionnaires de la fondation auraient tout intérêt à bien se tenir, et qu'il agirait avec la plus grande fermeté contre tout contestataire. Il ne fallait cependant pas que ses subordonnés s'inquiètent : il serait comme un père, juste, mais non point cruel. Ceux qui étaient innocents n'auraient rien à craindre.

— Toute la question était, bien sûr, de savoir qui était innocent et qui ne l'était pas. Personne ne se sentait entièrement innocent. Même les plus innocents avaient quelque chose à se reprocher, une petite tache, une phrase imprudente, un poing serré, un cri. Moi, par exemple, j'avais écrit un article pour le journal mural. Qu'est-ce que cela représentait ? Une petite tache ? Une grosse souillure ? Je n'en savais rien.

La première disposition prise par le nouveau directeur consista à faire retirer toutes les cloisons, transformant ainsi les locaux occupés par la fondation dans un immeuble du centre de São Paulo en une immense salle, à l'intérieur de laquelle les tables de travail des techniciens étaient disposées en rangs, comme des bancs d'écoliers. Il fit construire pour son usage une salle entièrement vitrée, située près de la porte principale. De cet endroit, il lui était facile de se rendre compte des mouvements de chaque fonctionnaire.

Il fit circuler ensuite une série de notes de service, explicitant dans les moindres détails ce qu'il était permis de faire et ce qui ne l'était pas.

— Et nous étions encore en régime démocratique : c'était l'époque de Jañio, il y avait peut-être des notes de service, mais pas encore d'actes institutionnels.

Paulo avait désormais bien peu de chose à faire. La

construction des logements populaires avait été suspendue ; parfois on lui soumettait un dossier, pour sauvegarder les apparences, des choses en cours depuis déjà de longs mois. Lorsque cela se produisait, il se faisait beaucoup de souci ; il rédigeait alors plusieurs brouillons, choisissait soigneusement ses mots, ayant souvent recours au dictionnaire et consultant ses collègues, bien que rares fussent ceux susceptibles de l'aider.

Le directeur était toujours présent — même s'il n'était pas toujours visible. Quelquefois il tirait les rideaux de sa pièce, d'autres fois sa silhouette se dissimulait derrière l'épaisse fumée produite par les cigares qu'il allumait l'un derrière l'autre. Immobile, il paraissait alors absent, distant. Soudain, il tournait imperceptiblement la tête, la monture de ses lunettes étincelait sous la lumière. Il était bien là. Observant et notant chaque chose dans son petit calepin à la couverture vert foncé.

Ce fut durant cette période que Paulo remarqua une chose étrange : sa table tremblait. Au début il pensait que c'était la circulation, là, en bas, dans la rue ; il ne fut pas long à se rendre compte, pourtant, que c'était lui qui faisait trembler la table.

— C'était ma jambe, Guedali. Ma jambe qui tremblait tellement j'étais nerveux. J'avais les nerfs à fleur de peau.

Il décida qu'il était temps de quitter les lieux. Il n'était pas facile de trouver un nouvel emploi, et les frais que lui occasionnait la maladie de l'enfant étaient très élevés, mais il sentait qu'il ne pouvait plus continuer dans ces conditions.

— Je regardais par la fenêtre et je voyais les enfants courir sur l'esplanade. Je les enviais, j'enviais leur liberté, leur insouciance.

Un jour, on vint lui apporter un memorandum du directeur. Il lui était demandé de se présenter à la direction le jour même à trois heures. Paulo eut un sursaut, il redouta immédiatement le pire : ils avaient découvert quelque chose, une erreur dans son passé, quelque chose dont il avait peut-être perdu le souvenir, ou qu'il ignorait.

Il fut incapable de déjeuner. Il resta assis sur un banc de la place de la République, réfléchissant à ce qu'il dirait au directeur s'il était accusé. Il prit sa décision ; il nierait en bloc. Je me suis laissé entraîner, dirait-il. Je me suis laissé entraîner contre ma volonté.

A trois heures précises, il frappa à la porte vitrée. Le directeur le fit entrer, tira le rideau. Asseyez-vous, dit-il, d'un ton qui le surprit par sa gentillesse, et il tendit à Paulo une feuille dactylographiée. Je sais que vous êtes un homme cultivé. J'aimerais connaître votre opinion à ce sujet.

C'était un sonnet. Quelque chose d'exécrable, qui racontait en rimes piteuses les mésaventures d'un oiseau blessé.

Il a été écrit par un de mes amis, dit le directeur, regardant Paulo droit dans les yeux. Un très bon ami... Il en a beaucoup comme celui-ci. Il dit qu'il a de quoi faire un livre. J'ai l'intention de faire publier l'ouvrage, avec des articles de la fondation. J'aimerais cependant avoir votre opinion en la matière. Par écrit, naturellement. Cela ne presse pas : vous avez dix jours ouvrables pour me remettre vos commentaires.

Paulo retourna à sa table plus anxieux que jamais. Il ne faisait pas de doute que c'était une affaire illégale, cette publication de sonnets ; mais que faire ? Dénoncer le directeur ? Et à qui ? Il lui répugnait de s'incliner. Il ne voulait cependant pas perdre son poste. Surtout en un moment où il n'avait rien en vue.

Les jours passaient et son angoisse augmentait. Il ne dormait pas la nuit ; et il n'avait personne à qui se confier. Fernanda était de plus en plus occupée avec l'enfant. Et s'il voyait un avocat ? Et s'il s'enfuyait ?

— Mais je fus sauvé, Guedali. Je fus sauvé par le gong, oserai-je dire... Un après-midi il arriva une chose étrange : il était l'heure de cesser le travail, mais le directeur ne bougeait pas de sa chaise. Ceci était très étonnant car d'habitude il sortait ponctuellement à six heures — et nous, naturellement, nous sortions derrière lui. Ce jour-là, cependant, il était six heures et rien ne se passait. Six heures quinze, six heures et demie — il était toujours assis, immobile sur sa chaise, appuyé contre le dossier très haut. Nous nous regardions sans trop savoir quoi faire. Finalement, le commis prit son courage à deux mains et frappa à la porte. Le directeur n'eut aucune réaction. Le commis demanda l'autorisation d'entrer, pénétra dans le bureau, demandant l'autorisation de sortir. Rien, toujours pas de réponse. Monsieur ne se sent-il pas bien ? demanda le commis. Le directeur, toujours muet. Le commis rassemble tout ce qui lui reste de courage, secoue l'épaule du directeur. Il tombe en avant sur la table : il était mort.

Paulo allume une cigarette.

— Infarctus, dit le médecin de la fondation. Et il ajouta :

— Que cela vous serve de leçon, vous les sédentaires ; je connaissais bien cet homme : il ne faisait aucun exercice, fumait beaucoup, avait trop de soucis.

La semaine d'après, conclut Paulo, je donnai ma démission. Je décidai de me mettre à mon compte : je me suis juré que plus jamais je n'aurais de directeur, ni de patron ni rien de tout cela. Je commençai à pratiquer le judo dans un club à côté de chez moi. Je pris ensuite la décision de faire de la course à pied. Je continue encore aujourd'hui. Parfois j'en ai assez, j'ai envie de tout arrêter ; il me suffit alors de me rappeler le directeur, couché sur la table, mort, et je retrouve l'énergie pour continuer à courir. Je dirai même, Guedali, que la course est aujourd'hui ce qu'il y a de plus important dans ma vie. Après la famille, bien sûr. Et les amis.

Paulo et Fernanda, Julio et Bela, Armando et Beatriz, Joel et Tania. Nous sortions dîner ensemble toutes les semaines. Joel, qui connaissait tous les restaurants de São Paulo, nous servait de guide. En dépit du régime auquel son ulcère le contraignait, il prenait plaisir à nous voir manger : n'est-ce pas une merveille que cette goulash ? demandait-il, les yeux humides, tout en se servant un verre de lait.

Nous nous retrouvions tantôt chez l'un tantôt chez l'autre. Et si nous étions samedi, nous restions alors jusqu'au petit matin à bavarder de choses et d'autres : les affaires, bien évidemment ; mais aussi les films, la politique, les domestiques, les voitures. Et l'éducation sexuelle dans les écoles. Et la psychanalyse. Et le dernier divorce. Et les voyages.

Nous allions ensemble au cinéma, au théâtre. Parfois nous jouions aux cartes, nous faisions des mots croisés ou une partie de Monopoly.

Pour le carnaval, nous imaginâmes un petit jeu amusant. Julio et Bela se déguiseraient, sans que les autres connaissent leur déguisement, et ils iraient en ville, se promener entre dix heures et minuit, le long d'un parcours que nous aurions délimité auparavant.

A dix heures, nous partîmes, Tita et moi, en direction du centre. Armando et Beatriz, Joel et Tania, étaient déjà là, entièrement pris par la chasse. Nous avancions, Tita et moi, déguisés en pirates, au milieu de cette foule de fêtards déguisés. Parmi ces arlequins, ces clowns, devions-nous chercher un couple d'arlequins, de clowns, ou bien des Arabes ? Ou encore des fantômes ? Nous n'avions aucune idée quant à leur déguisement. Et nous cherchions, Tita et moi, riant beaucoup à chacune de nos méprises : j'attrapais un loup-garou par le bras, croyant que c'était Julio ; elle criait à une odalisque : ça y est, je t'ai eue, Bela ! Et bien sûr, ce n'était pas Bela. Soudain j'aperçus un centaure.

Il était arrêté, ce centaure, et il regardait passer un groupe carnavalesque ; lui-même, cependant, attirait plus l'attention que des indios au milieu de la rue : une petite foule s'était amassée autour de lui, commentant la chose sur un ton très joyeux. Certains lui donnaient des claques sur la croupe, ce qui ne plaisait pas au centaure qui se mettait alors à distribuer des coups de sabot à droite et à gauche.

Tita me saisit par le bras. Ma première impulsion fut de m'enfuir avec elle ; c'était comme s'ils avaient découvert notre secret, comme s'ils étaient en train de nous dire : cela ne sert à rien de vous cacher, nous savons tout sur vous, nous savons qui vous étiez. Et qui est-ce qui nous disait cela ? Julio et Bela ? Etait-ce Julio et Bela qui étaient là ?

Faisant beaucoup d'efforts pour me maîtriser, je serrai la main de Tita, nous nous approchâmes du centaure.

C'était un déguisement assez rudimentaire, fabriqué avec du tissu en peluche de couleur marron, qui n'avait rien à voir avec du cuir de cheval. La queue était faite d'une corde effilochée et teinte. Les sabots, très grands et disproportionnés par rapport au corps, étaient en celluloïd noir. A la vue de ces sabots, j'eus un doute intempestif : comment les gens du cirque ont-ils pu confondre un vrai centaure avec une doublure de centaure déguisée ? Mes anciens sabots, bien qu'assez volumineux (peut-être parce qu'il y a dans ma lignée une part de sang percheron) étaient beaucoup plus petits que ces faux sabots. Peut-être quelqu'un qui aurait des petits pieds, et qui marcherait sur la pointe... Peut-être.

Nous nous regardions, immobiles. Nous ne savions pas quoi faire. — Partons, murmura Tita. Je la regardai. Elle était pâle, terriblement effrayée, et ce fut cela qui me décida. Je voulais clarifier la situation immédiatement. Si c'est Julio et Bela qui étaient cachés là, si le déguisement en centaure était un message pour nous, il était temps de mettre cartes sur table. Reste ici, dis-je à Tita, et bousculant les gens autour de moi, je me frayai un chemin jusqu'au centaure, me plaçant droit devant lui.

Il ne m'était pas possible de voir son visage : il était caché derrière un masque en carton, une tête de diable (un centaure avec une tête de diable !). La poitrine velue et le ventre bedonnant pouvaient être ceux de Julio.

— Alors quoi, qu'est-ce qu'il veut, celui-là, cria-t-il. T'as jamais vu un type déguisé, espèce de rigolo ?

Pedro Bento !

Je fis quelques pas en arrière, effrayé — et surpris. Oui, c'était Pedro Bento. C'était bien la voix que j'avais entendue dans le taxi.

— Qu'est-ce qu'il y a, Pedro Bento ? Tu ne vas pas commencer à te bagarrer. C'était la voix d'une femme qui sortait du ventre du centaure, et cette voix aussi, je la connaissais. C'était celle de la dompteuse du cirque !

Ils discutaient maintenant entre eux, la femme se plaignait d'être dans une position peu commode, de beaucoup transpirer dans ce déguisement !

— Et je respire tes pets, Pedro Bento ! Tu n'arrêtes pas de péter, espèce d'abruti. Et voilà maintenant que tu cherches à te bagarrer !

Les fêtards qui se tenaient autour d'eux entendaient la discussion, et étaient en train de se délecter. Pedro Bento donnait à présent de grands coups à sa croupe (c'est-à-dire à sa femme) et, de toute évidence, celle-ci les lui rendait, à l'intérieur du déguisement, qui finalement se déchira, la faisant apparaître, échevelée, effrayée — c'était bien la dompteuse.

Allons-nous-en, dis-je à Tita. Je passai mon bras autour de sa taille et l'emmenai. Nous entrâmes dans un bar. J'étais encore troublé, mais ce qui me préoccupait surtout, c'était ses yeux hagards. Je lui pris les mains : elles étaient gelées. Je demandai au serveur de nous apporter un cognac, je le lui fis boire. Lorsqu'elle fut un peu plus calme, je lui révélai qui était le couple centaure. Elle me regarda sans rien dire, et je savais que ce qu'elle ressentait, ce n'était pas de la jalousie envers la dompteuse.

Elle était terrorisée. Heureusement nos amis nous aperçurent à l'intérieur du bar et vinrent à notre rencontre. Allons dîner ! criaient Julio et Bela, fous de joie de ne pas avoir été découverts dans leur costume d'astronautes. Tita et moi faisions ce que nous pouvions pour participer à la bonne humeur générale. Nous y parvînmes non sans efforts. Une menace — une de plus — pesait désormais sur nos têtes. Et ce que Tita se demandait, je me le demandais également : jusqu'à quand pourrions-nous garder le secret ?

Les jours suivants furent des jours de grande inquiétude. Je craignais à tout moment de rencontrer Pedro Bento. Je marchais avec des lunettes noires ; chaque fois qu'un taxi s'arrêtait à proximité, je me tournais immédiatement de l'autre côté. Quant à la dompteuse... Bien sûr, je craignais également de la rencontrer, mais c'était différent, c'était une idée qui m'inquiétait et m'excitait en même temps. Je me voyais — l'invitant à boire un verre, puis l'amenant dans un motel et puis, déjà au lit, lui demandant : — Alors, c'était qui, le cheval, hein ? C'était qui, le cheval ? Et elle qui me chuchoterait à l'oreille : — Mon étalon, mon bel étalon chéri.

Quant à Tita, je la voyais de plus en plus renfermée. Elle avait arrêté d'étudier ; elle ne regardait même plus la TV. Elle passait des journées entières assise, le regard fixe.

Je m'imaginais que c'était à cause du faux centaure, de la présence, à São Paulo, de Pedro Bento et de la dompteuse. J'essayais de la rassurer : — Allons, Tita, ils ne me reconnaîtront jamais, la créature qu'ils connaissaient avait un corps de cheval, des pattes et une queue.

En fait cela ne la tourmentait guère. C'est-à-dire que cela ne la tourmentait plus. Elle avait d'autres sujets de préoccupation, quelque chose qui l'angoissait, mais qui la faisait également sourire, mystérieusement parfois.

— Mais qu'as-tu donc ? lui demandais-je intrigué. Elle ne disait rien. Une nuit, en sortant de chez Julio, elle parla : elle était enceinte.

Je me refusai à le croire. Le médecin marocain m'avait garanti qu'en prenant les pilules elle ne pourrait attendre d'enfant. Ça fait des mois, dit-elle, que je ne les prends plus. Mais tu es folle, dis-je. Nous étions assis dans la voiture, j'avais ma main sur la clé de contact, immobile, paralysée. Elle ne dit rien. Elle alluma une cigarette.

Je mis le moteur en route, roulai à toute allure vers la maison, demandai une communication avec le médecin marocain. Il répondit, ensommeillé ou ivre, ne comprenant pas de quoi je lui parlais. Je parvins finalement à lui faire comprendre que Tita était enceinte. Il m'assura qu'il n'y avait aucun problème : elle a un utérus normal, de femme. Mais qu'est-ce qui va naître comme enfant ? criai-je. Ah, ça je n'en sais rien. Si vous avez des craintes, venez ici, et si c'est nécessaire nous allons provoquer un avortement. Je raccrochai. Tita me regardait. — Je veux garder mon fils, dit-elle, qu'il soit normal, centaure, ou cheval. Je veux un enfant. Toutes mes objections furent inutiles. Je veux mon enfant, répétait-elle.

A partir de cet instant je n'eus plus de repos. Que ce soit au bureau, dans ma voiture ou dans mes rêves, les mêmes fantasmes me poursuivaient partout : des monstres avec des parties humaines — des bras, des jambes, des lèvres, des yeux — et des parties équines — des pattes, une queue, une crinière, un pénis — combinés dans des proportions variables, mais qui toujours, toujours, formaient des figures terrifiantes.

On approchait de la date prévue pour l'accouchement, le volume de son ventre augmentait de façon effrayante, je l'implorais de venir avec moi au Maroc, au moins pour consulter le médecin. Elle se montra inflexible : ce n'est pas nécessaire, je sais que tout ira bien, elle était tranquille, joyeuse même. Et l'accouchement, demandais-je, comment va-t-on faire pour l'accouchement ? Il en sera selon la volonté de Dieu, disait-elle. J'aurai mon enfant à la manière des Indiennes, ont-elles besoin de médecin, d'hôpital, peut-être ? Folle, elle me paraissait complètement folle.

Parfois je m'éveillais au petit matin en sursaut. Elle dormait, je regardais son ventre qui grossissait à la lumière grisâtre de l'aube. Mes sentiments prédominants : la crainte, l'anxiété et la révolte sourde, non seulement contre Tita, mais aussi contre moi-même et, principalement, contre l'entité divine, Jehovah ou quel que fût son nom, responsable de tant de souffrances.

Parfois, cependant, je réussissais à surmonter ces sombres élucubrations, à désamorcer le mécanisme de la rancœur, monté en moi comme une bombe à retardement. La suave clarté qui se reflétait sur la peau lisse et tendue du ventre pénétrait alors en moi, apaisante. Et si je remarquais un mouvement — produit parfois par le geste brusque d'un petit bras ou d'une petite tête, j'étais tout ému et me sentais capable, comme Schiller, d'embrasser les foules. Les foules qui pourraient bien comprendre quelques dizaines de Noirs, d'indios, de terroristes palestiniens, d'êtres difformes variés (un cyclope avec une cataracte dans l'œil unique, ou une caapora [4] dont les jambes seraient tournées vers l'arrière, sans parler des bossus et des visages vitriolés et même un petit centaure. Oui, j'étais capable d'aimer même un petit centaure, et ce sentiment ne pouvait m'être inspiré que par l'instinct paternel. Donc je n'avais pas peur ? J'étais donc prêt à courir le risque ? Je ne savais pas, réellement, je ne savais pas. De toute manière, les flots de l'amour qui montaient en moi, la marée de haine qui refluait découvraient à mes yeux une plage vaste et déserte, un paysage tranquille dont la seule vue avait le pouvoir de me faire trouver un sommeil paisible. Jusqu'au moment où le réveil sonnait : mais ce n'était pas la trompette de l'ange exterminateur, ce n'était qu'un mécanisme d'horlogerie ; il me ramenait à une réalité qui pouvait bien ne pas être cruelle, si elle était assumée.

La première des choses était de prendre toutes les dispositions afin que l'accouchement ait lieu dans les meilleures conditions possibles. Mais comment faire ? J'eus soudain une inspiration : la sage-femme qui m'avait mis au monde. Etait-elle encore en vie ? Je téléphonai à Mina, priant Dieu pour qu'elle ne soit pas dans une période de dépression. J'eus de la chance : elle se montra euphorique, elle venait de se fiancer avec son psychiatre.

Je lui expliquai que Tita était enceinte, elle me félicita, mais lorsque je lui parlai de mes craintes, elle commença à s'inquiéter, elle dit qu'elle allait retomber dans le trou.
— Arrête avec ces bêtises ! criai-je. Il faut que tu m'aides.

Elle ne dit plus rien : elle prit sa voiture, se mit en chemin sur les routes poussiéreuses de l'intérieur, alla trouver la vieille sage-femme dans une cabane en plein mato, en train de boire du chimarrão. Elle était presque aveugle, pauvre femme. Se souvenait-elle de moi ? Bien sûr qu'elle se souvenait : le petit Juif qui était à moitié poulain. Ah, il va déjà être père, lui ? Comme le temps passe vite, ma bonne dame.

Elle fut flattée d'apprendre que je l'avais choisie pour l'accouchement de ma femme. Elle ne voulait pas, cependant, entendre parler de voyage : vous voyez bien que je suis trop vieille pour quitter ma petite maison. Qu'ils viennent ici s'ils veulent. Il en coûta beaucoup à Mina pour la convaincre ; elle dut lui promettre beaucoup de cadeaux, des habits, de la vaisselle, une radio, des meubles, mais enfin elle y parvint. Mina la conduisit jusqu'à Porto Alegre, la mit dans l'avion.

Je l'attendais à l'aéroport. La vue de la petite vieille, vêtue de noir, tenant à la main un paquet (qui comme je le vis plus tard, contenait de la nourriture), perdue dans la foule qui se bousculait, me serra le cœur. Serait-elle capable de mener à bien l'accouchement ? Dès que nous fûmes arrivés à la maison, j'eus cependant une tout autre impression. Aussitôt les présentations faites, elle mit son paquet de côté, retroussa ses manches et dit à Tita : — Déshabille-toi, ma fille, et étends-toi sur le lit. Un peu effrayée au début par les pattes (j'avais oublié comment vous êtes faits), elle l'examina avec habileté et assurance. Ce n'est pas pour tout de suite, dit-elle. Il manque encore une semaine. — Est-ce qu'il est normal ? demandai-je. Elle ne dit rien, elle fit comme si elle n'avait rien entendu. Que soit faite la volonté divine, soupirai-je.

Paulo riait de moi : il n'avait jamais vu un père aussi préoccupé, disait-il. En effet : j'installai la vieille sage-femme dans une chambre contiguë à la nôtre, je courais la réveiller au moindre gémissement de Tita. — Du calme, Guedali, me disait la vieille dame ensommeillée, elle passait tout son temps à dormir. Je t'ai déjà dit qu'il n'est pas encore temps.

Une nuit, Tita se réveilla avec de fortes douleurs, rythmées. J'allai appeler la vieille. Elle était déjà debout, habillée et alerte : — Maintenant oui, Guedali, maintenant nous y sommes. Viens. Tu vas m'aider.

Faisant de mon mieux pour dominer mon anxiété, je vis apparaître la tête de l'enfant ; et puis le corps ; et puis les jambes. *Normales*. Normales. — Il est normal, Doña Hortensia, demandai-je, n'est-ce pas qu'il est normal ? Bien sûr, marmonnait la vieille, coupant le cordon ombilical, c'est un petit garçon tout ce qu'il y a de plus normal. Et pourquoi n'aurait-il pas été normal ? Tu crois que tout le monde naît avec des pattes de cheval ?

Elle s'arrêta, me regarda, intriguée : mais toi, il me semble bien que tu avais quatre pattes, Guedali, où sont donc passées les deux autres ? J'ai été opéré, je vous raconterai plus tard, pour l'instant occupez-vous du bébé, pour l'amour du ciel.

Ce qu'il était beau, le bébé qu'elle me mit entre les bras, Tita me regardait souriant, épuisée mais heureuse. La sage-femme, elle, regardait le ventre. Il était toujours grand. Oh, dit-elle, mais c'est qu'il y aurait encore quelque chose, là-dedans.

Quelque chose ? Je la regardai alarmé. Quoi donc ? Qu'y

avait-il encore dans ce ventre ? Les pattes ? Le corps du cheval ?

(La scène : Tita était couchée sur le lit ensanglanté, les pattes écartées, la sage-femme tâtait son ventre, la tête penchée, murmurant des mots incompréhensibles ; moi, j'étais appuyé contre le mur, sur le point de tomber évanoui.)

Je me repris, respirai profondément. Si c'est un corps de cheval, me dis-je, je l'écrase à coups de poing, même s'il donne des signes de vie, même si ces pattes remuent. Je l'écrase et je brûle les restes.

— Le voilà, dit la sage-femme.

C'était une autre tête qui surgissait, un autre corps, et d'autres bras, et d'autres jambes. Un autre enfant — normal. Un autre garçon : des jumeaux !

Vous avez été récompensés, dit la vieille, mais je ne l'entendais pas ; j'étais serré contre Tita, nous pleurions, tous les deux.

Les premiers jours furent éblouissants. Les bébés étaient en bonne santé, c'était deux beaux bébés et comme ils tétaient bien ! Dieu a été bon envers nous, disait Tita, nos sacrifices n'auront pas été vains.

Puis le problème surgit : elle ne voulait pas que les enfants soient circoncis. Personne ne touchera à mes fils, disait-elle, résolue. C'est déjà assez que je me sois convertie, je ne veux plus entendre parler de ces bêtises.

Moi non plus, cependant, je n'étais pas disposé à céder. Je me rappelais ce que m'avait dit mon père, sa lutte pour faire venir le mohel à la maison ; je lui devais de faire circoncire mes enfants. J'expliquai, une fois, plusieurs fois, puis je la menaçai de m'en aller et de lui enlever les enfants. Tita céda alors.

Je fis venir, pour la cérémonie, toute la famille à São Paulo. On fit la circoncision, tout alla bien, et puis ce furent des déjeuners et des dîners avec leur succession de toasts. Mes parents ne contenaient plus leur joie. Tu mérites ce bonheur, disait mon père, la nature a été mauvaise envers toi, mais tu as su lutter et vaincre, et te voici maintenant père de famille, riche et respecté.

Je n'allais plus au bar en fin de journée, boire ma chope de bière avec Paulo ; aussitôt le bureau fermé, je courais à la maison retrouver mes fils. Je m'asseyais, les prenant tous les deux dans mes bras.

(Mes pattes trouvaient ce contact étrange. Elles sentaient, à travers le tissu, la peau tendre des enfants ; et elles remuaient, nerveuses. Du calme, grognais-je tout bas, restez tranquilles. Tranquilles, cependant, elles ne pouvaient pas vraiment l'être. Elles se sentaient menacées, c'était évident. Deux d'entre elles avaient déjà été amputées ; les deux qui restaient se voyaient obligées de porter des pantalons, des bottes — et, maintenant, le poids des bébés. La chaleur diffusée par les deux petits corps, une chaleur persistante, légèrement humide, finirait par macérer le cuir, ne laissant apparaître ensuite que des tendons et des fémurs livides. Elles protestaient, mes pattes ; elles me donnaient des crampes.)

Qu'elles protestent.

Mes deux bébés, potelés, délicieux, me comblaient de joie. Quand l'un deux souriait, la maison s'illuminait ; quand ils souriaient tous les deux, le monde entier resplendissait.

Des bébés adorables. Parfois, bien sûr, ils pleuraient la nuit. Jamais un seul, toujours les deux. Nous bondissions du lit, enfilant nos bottes, nous sortions de la chambre, trébuchant, nous heurtant l'un contre l'autre, échangeant parfois sans nous en rendre compte nos robes de chambre. Nous prenions chacun un jumeau, nous les promenions dans le couloir de la maison, leur chantant des berceuses, Tita chantait *Le Veau à la tête noire*, moi, je psalmodiais une mélodie en yiddish — c'était étrange de voir comment les berceuses de mon enfance me revenaient maintenant en mémoire. Parfois, nous marchions côte à côte, Tita et moi — étaient-ce des réminiscences de l'époque où on galopait dans les prairies ? — parfois nous marchions en direction opposée. Lorsque nous nous rencontrions, je faisais de mon mieux pour esquisser un sourire, elle, cependant, ne souriait jamais, toujours préoccupée pour l'enfant qu'elle tenait dans ses bras, absorbée par la tâche de l'endormir, comme si cela dépendait de son ardeur à l'ouvrage. Contaminé par son anxiété, j'avais envie de m'enfuir, de franchir la porte au triple galop. Il fallait que je me retienne, que je marche au pas, au rythme de la mélodie que je chantais.

C'étaient des impulsions contradictoires, que mes pattes avaient du mal à comprendre, et qui se manifestaient comment, en fin de compte ? Par des crampes. Jamais je n'eus autant de crampes qu'à cette époque.

En raison de ces crampes, qui témoignaient du mauvais état physique dans lequel je me trouvais — depuis combien de temps n'avais-je plus galopé ? — et aussi parce que Paulo se plaignait sans cesse (tu m'as abandonné, Guedali !) je commençai à m'entraîner avec lui. Une fois par semaine, nous allions courir dans un club. Nous nous étions fixé comme but de parcourir au moins six fois le tour du stade. Pour moi c'était facile, pour Paulo ça l'était beaucoup moins. Il s'étonnait : tu cours avec des bottes et tous tes vêtements, et tu ne te fatigues pas ! Que veux-tu, lui répondais-je, nous gauchos, nous sommes ainsi faits, moitié homme, moitié cheval.

Tout en courant, il me parlait, haletant, de ses difficultés conjugales. A présent tu es heureux, toi, disait-il ; mais tu n'imagines pas l'enfer que peut devenir un mariage.

Heureux, tout à fait heureux, je ne l'étais pas, à vrai dire. Tout de suite après la naissance des jumeaux, oui, bien sûr ; mais à mesure que les mois s'écoulaient, Tita se faisait plus distante. En apparence, c'était à cause de nos fils ; ils demandaient beaucoup d'attention, ne lui laissaient pas un moment de répit. Elle ne les quittait pas une minute. Je voulais engager une nourrice, nous pouvions nous le permettre, les affaires allaient très bien ; mais elle trouvait cela inadmissible. Une cuisinière, oui, et aussi une femme de ménage, et un chauffeur, et un jardinier ; mais une nourrice, non, il n'en était pas question. Elles ne savent pas s'occuper des enfants, expliquait-elle, et elles sont si grossières.

La réalité était cependant que les choses avaient changé entre nous. Nous parlions peu. La nuit, lorsque nous étions couchés et que je m'approchais d'elle pour la caresser, elle sursautait : je crois que les enfants sont en train de pleurer. Elle courait vers leur chambre, ne revenant que lorsque j'étais endormi.

Pourquoi portes-tu toujours ces bottes ? demandait Paulo, intrigué. Ce sont des chaussures orthopédiques, je ne peux pas marcher sans.

C'était mon ami, il me racontait tout, mais moi, aurais-je pu lui parler de mes pattes ? Dans le doute je me taisais, je l'écoutais. Il parlait beaucoup, il me racontait comment il était tombé amoureux de Fernanda, cela remontait à son enfance, dans le quartier du Bom Retiro : nous avons grandi ensemble, nous avons fréquenté le même lycée, nos familles étaient très amies — elles venaient de la même ville en Pologne. A dix-huit ans, nous décidâmes d'abandonner nos études, de nous marier et de partir en Israël. Nous voulions vivre dans un kibboutz, au milieu de la nature, courir dans les champs, planter, récolter, traire les vaches. Nos parents s'y opposèrent. Ils estimaient que nous étions trop jeunes, que nous ne savions rien de la vie, que nous n'avions pas de profession. Nous nous sommes révoltés, nous avons fait une fugue, nous nous sommes réfugiés dans la maison de campagne d'un ami à Ibiuna, c'est là que pour la première fois, nous avons dormi ensemble. Ce ne fut pas très agréable, elle eut très mal ; de plus nous avons attrapé la gale, nous passions des journées entières à nous gratter. Nous sommes rentrés, nos parents nous ont pardonné, je me suis inscrit à l'université. Nous nous sommes mariés avant même que je termine mes études. Nos parents nous avaient donné un appartement, ils nous aidaient lorsque nous avions besoin d'argent ou d'autre chose jusqu'à ce que j'eusse terminé ma formation et trouvé du travail. L'enfant arriva, au début ce fut une grande joie ; puis vinrent les premiers soupçons — et puis le désespoir lorsque la chose nous fut confirmée — et désormais, nous sommes résignés. Résignés mais non pas heureux, Guedali. Nous ne sommes pas heureux. Je regarde Fernanda, elle me regarde, on ne se dit rien, mais je sais qu'elle se demande, parce que moi-même je me le demande : mais où sont donc passés tous nos beaux rêves ? Un jour, nous avons demandé à nos parents de garder l'enfant, et nous sommes allés à la maison de campagne, qui maintenant est en vente ; nous sommes arrivés là-bas, c'était la même maison — une maison ancienne, mais très jolie, de style colonial, avec une cheminée — et nous avons passé la nuit dans la même chambre où nous avions dormi, dans le même lit, mais ce n'était plus la même chose, Guedali. Le croiras-tu ? Ce n'était pas la même chose, cela n'avait plus la même saveur, tu comprends ? Le temps passe, on arrête de s'aimer et on finit par se demander à quoi sert la vie. A rien, on dirait qu'elle ne sert à rien. Tous les soirs, lorsque je ferme mon bureau, je me dis : voilà encore un jour de passé, encore un qui ne dérangera plus personne.

C'était le sixième tour, il n'en pouvait plus. Tu ne veux pas faire un peu de gymnastique, lui demandai-je, juste quelques flexions ? Certainement pas, disait-il, pantelant, je vais tout droit aux douches. Je suis mort, Guedali, mort.

Fernanda. Elle ne parlait pas beaucoup. Mais elle me regardait, elle me regardait intensément. Il y avait beaucoup de cynisme dans ce regard, et de l'amertume, et de l'insatisfaction ; mais il y avait aussi un défi. Je détournais les yeux : Paulo était mon ami.

Un samedi, ils nous invitèrent à une petite fête : c'était l'anniversaire de Paulo. Tita ne voulait pas y aller. Elle invoqua, comme d'habitude, plusieurs prétextes. Elle était fatiguée, un des jumeaux avait un peu de fièvre. J'insistai, cependant : Paulo et Fernanda ont toujours été très corrects avec nous, ce n'est pas convenable de ne pas y aller.

Ils n'habitaient pas très loin de chez nous, ils avaient une belle maison (dommage qu'elle soit seulement louée, disait Paulo), en verre et en béton, de grosses poutres en bois dépassaient du plafond. Lorsque nous arrivâmes, tout le monde était déjà rassemblé devant la cheminée qui se trouvait au centre du living : une grande bassine en fer, suspendue au toit par des chaînes qui descendaient le long des parois — Fernanda avait des idées originales. Nous fûmes accueillis avec enthousiasme, comme à l'accoutumée. Personne ne fit allusion à nos bottes — toutes neuves, qui venaient d'arriver du Maroc —, mais on voyait qu'ils les avaient remarquées, oui, on le voyait. Qu'est-ce que vous buvez ? demanda Paulo. Un verre de whisky à la main nous prîmes part à la conversation, qui tantôt coulait paisible, tantôt s'agitait, turbulente, grossissant parfois et entraînant tout le monde, ou bien se ramifiant. Joel et Armando discutaient des avantages et des inconvénients de la Ford Mustang. Beatriz et Tania parlaient des écoles de leurs fils respectifs. Bela se plaignait auprès de Tita de la difficulté qu'il y avait à trouver des domestiques. Julio demanda à Beatriz comment se passait l'analyse ; c'est une lutte, soupira Beatriz. Joel, qui était également en analyse, dit que le processus ressemblait à une descente dans un puits, d'où on ne remontait que très lentement, s'agrippant aux murs du bout des ongles, et souffrant, souffrant toujours. Bela, qui avait conservé quelque chose de son passé de leader à la faculté, dit que l'analyse était un passe-temps élitiste, réservé à la bourgeoisie riche et qui ne trouvait rien d'autre à faire. C'est ton cas ! s'exclama Joel, et tout le monde se mit à rire. Ça m'est bien égal d'être riche ou non, dit Beatriz, j'en ai assez de souffrir comme une chienne, moi ce que je veux, c'est connaître le bonheur, tu comprends, Bela ? Le bonheur !

Sa voix s'étranglait, nous étions tous embarrassés. Ce fut Fernanda qui prit l'initiative de changer de sujet ; elle demanda à Tania et à Joel de parler de leur voyage en Israël. C'était épatant, dit Tania, on a rencontré une foule de gens qu'on connaissait. Leur vie est très dure, dit Joel, ils travaillent beaucoup, gagnent peu, paient des fortunes en impôts, et ils vivent toujours sous la menace de la guerre. C'est peut-être une vie dure, dit Paulo, mais au moins elle a un sens, alors que notre vie ici... Qu'est-ce qu'elle a, notre vie, dit Julio, nous avons la belle vie ici, moi en tout cas, je ne me plains pas. Je ne dis pas que nous sommes dans le besoin, rétorqua Paulo, nous vivons tous très confortablement, mais il m'arrive souvent de me demander si ce n'est pas une vie un peu vide, dépourvue de sens. Quel sens, plaisanta Julio, qui a besoin de sens ? J'ai une maison, je mange bien, j'ai une jolie femme, des enfants, et même quelques petites amies de temps en temps... Tout le monde se mit à rire, même Paulo ; il revint à la charge cependant : peut-être, mais moi, je n'ai pas abandonné l'idée d'aller en Israël. Pour quoi faire ? Julio était maintenant irrité. Tu n'es pas bien ici, Paulo ? Tu fais d'excellentes affaires, tu habites une belle maison, mais qu'est-ce que tu cherches donc, à la fin ? J'avoue que je ne comprends pas. C'est bien beau tout cela, dit Paulo, mais moi je me sens juif, et pour moi c'est important. Le judaïsme...

Il se tut. Il y eut un silence embarrassant. Je savais à quoi ils pensaient, à la *goy*, à Tita — ce n'était pas convenable de parler de ces choses-là en sa présence. Ce fut à nouveau

Fernanda qui changea de sujet de conversation : elle parla d'une voisine qui avait été agressée. C'est incroyable de voir l'insécurité dans laquelle nous vivons, dit Tania.

On discuta de la situation du pays. Ça ne peut pas continuer ainsi, dit Julio révolté, ces grèves, le dollar au plus bas, les agents du gouvernement qui font la loi partout. Ça va finir par sauter. Si ça saute, dit Bela, c'est parce que ceux qui ont le pouvoir ne sont pas prêts à en céder la moindre parcelle, ils ne font aucune concession, même infime, ils n'accepteraient jamais une misérable petite réforme agraire, par exemple. Qu'est-ce que tu y comprends, toi ? fit Julio exalté. Je comprends exactement ce que tu comprends toi-même, cria Bela, même si je ne passe pas mon temps à spéculer pour gagner de l'argent sale. L'argent avec lequel tu t'achètes des robes, dit Julio en riant. Je n'en veux plus de tes robes, cria Bela. Calme-toi, dit Paulo, tu n'as pas besoin de te déshabiller pour autant. Vous savez qui vient juste de divorcer ? demanda Joel, mastiquant des noix de cajou. Tout le monde sait qu'il s'agit de Boris, dit Tania, mais ne mange pas tout, sinon tu vas passer la nuit à lâcher des vents. Tu en fais autant, toi, dit Joel. C'est vrai, admit Tania, en riant, c'est ça le mariage, des gens qui pètent ensemble. Joel la prit dans ses bras, l'embrassa : j'aime cette femme, les amis ! Je l'adore !

Il faisait bon d'être là, dans cette atmosphère réconfortante. Les grandes persiennes baissées créaient un sentiment d'isolement ; c'était comme si nous étions au fond de la mer. La conversation était à nouveau en train de se fragmenter, Bela racontait à Tita une longue histoire, et celle-ci l'écoutait, très attentive. Elle était jolie, Tita. Et sa beauté exotique contrastait avec celle des autres femmes, toutes de très jolies femmes, mais conventionnelles, trop maquillées.

— Va chercher le projecteur, Paulo, dit Julio. Des nouveaux films ? demanda Joel, les yeux brillants. Et quels films ! dit Julio, et quels films, mon cher !

Paulo installa le projecteur et l'écran, fit tourner la bobine, éteignit la lumière. Pendant que tout le monde était en train de rire des aventures d'une femme aux prises avec deux nains, je me levai et sortis dans le jardin. C'était un beau jardin avec de grands arbres et des arbustes et des parterres fleuris. Il me rappelait, par ses dimensions, le patio de notre maison à Porto Alegre, bien que celui-ci fût mieux entretenu — il y avait même une fontaine, comme celle de la clinique au Maroc. Je m'assis sur un banc de pierre, admirant la beauté de ce que je voyais autour de moi. La nuit était un peu fraîche, mais je me sentais très bien, là dehors.

Une main se posa doucement sur mon épaule.

— Il était donc ici, notre fuyard.

Je me retournai : Fernanda. Nous nous regardâmes, immobiles, pendant quelques secondes. C'était une jolie femme, ses cheveux, défaits, retombaient sur ses épaules, son chemisier entrouvert laissait apparaître de beaux seins, et je me rendais compte à présent qu'elle me désirait, mes sens commençaient à s'exciter, violemment, j'étais envahi par un désir aussi intense que celui que j'avais ressenti pour la dompteuse, je perdais la tête, c'était de la folie, je ne pouvais pas faire cela, dans la propre maison de Paulo, de mon ami Paulo, où on risquait en plus d'être découverts — mais j'avais déjà perdu tout contrôle, je la serrai contre moi, l'embrassai —, elle me mordait presque, d'avidité. Je l'entraînai derrière la fontaine, l'allongeai, la déshabillai, caressai ses cuisses — je frissonnai, c'était de la peau que je touchais, de la peau tendre, et non pas du cuir — je défis mon pantalon, sortis mon pénis. Comme tu es grand, murmura-t-elle, je me souvins alors de la dompteuse, j'eus peur : et si elle se mettait à crier ? Mais non, elle ne criait pas : elle poussait des gémissements de plaisir, et moi avec elle, pendant que l'eau de la fontaine gargouillait.

Je vais rentrer la première, murmura-t-elle, en se rhabillant. Elle sourit, m'embrassa à nouveau — cette fois-ci plus calme, moins vorace — puis elle s'en alla.

Je m'assis sur le banc, étourdi. Que s'était-il passé ? Je ne savais pas. Je comprenais seulement que ma vue était trouble et que mon cœur battait très fort — et que ma patte droite, je m'en rendis compte, tremblait convulsivement. Je la saisis : arrête, diablesse, tiens-toi tranquille.

J'attendis encore un peu, que la chaleur de mon visage se dissipe. Lorsque je me sentis suffisamment calme, j'entrai.

La séance était terminée, ils étaient en train de discuter. On me regarda, mais personne ne fit de commentaires. Apparemment tout ce qu'ils voyaient d'étrange était limité au fait que je n'étais pas resté pour voir les films. Tu as perdu quelques belles séquences. Je commence à les connaître ces films-là, dis-je d'une voix presque normale, c'est toujours les mêmes cochonneries. Allons, Guedali, dit Tita, il commence à se faire tard.

Nous prîmes congé. La main de Fernanda resta dans la mienne un instant de plus qu'à l'accoutumée, mais un instant seulement ; elle ne semblait aucunement perturbée. J'eus alors le sentiment que je n'étais sans doute pas le premier, que d'autres avant moi s'étaient couchés avec elle derrière la fontaine. Qui cela ? Joel ? Julio ? Allons, insistait Tita, en ce moment les enfants sont sans doute en train de pleurer.

L'affaire avec Fernanda en resta là. Pendant quelques jours je pensai qu'elle téléphonerait pour me donner un rendez-vous. Et si elle téléphonait ? Je ne saurais pas quoi faire. Cela avait été très bon avec elle, et ce n'était pas l'envie de recommencer qui me manquait. Mais si Paulo ou Tita nous découvraient ? Et si elle, Fernanda — enlevant mon pantalon dans un excès de fougue — découvrait mes pattes ?

Elle ne téléphona pas. Nous nous rencontrâmes en ville par hasard, et elle, très naturelle — ça va bien, Guedali ? Et

Tita ? Et les jumeaux ? —, elle dit qu'elle avait donné rendez-vous à Paulo dans un bar et me demanda de lui tenir compagnie. Nous entrâmes, c'était un endroit luxueux, plongé dans la pénombre, elle choisit une table isolée, à l'abri des regards indiscrets. Nous commandâmes des rafraîchissements. Nous restâmes pendant quelque temps tous les deux silencieux. Elle paraissait distraite, son regard se promenait tout autour ; quant à moi, j'étais inquiet ; mes tendons, raidis dans mes bottes, m'envoyaient des signaux permanents : nous sommes prêts pour le galop, maître Guedali, nous sommes prêts pour le galop. Quelquefois nos yeux se rencontraient ; elle souriait, tambourinant, avec ses ongles, contre le verre. Je lui demandai comment elle se sentait.

— Moi ? Très bien.

— Même après cette nuit-là ?

— Eh bien oui, même après cette nuit-là : très bien.

— Aucun problème ?

Elle rit (un rire un peu forcé peut-être ; mais un rire tout de même).

— Allons, Guedali, quel problème veux-tu que j'aie ? Nous sommes des adultes. C'est arrivé, c'est arrivé. Cela a été un moment agréable, c'est tout.

— Et Paulo ?

— Qu'est-ce qu'il y a avec Paulo ? Ça va très bien, avec Paulo. Tu ne voulais tout de même pas que j'aille lui raconter ? En fait — ça t'étonnera peut-être — mais j'aurais aussi bien pu le lui dire, tu sais ? Je n'ai pas ce genre de problème avec Paulo. J'ai eu d'autres affaires, il l'a su, rien n'est arrivé, le sang n'a pas coulé. On ne va pas s'entre-tuer, Paulo et moi, pour des choses pareilles. Nous sommes des gens civilisés. De plus nous avons la responsabilité de l'enfant.

Elle vida son verre d'un trait. Et ta femme, demanda-t-elle, s'est-elle doutée de quelque chose ? Non, dis-je, elle ne s'est doutée de rien. Elle se pencha vers moi : j'espère que tu ne m'en voudras pas, Guedali, mais tu sais, ta femme, Tita, elle ne m'a pas l'air bien futée. Elle a des allures de sauvageonne. Je suis sûre qu'elle n'est même pas capable d'apprécier le mari qu'elle a... Parce que tu es très bien, tu sais, Guedali ? Comme homme, tu es hors pair. Est-ce qu'elle le sait, cela, ta femme ? Je crois qu'elle le sait, dis-je, et je me levai : il faut que je parte, Fernanda. A bientôt, dit-elle. Et elle ajouta, souriante : viens à la maison, le jardin est toujours là — peut-être qu'un de ces soirs, qui sait... ?

Je sortis. Arrivé devant la porte, je dus m'arrêter, ébloui par la clarté. Quelqu'un me prit par le bras : Paulo. Ça va ? demanda-t-il. Ça va très bien, dis-je, Fernanda est à l'intérieur, elle t'attend. Je sais, dit-il.

Nous nous regardâmes — et tout allait bien. Venez nous voir, dit Paulo. OK, répondis-je, on va passer.

Au moins sur une chose, Fernanda s'était trompée : le jardin n'allait pas être là encore pour très longtemps. Ni la maison, du reste. Le propriétaire avait demandé à Paulo de déménager, il avait l'intention de la démolir, pour construire sur le terrain un immeuble avec des appartements.

Paulo fut très affecté par cette nouvelle. Ça fait dix ans que nous habitons ici, je n'aurais jamais cru que je devrais partir, j'aime cette maison, elle a tout ce qu'on peut souhaiter. Fernanda ne prenait pas la chose de la même façon : allons, Paulo, habiter ici ou ailleurs, qu'est-ce que cela peut faire ? Cela revient toujours au même, une maison, un appartement, ce qui compte, c'est d'avoir assez d'espace, d'être près d'une pharmacie, d'un supermarché, voilà ce qui est important. Je ne peux pas m'y faire, répétait Paulo, inconsolable. Je ne peux pas.

Le ton de sa voix, pourtant, lorsqu'il téléphona quelques jours plus tard, avait bien changé : il était joyeux, euphorique, même. J'ai une grande nouvelle, Guedali ! cria-t-il. Une nouvelle sensationnelle ! Je veux que vous veniez ici, immédiatement ! J'ai déjà convoqué tout le monde.

Nous venions de terminer notre dîner, les jumeaux dormaient déjà, Tita regardait un feuilleton. Paulo nous demande d'aller chez lui, dis-je. Vas-y, toi, répondit-elle, sans détourner les yeux de l'écran, moi, je n'ai pas envie, je préfère rester à la maison.

(Mais qu'est-ce que cela signifiait, cette apathie ? Ces réponses sèches, laconiques ? Qu'avait-elle donc, enfin ? Je la surprenais de temps en temps en train de regarder dans le vide, immobile ; j'entendais parfois des soupirs. Je pensais qu'elle était nostalgique, qu'elle était malade, je pensais à beaucoup de choses, mais je n'osais rien lui demander. De toute manière elle ne m'aurait pas répondu.)

J'insistai. Paulo est un bon ami, dis-je, il a besoin de notre aide et il a demandé que nous y allions tous les deux. Sans mot dire, elle se leva et alla se préparer.

Lorsque nous arrivâmes, tout le monde était déjà réuni. C'était une nuit de janvier très chaude. On parlait de la situation politique, nous étions en 1964. Julio pensait que Brizola était en train de monter un coup d'Etat. Il pointa vers moi un index accusateur : vous, les gauchos, vous voulez faire la loi dans tous le pays. Brizola a raison, dit Bela, il faut bien que quelqu'un vienne remettre de l'ordre dans ce pays. Ferme-la, dit Julio, qu'est-ce que tu y comprends, toi ? Ferme-la toi-même ! cria Bela. Du calme, dit Joel, on ne va tout de même pas en faire un drame. Alors Paulo ? Guedali est arrivé, maintenant. Qu'est-ce que tu as à nous dire ?

Paulo, debout, un rouleau de papier à la main, nous regardait souriant, énigmatique. Alors, tu racontes, dit Beatriz, ça commence à ressembler à un roman policier.

Paulo nous expliqua qu'il avait cherché un endroit où habiter.

— J'ai visité des appartements, des maisons, rien ne me plaisait : ou bien c'était trop petit, trop étroit, ou bien les rues étaient bruyantes, polluées. Il me vint alors une idée : pourquoi ne pas aller vivre à la campagne ?

Il déroula le papier. C'était un plan de la ville de São Paulo, qui comprenait les municipalités environnantes. Il y avait une zone marquée en rouge. Ceci, dit Paulo, représente dix hectares de terrain, au milieu d'une forêt naturelle, le lac est inclus — il est petit, c'est vrai, mais l'eau est propre, limpide. On peut partager cela en vingt lotissements, inviter d'autres personnes qui nous conviendront et bâtir une copropriété. Qu'est-ce que vous en pensez ?

Tout le monde se mit à parler en même temps : c'est un kibboutz, criait Bela, un véritable kibboutz ! Une colonie de vacances, disait Tania. Julio n'était pas d'accord avec l'idée du kibboutz : elles n'ont rien d'un kibboutz, ce genre de copropriétés : c'est chacun pour soi. Paulo, enthousiasmé, entrait dans les détails, il parlait de piscines, de terrains de tennis, d'un parc d'attractions en miniature, de pédalos sur le lac, d'un terrain de golf. Imaginez, disait Bela, on se coucherait sur l'herbe, on regarderait le ciel bleu, on écouterait les oiseaux chanter.

Fernanda, souriante, clignait de l'œil dans ma direction. Tita restait silencieuse. Paulo disait qu'on pourrait faire de cette copropriété un endroit très sûr, qu'on pourrait la clôturer de barbelés électrifiés, surveillés par des gardiens en armes, les maisons seraient reliées par un système d'interphones, pour les cas d'alerte. Beatriz parlait d'une garderie d'enfants, avec des nourrices et des psychologues.

Tania voulait des détails sur les prix. Joel parlait de chevaux ! Tania était émerveillée : je pensais que tu n'aimais pas ces choses-là, Joel. Le voilà le problème, Tania, le voilà. C'est que tu ne me connais pas, Tania. J'adore monter à cheval ; mais je ne peux pas faire ce que j'aimerais faire. Tu sais, si je pouvais galoper un peu, Tania, je suis certain que ma mauvaise humeur disparaîtrait aussitôt.

Il se tut. Il y eut un silence — surpris — il continua : J'ai parfois été brutal avec nos enfants, Tania, je les ai battus, mais c'est seulement parce que je me sens frustré. Je vis emprisonné dans mon bureau et dans notre logement, je souffre toute la journée, même la nuit, je n'arrive pas à me détendre. Lorsque je dors, je rêve de téléviseurs, de rangées et de rangées de téléviseurs. Sur les écrans de ces téléviseurs, je vois d'autres téléviseurs, et sur ceux-ci, d'autres encore, à chaque fois plus petits, cinquante centimètres, quarante, vingt, douze, sept centimètres. Je suis poursuivi par des nuées de téléviseurs. Dans ces moments-là, je donnerais tout pour un cheval, Tania. Galoper à l'air libre me ferait le plus grand bien. Je suis sûr qu'en galopant, je me débarrasserais de tous mes problèmes, je les laisserais derrière moi, Tania. Je serais quelqu'un d'autre en rentrant chez nous, Tania, plus aimable, mieux disposé. Nos fils commenceraient à m'adorer, tu peux en être certaine. Eux aussi pourraient apprendre à monter à cheval. Et toi aussi. Vous prendriez des leçons particulières avec un bon professeur que je connais. J'achèterais des chevaux pour tout le monde — un cheval ça coûte bien moins cher qu'une automobile, Tania. On galoperait tous ensemble, Tania, toi et moi devant, nos fils derrière, ou alors en file indienne, tous les six. De toute manière, on galoperait tous, toute la famille.

— Formidable, dit Tania, émue, c'est tout simplement formidable, Joel, je n'aurais jamais cru cela de toi. Tu vois qu'il est grand temps de commencer, Tania, dit Joel, parce que moi je suis bien décidé. Et moi aussi, mon chéri, dit Tania, car moi aussi j'ai mes projets.

Elle pensait à un petit amphithéâtre découvert — comme chez les Grecs — où on donnerait des spectacles et des concerts. Et c'est moi-même qui vais l'inaugurer, dit-elle, les yeux étincelants : je donnerai un récital de violon. Surprise : personne ne savait que Tania jouait du violon. Je ne joue pas encore, dit-elle. Mais je peux très bien m'acheter un violon et apprendre à jouer, n'est-ce pas ? Mon rêve a toujours été de me promener dans un pré en jouant du violon. Ou de la flûte ; mais je préfère le violon. Et moi, dit Bela, je profiterai de ton amphithéâtre pour monter une revue musicale à l'américaine, où je pourrais chanter et danser les claquettes. Pour ce qui est de chanter, je chante pas mal ; et pour les claquettes, ma foi je prendrai des cours, après tout, si Tania peut apprendre à jouer du violon...

Elle parlait du charme qu'avaient pour elle les claquettes, de la beauté de leur son métallique sur du bois ou de la pierre. Quelque chose dans le genre de Fred Astaire, dit-elle, voilà ce que j'ai envie de faire. Elle soupira : j'en ai assez d'être toujours en colère, de distiller mon poison sur les autres. Vous ne savez pas où j'en suis arrivée. Tout récemment, à une réception de bienfaisance au profit des enfants de l'école, j'ai dit à la directrice qu'elle ne faisait que se remplir le ventre, pendant que les pauvres, eux, sont en train de mourir de faim. Pire encore, j'ai flanqué par terre un plat de petits gâteaux. Heureusement que presque personne ne m'a vue, ça aurait provoqué un scandale.

Elle s'essuya les yeux.

— Mais dites-moi ce que je suis à la fin, dites-le-moi donc, que suis-je ? Une fanatique ? Une terroriste ? Une version féminine du prophète Jérémie ? Une trotskiste ? Dites-moi, c'est cela que je suis ? Non, mes amis, je ne suis rien de tout cela. Au fond je suis une personne normale, je veux sourire, chanter, je veux semer la joie autour de moi. Je veux t'aimer, Julio !

Julio se leva, la serra dans ses bras. Ils s'embrassèrent longuement sous nos applaudissements. Et maintenant c'était Armando qui prenait la parole, qui parlait de cultiver des fleurs — les bégonias étaient ses fleurs préférées — d'élever des oiseaux — je suis fou des canaris belges — et des lapins blancs, mes amis, il n'y a rien de plus beau qu'un petit lapin angora tout blanc. (Sa voix était serrée, ses yeux humides.) Mais tout cela, ce ne sera pas seulement un passe-temps, ajouta-t-il, je pense également à l'élevage intensif de poissons, qui peut rapporter beaucoup d'argent, et même payer les frais de la copropriété. La seule chose qui manque...

Il s'interrompit, se tut.

Il y eut un long silence, tendu. Personne ne regardait personne. Enfin, Julio dit quelque chose. C'est une bonne affaire, dit-il d'une voix posée, un peu tremblante. Ça fait des années que je m'occupe de ce genre de choses, et je sais que c'est une bonne affaire. Mais ce n'est pas cela, la raison pour laquelle nous allons construire cette copropriété. Nous allons la construire parce que la vie c'est cela, les amis. La vie, vous comprenez ?

Il nous regarda, avala sa salive. Puis il continua : Je sais que vous pensez tous que je suis très ambitieux, que je ne vis que pour les affaires. Ce n'est pas ainsi, croyez-moi. Avant, je construisais des entrepôts, maintenant je fais des appartements de luxe, mais ce que j'aimerais faire, réellement, le rêve de ma vie, ce serait une ville tout entière, parfaitement planifiée, fonctionnelle, quelque chose comme Brasilia, mais en mieux, parce qu'on pourrait profiter de l'expérience des gens qui y ont vécu. Une Brasilia humanisée, en quelque sorte, je ne sais pas si vous me comprenez. Une Brasilia plus petite, sans toutes ces avenues, mais avec beaucoup plus d'arbres et de parcs. Voilà mon idéal depuis l'époque de la faculté. Et cette copropriété — je sens que cette copropriété me permettra enfin de réaliser ce rêve. Ce sera l'œuvre de ma vie, l'entreprise qui fera que l'on se souviendra de moi longtemps après que j'aurai cessé de faire partie de ce monde.

La voix de Bela se leva alors, émue : mon amour, c'est comme cela que j'aime t'entendre parler, maintenant tu redeviens un être humain ! Elle l'embrassa. Très bien, criait Tania, très bien ! Peut-être serait-il mieux de les laisser seuls, dit Armando ; allez, Paulo, prépare-leur un lit, ils n'en peuvent plus, nos tourtereaux, c'est maintenant ou jamais.

Votre attention, s'il vous plaît, mesdames et messieurs, disait Paulo, frappant son stylo sur la table, j'aimerais que vous jetiez un coup d'œil sur les modalités de paiement, et que vous me disiez ce que vous en pensez. Tout le monde se remit à parler en même temps, Paulo servait de modérateur. Nous décidâmes finalement que nous lui donnerions une réponse dans les plus brefs délais, pour que Paulo puisse signer le contrat avec le propriétaire du terrain.

— Qu'est-ce que tu en penses ? demandai-je à Tita dans la voiture. Je n'en pense rien, dit-elle. Tu ne crois pas que ce sera mieux pour les enfants, que ça sera mieux pour nous aussi ? demandai-je. Peut-être, dit-elle.

J'arrêtai la voiture. Mais que se passe-t-il donc, Tita ? Elle me regarda : Comment ça, que se passe-t-il ? Avec toi, dis-je, avec moi, avec nous deux. Je ne vois pas de quoi tu veux parler, dit-elle, pour moi, tout va bien. Alors c'est moi qui suis fou, dis-je, je crois que je dois être fou, Tita, parce que moi, il ne me semble pas que les choses aillent si bien que cela, je crois que nous sommes en train de nous éloigner l'un de l'autre. Dis-moi, est-ce que tu as quelque chose contre moi ?

Elle me regarda à nouveau, et je pense que j'aurais beaucoup aimé voir un peu d'étonnement dans ce regard, mais je n'y vis que de la mélancolie et de l'indifférence ; de l'étonnement, non.

Il faut que nous nous confiions l'un à l'autre, Tita, dis-je. Après tout...

Elle m'interrompit. Je sais, Guedali, je sais : nous avons beaucoup de choses en commun, des pattes, des sabots, ne te fais donc pas de souci, ça va très bien. Que veux-tu que je te dise d'autre ?

La voiture était arrêtée en plein milieu de la route. Un énorme camion derrière nous était en train de klaxonner. J'enclenchai la première, je démarrai.

Le jour suivant je téléphonai : tu peux compter sur nous, Paulo.

Paulo se se chargea de trouver d'autres copropriétaires et d'acheter le terrain. Julio, avec son expérience de promoteur, l'aidait efficacement. L'argent fut rapidement rassemblé. Il ne fut cependant pas possible de commencer les travaux immédiatement : deux jours avant que le chantier soit ouvert, Jango fut renversé. Julio (un de ces jours on va vous le faire payer, vous les gauchos) estima qu'il valait mieux attendre un peu pour voir la tournure que prendraient les événements. Il fut convaincu par la suite que l'entreprise ne courait aucun risque et que même il y aurait, sous le nouveau régime, des concessions supplémentaires : j'ai des amis qui se retrouvent maintenant aux leviers de commande, nous confia-t-il. Il se plaignait de Bela : elle commence à me porter sur les nerfs, elle dit qu'elle ne veut plus rester au Brésil, elle veut que nous allions à Paris ; qui pis est, elle met ce genre d'idées dans la tête des autres. Mais vous allez voir que je vais la calmer, moi, laissez-moi faire.

La construction fut confiée à trois architectes associés, aux goûts relativement proches. Les plans, suffisamment diversifiés pour éviter la monotonie, étaient élaborés d'après un modèle de base, afin d'éviter les jalousies et les rivalités. Nous n'allons pas nous entre-tuer pour quelques mètres carrés, disait Beatriz ; elle me faisait penser à Débora, elle. A ma demande, elle parla longuement avec Tita : elle réussit à la convaincre, finalement, de suivre une psychothérapie.

J'espérais que le traitement de Tita et notre déménagement nous aideraient à résoudre nos problèmes. Ce n'était pas seulement de l'espoir ; en fait j'en étais convaincu. Des choses étranges étaient en train de se passer. Des choses étranges et encourageantes.

Peut-être en raison de l'utilisation prolongée de pantalons épais et de l'abondante application de crème hydratante, le cuir de nos pattes perdait chaque jour un peu de son épaisseur, ressemblant de plus en plus à une peau normale. Cela ne survenait pas de façon homogène : de larges zones de cuir très fin et qui avaient perdu leur pelage apparaissaient ici et là de sorte que mes pattes présentaient maintenant un aspect semblable à celui d'une carte géographique.

Les sabots aussi perdaient de leur volume ; probablement à cause des bottes, ils étaient en train de s'allonger — ceci nous obligeait à faire des moules que nous envoyions ensuite au Maroc, d'où le médecin — à des prix toujours plus élevés — continuait de nous envoyer des bottes. Vos sabots ressemblent de plus en plus à des pieds humains, nous écrivit-il, et c'était vrai.

Mes fils. J'aimais jouer avec leurs pieds minuscules. Je les frottais pour les voir devenir rouges. Ils avaient l'air de gonfler, comme s'ils étaient constitués de tissus érectiles. Adorables petits pieds. Mes fils n'auraient pas à vivre ce que j'ai vécu. Lorsqu'ils furent plus grands, nous jouions au petit cheval : je me mettais à quatre pattes, eux deux sur mon dos, et je partais au galop. C'est-à-dire que non, ce n'était pas à vrai dire un galop. Je faisais plutôt le chat. C'est cela, je ressemblais beaucoup plus à un félin qui s'avance pour surprendre un rat. Je ne courais pourtant derrière aucun rat, les rats étaient bien loin, dans les sombres cales d'un navire qui traversait l'océan tourmenté, alors que moi, j'étais chez moi, auprès de mes fils et de ma femme. La chaleur du climat dans lequel nous vivions faisait fondre, peu à peu, mon gel intérieur (qu'un temps j'avais supposé éternel). C'était bien agréable. Il est vrai que ces fils, robustes, semblaient parfois bien lourds, même pour un ex-centaure. Cela ne me troublait pas cependant, je savais qu'un père porte, comme Atlas, le poids du monde sur ses épaules.

Peu de temps avant que nous déménagions, Paulo et Fernanda se séparèrent. Elle avait abandonné l'enfant à Paulo et s'était enfuie avec un pilote à Rio.

Nous lui rendîmes visite, Tita et moi, dans l'appartement où il vivait provisoirement. Il semblait très abattu, mais se disait prêt à reprendre la vie de tous les jours : je vais venir habiter à la copropriété, je veux élever ma fille au contact de la nature. Si Fernanda revient, très bien. Sinon, tant pis, il faudra que je me fasse une raison.

Ses yeux étaient rouges. Je le pris dans mes bras : la vie continue, Paulo, nous allons courir, comme toujours, autour du terrain de football. Maintenant ce sera autour du parc de la copropriété, rectifia-t-il, j'ai déjà pris les dispositions pour faire construire une piste, là-bas.

Copropriété
15 juillet 1965-15 juillet 1972

Le churrasco d'inauguration fut préparé par Paulo lui-même, avec l'aide des domestiques employés à la copropriété : un groupe de nordestins, hommes et femmes, membres d'une secte (découverte par Tania) qui croyait à la rémission des péchés par le moyen de l'épuisement au travail. Les créatures, petites et noiraudes, qui ressemblaient à l'Indien Peri, ou encore aux Jivaros, s'affairaient en allées et venues incessantes, apportant des assiettes et des couverts et murmurant des prières en silence.

Il faisait beau, les chuletas étaient délicieuses, Tita semblait de bonne humeur, les jumeaux s'amusaient à courir derrière un balcon. Viens jouer avec nous, papa, dit l'un, et l'autre ajouta, comme je m'approchais : mais fais attention avec tes bottes.

(Ils ne nous avaient jamais vus nus. Ils voulaient savoir pourquoi nous portions toujours des bottes, et pourquoi Tita portait des pantalons et non pas des robes. C'est le docteur qui le lui a recommandé, répondais-je, la conscience tranquille : et c'était presque vrai.)

Julio s'approcha, un verre de whisky à la main. Il vacillait sur ses jambes : il était ivre. Je n'aime pas la manière dont ces nordestins reluquent nos femmes, ronchonna-t-il. Qu'est-ce que tu racontes, dis-je, tu vois bien qu'ils n'osent même pas lever les yeux. C'est ce que tu penses, toi, mais toi, tu es gaucho, et vous autres gauchos, vous ne connaissez pas les nordestins ; mais je sais ce que je dis, moi. Qu'est-ce qu'il a encore, Julio ? demanda Bela, qu'est-ce qui ne lui va pas ? Rien, répondit Julio, mêle-toi de tes affaires. Je le sais, moi, ce qui ne te va pas, dit Bela, furieuse. Tu es de nouveau en train de dénigrer ces pauvres nordestins. Non seulement tu les exploites de la façon la plus réactionnaire, mais en plus tu es ingrat. Ces pauvres gens travaillent pour toi, pendant que toi tu manges, et c'est toi qui te plains d'eux. C'est à mourir de honte, Julio.

Elle appela un des domestiques, lui dit de se servir à volonté. Merci, maîtresse, dit l'homme, mais nous avons de quoi manger, que madame ne se dérange pas. T'as vu ? fit Julio, triomphant. Qu'est-ce que je te disais ? Il faut savoir leur parler, à ces gens-là !

Pendant que Julio et Bela se disputaient, Tita et moi allâmes jeter un coup d'œil à notre maison, qu'on était en train de meubler — nous étions les seuls à ne pas avoir encore déménagé, mais nous n'allions pas tarder. C'était une belle maison, de style méditerranéen, comme celles du Maroc. En haut se trouvaient les chambres et la terrasse ; en bas, le living, le bureau, la salle à manger, la salle de TV, la salle de jeu. Il y avait même une cave. Cette nouvelle maison allait nous coûter une fortune mais cela ne m'inquiétait pas : les affaires allaient de mieux en mieux.

Nous déménageâmes et nous vîmes que la vie à la copropriété était vraiment très agréable. Tout fonctionnait à merveille, la garderie, le miniparc d'attractions, le service de surveillance : les gardiens, armés, ne laissaient entrer personne sans autorisation préalable. Ils patrouillaient en permanence, jour et nuit. Nous achetâmes une camionnette destinée à assurer le transport entre la ville et la copropriété. Paulo vint me présenter le chauffeur. Homme en qui il avait pleine confiance, il pourrait également remplacer les gardiens qui viendraient à manquer la nuit. Il est de chez toi, dit Paulo, en souriant.

Pedro Bento. Je le reconnus immédiatement. Cela ne faisait aucun doute : c'était bien le chauffeur du taxi, que j'étais enfin parvenu à oublier.

Il ne me reconnut pas cependant, même en entendant mon nom. Combien de Guedali pouvait-il avoir connus ? Mais il ne se souvint pas.

Lorsqu'il fut sorti, je me mis à réfléchir. Pedro Bento ne m'avait pas identifié ; mais cela pouvait arriver d'un moment à l'autre, il suffirait qu'un circuit se ferme dans son cerveau et il se souviendrait du centaure au galop. C'était un risque que je ne pouvais pas courir. Comment l'éviter, pourtant ? En le congédiant ? Sous quel prétexte ? Pour Paulo c'était une personne de confiance. Quelle histoire inventer ?

Je décidai d'attaquer de front. J'appelai la loge, demandant qu'on envoie Pedro Bento chez moi. Peu après, il se présenta :

— Monsieur désire ?

Je l'emmenai à mon bureau, fermai la porte. Il se tenait devant moi, le chapeau à la main, méfiant mais servile. Tu ne te souviens pas de moi ? demandai-je. Il me regarda attentivement : J'avoue que non, monsieur, que monsieur me pardonne. Rappelle-toi, dans le district de Quatro Irmãos, dis-je. Il me regarda de plus près, ouvrit de grands yeux : Mais... dis donc, c'est le fils de Leão, le type avec des pattes que même un cheval... ! Il se retint : Que monsieur me pardonne, mais c'est que...

Je le rassurai : Ça va, Pedro Bento, ne t'inquiète pas. Il semblait encore incrédule : Que monsieur ne m'en veuille pas si je lui demande, mais où sont-elles...

— Les pattes ? dis-je en souriant. Je n'en ai plus, je me suis fait opérer. Je m'assis, lui indiquant une chaise. Merci, dit-il, je crois que je vais rester debout.

Je le regardais, il évitait mon regard. Raconte-moi, lui dis-je, comment as-tu échoué par ici ? Il soupira : Ah monsieur, je n'ai rien de bien brillant à vous raconter. Après votre départ de Quatro Irmãos, j'ai fait la bêtise de mettre une femme enceinte, une chinetoque. Mon père était fou de rage, il m'a jeté dehors. J'ai erré comme un vagabond pendant quelque temps à Porto Alegre, ensuite j'ai été mêlé à une bagarre, je me suis battu à coups de couteau avec un ivrogne, j'ai failli le tuer et j'ai écopé de trois ans de taule. En sortant, j'ai trouvé du boulot dans un cirque, j'ai séduit la dompteuse, celle-ci a fini par m'emmener à São Paulo, elle disait qu'elle était d'ici, qu'elle connaissait beaucoup de monde, qu'elle n'aurait pas de mal à me trouver une situation. Elle ne m'a rien trouvé du tout. Nous nous sommes disputés, c'était même assez drôle. Il se mit à rire :

— C'était pendant le carnaval, Guedali. Elle voulait qu'on se déguise en animal. En centaure. Lorsqu'elle m'a décrit le déguisement je me suis dit : Mais j'ai déjà vu quelque chose comme ça ! C'est Guedali ! Elle fut étonnée, elle dit qu'elle aussi avait connu un centaure, elle demanda s'il y en avait beaucoup dans le Rio Grande. Enfin, pour couper court, on s'est déguisés, on est sortis dans la rue, on a fini par se disputer, je lui ai flanqué une paire de baffes, elle a disparu et je ne l'ai plus revue. J'ai travaillé dans beaucoup d'endroits, mais je n'ai jamais réussi à garder un emploi stable. Et le taxi, demandai-je. Le taxi ? Démoli dans un accident, dit-il.

Il garda le silence. Cela veut dire — observai-je — que tu n'es pas aussi digne de confiance que Paulo semble le penser. Son visage crispé trahissait à présent l'anxiété : Monsieur ne va tout de même pas répéter ces choses-là à monsieur Paulo ? Ça dépend, dis-je.

Il me regardait. La terreur se lisait sur son visage. Tu aimes ce travail ? demandai-je. Il sourit, angoissé : Ah ! monsieur, je ne pourrais jamais en trouver de meilleur. Je gagne bien, je suis bien logé. Alors, dis-je, essaye de tenir ta langue au sujet de ce que tu as vu à Quatro Irmãos. Si ce n'est que ça, assura-t-il, que monsieur ne se fasse pas de souci, je serai une tombe.

Je l'accompagnai jusqu'à la porte. Avant de sortir, il se retourna : Pour l'amour du ciel, que monsieur ne m'empêche pas de rester ici. Tu sais ce qui ce qui te reste à faire, dis-je. Si tu marches droit il ne t'arrivera rien.

Cette semaine-là fut la semaine des surprises. Deux jours plus tard — un samedi — on m'appela de la loge. Un homme voulait me parler. Il prétend que c'est votre frère, m'informa le gardien. Mais je me méfiais, je ne l'autorisai pas à entrer.

J'allai jusqu'à la loge.

C'était bien Bernardo. Méconnaissable. Il ressemblait à un hippie : cheveux longs et mal coiffés, chemisette à mi-corps, jean déboutonné, en savates. Au cou, suspendue à une chaînette, une montre, la Patek Philipe de mon père. Je l'ai volée, dit Bernardo, tout en m'embrassant avec effusion : Comment ça va, mon petit gars ? Les gardiens nous regardaient, effarés. Je pris Bernardo par le bras, l'emmenai à la maison. J'ai tout laissé tomber, dit-il, assis par terre dans le bureau, les jambes entrecroisées. Tout, les projets que j'avais de gagner de l'argent, de m'acheter une voiture, j'ai quitté ma femme — cette emmerdeuse —, mon fils, tout. J'en avais marre, Guedali, marre, tu comprends ? Je n'en croyais pas mes oreilles. Qu'est-ce que tu fais, alors ? Il se mit à rire : Moi ? Rien. Qui a dit qu'il faut absolument faire quelque chose ? Je vis dans la région, près de l'axe Rio-São Paulo, travaillant comme cantonnier, faisant un peu d'artisanat, j'ai une femme par ici, une autre là-bas — je vis, Guedali, je vis. Je ne la connaissais pas, la vie, Guedali. Là-bas, à Porto Alegre, je ne savais pas ce que c'était, maintenant oui, je peux dire que je connais la vie.

Il sortit de sa poche un cigare, l'alluma. N'aie pas peur, mon petit vieux, je t'assure que ce n'est que du tabac. J'ai toujours aimé les cigares, même lorsque nous étions encore à Quatro Irmãos, l'ennui c'était que le vieux ne me laissait pas fumer. Maintenant je fume autant que j'en ai envie.

Il jeta un coup d'œil autour de lui : Dis donc, on dirait que t'es bien installé, Guedali. Une belle maison, de beaux meubles. Il fit une moue de dégoût : Ils servent à quoi au juste ces gardiens, ces barbelés ? Ça m'a tout l'air d'une prison, ici, mon pauvre gars !

Il se leva, j'en fis autant, il me posa la main sur l'épaule : Je suis venu me réconcilier avec toi, Guedali. Et te faire une proposition : tu ne veux pas venir avec moi faire la route ? C'est ça, la vie, frérot. La vraie vie, c'est la route. Alors, tu viens ? Non merci, je suis bien ici, Bernardo, je préfère rester. Il haussa les épaules : Comme tu voudras. Arrivé devant la porte, il se retourna : Alors puisque tu ne veux pas venir avec moi, au moins file-moi un peu d'argent. Je lui donnai de l'argent, il m'embrassa à nouveau, avec effusion, et s'achemina sur les allées recouvertes de gravier. Devant la loge, il me fit un dernier signe et puis il disparut.

Si les choses allaient si bien à la copropriété, c'était grâce à Paulo qui se dédiait entièrement à l'administration, et à sa fille, naturellement. Il n'avait de temps pour aucune autre activité, à part notre course autour du parc. Il faudra bien que tu te remaries, lui disais-je, lui ne répondait rien, il haletait, il lui était de plus en plus pénible de courir. Un jour Fernanda revint et demanda pardon : J'ai été folle, dit-elle. Ils tombèrent, en pleurant, dans les bras l'un de l'autre. Le soir d'après nous célébrâmes les retrouvailles par un magnifique dîner. Fernanda et Paulo souriaient, enlacés. C'est agréable d'être de retour, disait-elle.

Paulo semblait être revenu à la vie, il redevint l'homme loquace et souriant qu'il avait toujours été. Il prit l'initiative de nous réunir tous les soirs pour prendre un verre. Assis dans de confortables fauteuils, nous parlions affaires, football. Il arrivait toujours un moment où Julio — ou bien Joel, ou Armando, ou même Paulo — baissait la voix : vous connaissez cette présentatrice de la TV ? Suivait alors l'histoire de la nuit passée dans un motel : quelle femme, les amis. On riait, on s'enthousiasmait, une histoire en appelait une autre. Parfois on buvait un verre de trop, et ce fut dans un de ces moments que je parlai de la dompteuse. Je commençai même à décrire ma vie de centaure, je racontai comment j'avais connu Tita, je parlai de mon opération.

Lorsque j'eus fini, il y eut un silence, rompu uniquement par le tintement des glaçons dans les verres.

Moi aussi, je suis né avec un défaut, dit soudain Julio. J'avais une queue, petite — vingt centimètres, peut-être moins — mais elle était poilue, c'était une vraie queue de macaque. Mes parents étaient horrifiés. Mais le mohel, lorsqu'il vint pour la circoncision, se chargea aussi de cette chose-là.

— Et moi ? dit Joel. Moi qui suis né recouvert d'écailles, on aurait dit un véritable poisson.

(Je le regardai. Il avait vraiment une tête de poisson ; je ne l'avais jamais remarqué avant, mais il ressemblait à une sole.)

— Heureusement, ajouta-t-il, que les écailles sont tombées d'elles-mêmes.

— Sans aucun traitement ? demanda Julio.

— Sans aucun traitement, dit Joel.

— Pas même une petite crème, rien du tout ?

— Rien. Elles sont tombées d'elles-mêmes.

Ils me regardaient tous. Soudain ils se mirent à rire. Ils riaient à gorge déployée, faisaient une petite pause pour reprendre leur souffle, me montraient du doigt, et recommençaient de plus belle. Moi je les regardais, l'air sombre. Je me baissai, dégageai de la botte la jambe de mon pantalon, la soulevai.

— Regardez un peu ça.

Ils cessèrent de rire, ils s'essuyèrent les yeux. Qu'est-ce qu'il y a ? demanda Julio. Vous ne voyez rien ? criai-je. Mais il n'y a rien de particulier à voir, dit Joel.

— Et ça, alors ?

Ce que je leur montrais : sur la jambe, près du genou, un îlot — trois centimètres de diamètre — de peau épaisse et sombre, sur laquelle poussaient quelques poils hirsutes. C'était tout ce qui restait du cuir du cheval.

— Allons, Guedali, dit Paulo, ce n'est qu'une tache de naissance. Moi aussi j'en ai une. Fernanda prend beaucoup de plaisir à...

Je le sais, qu'elle prend beaucoup de plaisir, hurlai-je. Demande-lui ce qu'elle pense de ma tringle, Paulo ! Demande-lui si elle est petite, si c'en est pas une de cheval ! Demande-lui donc, Paulo ! Il se jeta sur moi, fou de rage : Salaud ! Fumier, ordure ! Ce fut l'empoignade, il me renversa, je roulai par terre. Ivre comme je l'étais, je ne parvins pas à me relever. Joel et Armando m'emmenèrent dehors, pendant que Julio retenait Paulo qui criait, je vais le tuer, cet enfant de putain, je vais le tuer.

Ils m'emmenèrent chez moi. Que s'est-il passé, demanda Tita, effrayée. Rien, dit Joel, ton mari a un peu trop bu, il a dit des bêtises.

Ils m'allongèrent sur le lit, habillé. Je m'endormis aussitôt. Lorsque je me réveillai, à deux heures du matin, ma tête explosait, j'étais plein de remords. J'appelai Paulo chez lui. Il est sorti, dit Fernanda d'une voix aigre (était-elle déjà au courant ?). Il est allé faire un tour, il n'arrivait pas à dormir.

Encore étourdi, je me levai et je sortis. Je savais où le trouver : j'allai au parc, il était là, assis devant la fontaine illuminée, en petite chemise, bermuda et tennis, encore essoufflé — il venait de courir. Je lui mis la main sur l'épaule : Pardonne-moi, Paulo, murmurai-je. J'ai perdu la tête, je te le jure. Pardonne-moi.

Il me fixait. Son regard était vide. Nous restâmes là, en silence ; debout, en face de lui, je me sentais comme un prévenu.

— Ça n'a pas d'importance, dit-il finalement. Ça n'a aucune importance, Guedali. Tu n'es pas le seul, c'est aussi arrivé avec Julio. Mais que veux-tu que j'y fasse ? Je l'aime, même ainsi. Et l'enfant a besoin de sa mère, Guedali. Seule Fernanda réussit à la calmer, à la faire manger. Lorsqu'elle est partie j'allais devenir fou, tu le sais bien.

Il soupira, se leva :

— Ça va, Guedali. Viens, on va courir un peu.

Je l'accompagnai. Ce fut une pénitence : soudain, mes sabots me faisaient atrocement souffrir. J'eus beaucoup de mal à compléter les six tours.

A grand-peine, je parvins à rentrer chez moi. Je dus me mettre immédiatement au lit. La douleur augmentait sans cesse. J'avais la sensation que mes sabots allaient s'ouvrir d'un moment à l'autre comme des fèves desséchées.

(Ce n'était pas cela qui m'effrayait, ils pouvaient bien s'ouvrir, mes craintes étaient différentes. Je redoutais qu'ils contiennent non pas des embryons de pied, avec de minuscules excroissances en guise de doigts, mais d'autres sabots, et ceux-ci, d'autres, et ces autres, d'autres encore — comme ces poupées russes dont mon père nous avait parlé — et que, avec ces sabots microscopiques, je me verrais dans l'impossibilité de marcher, étant alors réduit à examiner à la loupe les extrémités de mes pattes, et à vivre dans le souvenir des jours où même chaussé de bottes je pouvais du moins marcher.)

Les sabots s'ouvrirent effectivement quelques jours après

cette pénible course nocturne. Il ne renfermaient pas d'autres sabots, mais des pieds, petits et délicats comme ceux d'un bébé. Les premiers jours, ils étaient tellement sensibles que je ne pouvais même pas marcher. J'étais au lit, incapable d'en bouger, pendant que Tita me faisait des frictions de sable sur la plante, essayant d'accélérer la formation d'une couche cornée sous la peau. Ses sabots aussi montraient des fêlures ; d'ici quelques jours tu auras, toi aussi, de nouveaux pieds, disais-je, tout en essayant de marcher sur un tapis très épais. Je m'habituai enfin et je pus sortir en savates, pour m'acheter des souliers. Ce fut avec émotion que je mis mes premières chaussettes, et que je chaussai ma première paire de souliers (d'excellente qualité, faits sur mesure par un spécialiste qui me regarda de façon suspecte, mais qui ne posa aucune question). Ce n'était cependant pas l'émotion que j'avais éprouvée lors de mes premiers pas à la clinique. Ce ne fut pas sans une certaine indifférence, même, que je brûlai, cette nuit-là, mes bottes dans la cheminée. Ce moment marquait la fin de ma dépendance envers le médecin marocain pour qui j'avais la plus grande reconnaissance. Il faut que nous allions rendre visite à cet homme, dis-je un jour à Tita.

Les jumeaux sautèrent de joie en me voyant avec des chaussures ; leurs petits camarades de la copropriété cesseraient enfin de se moquer d'eux à cause de leur père bizarre. Maintenant, il ne manque plus que toi, maman, disaient-ils, d'un ton accusateur. Elle acquiesçait, silencieuse, hochant la tête.

En 1972, nous fîmes un voyage en Israël et en Europe, nous étions les quatre couples ensemble. Nous allâmes à Jérusalem où, vêtu du talit que m'avait donné le mohel (et qui maintenant ne retombait plus sur une croupe de cheval), je priai devant le Mur des Lamentations. Nous escaladâmes la montagne sur laquelle était située la Forteresse de Massada, dernier îlot de la résistance juive contre les Romains. Nous nous baignâmes dans les eaux de la mer Morte et de la mer

Rouge. Tous sauf Tita, qui ne pouvait toujours pas retirer ses bottes (pour quelle raison ses sabots n'étaient-ils pas encore tombés ? Ce retard m'inquiétait, mais j'avais appris à être patient. Un jour, me disais-je, ses petits pieds finiront bien par apparaître). Nous nous rendîmes sur les collines du Golan et près de la frontière libanaise, nous prîmes des photos devant des casemates détruites et des rouleaux de fil de fer barbelé. Dans un kibboutz, nous disputâmes un match de football contre des Argentins. Ils étaient en maillot blanc, nous en maillot bleu, nous avancions sur eux, les quatre amis, les quatre mousquetaires. Ce fut une véritable bataille, une épreuve à laquelle je n'avais pas encore soumis mes pieds. Ils ne me causèrent aucune déception : les coups de pied que j'administrai ici et là laissèrent leur marque sur les tibias des adversaires. Et ce fut encore moi qui marquai les deux buts de notre équipe.

Nous visitâmes Rome, Paris, Londres. A Madrid, Tita et moi nous nous séparâmes du groupe sous le regard suspicieux de Julio : il croyait que j'allais profiter d'un voyage touristique pour faire des affaires. Il en était presque sûr, mais pas tout à fait. J'avais en effet l'intention de renouer des contacts avec des importateurs et des exportateurs : mais ce que je voulais vraiment, c'était revoir le médecin marocain. Nous descendîmes vers le sud de l'Espagne, refaisant en sens inverse le trajet qu'avaient parcouru les hordes maures lorsqu'elles avaient envahi la Péninsule ibérique ; nous traversâmes la Méditerranée en bateau, et un soir, un taxi nous déposa devant le portail de la clinique.

Je vis immédiatement que l'endroit était fortement dégradé. Les murs avaient besoin d'être repeints ; le portail était rouillé ; il n'y avait pas de gardien. Les jardins étaient à l'abandon, il n'y avait plus d'eau à la fontaine. Nous aperçumes soudain le médecin marocain.

Il avait beaucoup vieilli. Il marchait d'un pas mal assuré, ses cheveux, gris, se faisaient rares, il ne portait plus ses lunettes noires. Il nous reconnut, nous embrassa chaleureusement, nous invita à entrer. Nous nous assîmes dans son cabinet, à présent sale et en désordre. Il nous servit à boire un thé tiède qu'il avait versé d'une bouteille thermos, il demanda comment nous allions. Très bien, répondis-je. Je lui parlai de notre vie à la copropriété, de nos jumeaux ; je terminai en ôtant mes chaussures pour lui montrer mes pieds, qu'il examina avec intérêt. C'est un miracle, murmura-t-il, un véritable miracle. Et madame ? demanda-t-il en se tournant vers Tita. Elle a toujours ses sabots, dis-je, mais étant donné ce qui m'arrive à moi, je pense que ce n'est qu'une question de temps.

Je suis content de voir que vous allez bien, soupira-t-il. Vous avez été mes meilleurs patients. Vous avez représenté le sommet de ma carrière. Jamais je n'avais obtenu d'aussi brillants résultats. J'ai même écrit une monographie à ce sujet.

Il se leva, alla chercher le manuscrit. *Les Centaures : Description et Traitement chirurgical de deux cas*, tel était le titre. Je n'ai pas réussi à faire publier le travail, dit-il. Personne n'a voulu me croire. Nous autres médecins, nous sommes du genre plutôt sceptique. Vous avez cependant bel et bien été la gloire de ma carrière, répéta-t-il.

Nous restâmes en silence. Il se souvint soudainement de quelque chose, il eut un sourire : Savez-vous qu'un garçon avec un problème semblable est venu me trouver ? Et voyez un peu quelle coïncidence : il était également du Brésil. Mais il a refusé de se soumettre à l'opération. Il s'est enfui de la clinique.

A nouveau il soupira : Après votre départ, plus rien ne m'a réussi, les choses ont commencé à aller de mal en pis.

Une série d'interventions chirurgicales malheureuses, qui avaient causé plusieurs décès — dont celui d'une importante personnalité du gouvernement —, et la police était venue fermer sa clinique, sur ordre du tribunal. Après plusieurs années, pendant lesquelles il avait été contraint de dépenser toutes ses économies, on lui avait permis d'ouvrir à nouveau, mais ce n'était plus la même chose ; les clients célèbres ne venaient plus chez lui, les revues internationales ne demandaient plus ses interviews. J'ai été contraint de diversifier mes activités, dit-il. Maintenant je pratique des avortements... Et j'accueille aussi de vieux cheiks arabes — ruinés pour la plupart, comme pensionnaires. C'est n'est plus comme avant, monsieur Guedali, je vous l'assure.

Son visage s'illumina : Je viens de me rappeler que j'ai un cadeau pour vous ! Il se leva, sortit précipitamment, revint avec un objet bizarre : un tambour en argile, aux décorations artistiques. Le cuir en était percé à plusieurs endroits.

— Ce tambour, dit-il, a été façonné avec votre propre cuir, M. Guedali. Les indigènes me l'ont retourné. Ils ont dit que le cuir n'était pas de bonne qualité, qu'il s'effilochait. Ils m'ont également retourné le tue-mouches, mais je ne sais plus où je l'ai mis. Que diriez-vous de ce souvenir tout à fait intéressant ? Il pourrait être à vous pour une somme tout à fait modique.

Je lui donnai l'argent, mais lui demandai de brûler le tambour. Je ne veux rien voir qui me rappelle mon passé, expliquai-je. Je comprends, dit-il.

Je me souvins que Tita avait toujours besoin de bottes. Il me rassura : il ne fallait pas que je m'inquiète, le cordonnier était très vieux, mais il connaissait un autre artisan tout aussi capable de s'acquitter de cette tâche. Retournez au Brésil et soyez rassurés, conclut-il.

Nous prîmes l'avion pour Amsterdam, et de là nous retournâmes avec les trois autres couples au Brésil. Les jumeaux nous attendaient à l'aéroport, l'un portait le maillot de l'Internacional, l'autre était habillé aux couleurs des Corintians.

Tout était parfaitement en ordre à la copropriété. Tout était tranquille, et tout semblait indiquer qu'il en serait toujours ainsi. Jusqu'à la nuit du 15 juillet 1972.

Je devais, cette nuit-là, rencontrer Paulo à notre club ; nous avions à parler sérieusement. Nous voulions, tous les deux, monter une nouvelle entreprise. Il n'était pas satisfait de ses affaires ni moi des miennes : les perspectives pour l'avenir n'étaient guère très rassurantes : je possédais des informations sûres selon lesquelles le gouvernement allait adopter des mesures visant à restreindre le volume des importations. Celles-ci représentaient le gros de mes revenus. Paulo pensait à une petite société dans le domaine de la consultation. Il y avait également Julio, qui nous avait proposé de travailler pour lui dans le bâtiment. L'idée d'être salarié, même chez Julio, ne me plaît pas beaucoup, disait Paulo. Nous restâmes au club très tard, à débattre de ces questions.

Lorsque je rentrai, Tita était au lit, en train de lire. Je me déshabillai, me couchai et m'endormis presque aussitôt. Je fus brusquement réveillé quelques instants plus tard : Tita était en train de me secouer. Que se passe-t-il, marmonnai-je, abruti par le sommeil. J'ai entendu du bruit en bas, murmura-t-elle. Je regardai ma montre : deux heures et quart. Ce n'est pas possible. C'est sans doute une impression que tu as eue, dis-je, en me tournant de l'autre côté. Elle me secoua une nouvelle fois : je te dis que j'entends du bruit, Guedali ! Je suis sûre qu'il y a quelqu'un là en bas.

C'était absurde. Il n'y avait personne à la maison. Les domestiques dormaient depuis longtemps, les jumeaux se trouvaient à Porto Alegre où ils passaient le mois de juillet en vacances chez leurs grands-parents et il était impensable qu'un voleur puisse passer à travers le système de sécurité de la copropriété. C'est ce que je tentai de lui expliquer.

Elle continuait d'insister, cependant : Il y a quelqu'un en bas, Guedali, je suis sûre qu'il y a quelqu'un. Qu'il y reste alors, dis-je impatient, qu'il vole tout, je n'en ai rien à faire : je suis fatigué, j'ai travaillé toute la journée, laisse-moi dormir. Alors, prends le téléphone et appelle les gardiens, dit-elle. Mais tu es folle ? demandai-je, irrité. Tu ne penses tout de même pas que je vais alerter les gardiens, causer un scandale, à cause de tes hallucinations ? C'est moi, alors, qui vais descendre, dit-elle furieuse. Tu n'as qu'à y aller. Je me tournai à nouveau de l'autre côté et m'endormis. Je me réveillai plus tard dans la nuit, en sursaut: Tita n'était pas au lit. Je l'appelai, inquiet.

— Je suis en bas, dit-elle. Mais que fais-tu ? demandai-je. Je termine ma cigarette et j'arrive, dit-elle, je n'aime pas fumer au lit.

Tout au long de cette semaine, nous eûmes des réunions avec Paulo. Il était indécis et moi également ; nous avions l'impression de tourner en rond, et c'était exaspérant. Finalement, la nuit du 15 juillet 1972, je décidai de mettre un terme à cette question, et de trancher pour l'une ou l'autre des solutions. Ou bien nous allions établir une nouvelle société, ou alors nous irions travailler avec Julio, ou bien encore ce serait autre chose ; mais il fallait en finir.

Je prévins Tita : Ce soir, je vais au club discuter avec Paulo. Je rentrerai tard, ne m'attends pas.

Mais lorsque j'arrivai au club, Paulo n'était pas là. Il n'est pas venu, dit l'intendant. Je pris cela comme un manque de considération ; fâché, je rentrai chez moi.

J'ouvris la porte, entrai. Je suis de retour, criai-je, Paulo...

Je m'arrêtai. Je n'en croyais pas mes yeux : qu'était-ce que je voyais, là, devant moi ? Qu'était-ce que cette... cette chose — ce n'était pas sur un écran de cinéma, ni dans un livre, ce n'était pas non plus dans mon imagination — elle se trouvait là, en face de moi, sur le tapis du living, et elle me regardait.

UN CENTAURE. Un authentique centaure

(authentique, oui, authentique : car la première chose à laquelle je pensai, ce fut une imitation, un mannequin de centaure, une statue que Tita — mais cela eût été macabre de sa part — aurait achetée pour décorer le living) au pelage entièrement blanc, très beau. Et très jeune : le thorax et les bras étaient bien développés, mais son visage était celui d'un adolescent : il avait des cheveux longs, des yeux clairs, c'était un beau jeune homme. Il ne pouvait pas avoir plus de vingt ans.

Près de lui, Tita. En réalité, ils étaient enlacés.

Enlacés : Tita et le centaure. Ils se séparèrent rapidement lorsque j'entrai, mais avant, ils étaient bien dans les bras l'un de l'autre.

Pendant une minute nous restâmes en silence. Moi je les regardais : le garçon était immobile, les yeux baissés, rouge jusqu'aux oreilles. Tita fumait, essayant de dissimuler son embarras.

Je suppose que ce n'est pas la peine d'essayer de cacher quoi que ce soit, dit Tita. Il y avait un ton de défi dans sa voix qui m'irrita : c'était comme si toutes les raisons étaient de son côté. Qui est-il, demandai-je, faisant un effort pour me maîtriser. Un centaure, dit-elle. Je le vois bien que c'est un centaure, dis-je, d'une voix déjà altérée, je ne suis pas idiot. J'aimerais savoir qui est ce monsieur centaure, ce qu'il fait dans ma maison, enlacé à ma femme. Eh bien, commença Tita, un peu moins sûre d'elle, il est apparu...

Je l'interrompis :

— Non, pas toi. Ce n'est pas toi qui vas parler. C'est lui. Le centaure. Il va se mettre à table. Et vite fait, sans raconter de boniments.

L'histoire du centaure.

Il naît non pas dans l'intérieur, comme Tita et moi, mais dans une belle maison, au bord d'une plage élégante de Santa Caterina. Les parents, jeunes — c'est leur premier enfant — sont des gens aisés : lui, c'est le fils du patron d'une usine de meubles ; elle, c'est une riche héritière, tous deux sont de Curitiba. L'accouchement prématuré est mené à bien par un médecin ami du couple, qui passait l'été sur la même plage, et qui prend très peur lorsque le bébé vient au monde. Une fois le choc initial passé, il emmène le père dans un coin. C'est un monstre, dit-il, il ne survivra pas, si tu veux, on en termine tout de suite. Non, dit l'homme, en pleurant, c'est mon fils, je n'ai pas le courage, seulement si ma femme le souhaite. Le médecin interroge sans succès la jeune femme : elle ne répond pas, ses yeux sont rivés au plafond.

(Tout comme ma mère, elle est traumatisée par le choc, elle reste muette.)

Trois jours plus tard, ils rentrent à la maison. Le centaure est caché dans la voiture, sous des couvertures — dès cet instant on le gardera toujours caché. Tout l'étage supérieur de la maison lui est réservé, les parents se contenteront d'habiter le rez-de-chaussée. Les gens de service savent que sous aucun prétexte, ils ne doivent monter l'escalier, ce qui suscite de nombreuses spéculations dans le voisinage, certains parlent même de fantôme. La surprise qu'ils auraient eue, ces imbéciles, s'ils avaient pu regarder dans les chambres interdites ! Et pas seulement à cause du centaure ; aussi à cause du centaure, mais pas seulement à cause du centaure. Des jouets — par milliers — et des jeux, et des appareils de son et des projecteurs et des téléviseurs, et des livres en couleur, un spectacle éblouissant, un monde de merveilles. Et au milieu de toutes ces merveilles, le centaure.

Il grandit triste, mais non révolté ; mélancolique, mais cependant gentil. Il montre de la reconnaissance envers ses parents qui font tellement d'efforts pour lui rendre la vie plus agréable. Bien sûr il a ses crises, il pleure, il donne des coups de sabot contre le mur, mais seulement lorsqu'il est seul ; devant ses parents il se contient. Parce que ses parents sont bons envers lui ; ils sont affectueux, ils font de leur mieux pour lui faire oublier sa condition de centaure, son effroyable solitude ; qu'aurais-je besoin d'amis, se demande-t-il (et plus tard, d'une petite amie) puisque j'ai un père et une mère si généreux ? Ils montent le voir toutes les nuits, ils restent près de lui, lui racontent les petits événements de chaque jour, le caressent. Cela m'est bien égal, d'avoir des pattes et une queue, dit-il à ses parents ; ça vaut mieux que d'être bossu, que de naître sans jambes, ou sans bras, comme les bébés victimes de la thalidomide. Mais n'aimerais-tu pas sortir d'ici, connaître le monde ? lui demande son père, anxieux. Vous êtes mon monde, lui répond-il en les embrassant.

C'est alors qu'intervient le hasard. A une réception de bienfaisance, sa mère fait la connaissance de la très sympathique épouse d'un avocat, Débora. Elles se lient d'une amitié profonde, une nuit la pauvre femme, n'en pouvant plus, lui raconte l'histoire de son fils. Débora, surprise, lui dit qu'elle connaît un cas semblable. Mais il existe une solution ! s'exclame-t-elle. Elle parle de la clinique au Maroc : on y accomplit des miracles.

Les parents consultent leur ami médecin, qui a fait l'accouchement, et qui est le seul à connaître l'existence du centaure. Je pense que cela vaut la peine de courir le risque, dit-il.

Mais le jeune centaure refuse d'aller au Maroc, malgré les arguments que lui présentent ses parents et le médecin. Il affirme qu'il ne sortira jamais de la maison, qu'il ne veut pas discuter. Mais tu ne veux pas être opéré, tu ne veux pas devenir normal ? Non. Il ne se considère pas malade, il n'a besoin d'aucune opération : il est différent, voilà tout. Le médecin intervient, furieux, ah non, en voilà trop. Que tu sois né avec un corps de cheval, passe encore, cela a été un malheur, on n'y pouvait rien. Mais que maintenant tu refuses d'être opéré. Ça non ! Tu iras au Maroc, oui monsieur, parfaitement. Pour le meilleur ou pour le pire.

La mère fond en larmes, le père abattu se laisse tomber dans un fauteuil. A la fin le garçon se décide. J'irai au Maroc, mais j'irai seul. Pourquoi seul ? demande le médecin. Je peux venir avec toi. J'y vais seul, s'écrie le garçon, ou pas du tout.

Ils finissent par se mettre d'accord. Ils l'embarquent sur un navire où il voyagera dans un compartiment de la cale spécialement aménagé pour lui, avec réfrigérateur, toilettes chimiques, etc. Il arrive au port, il y trouve la camionnette noire qui l'attend. A la clinique, le médecin marocain l'examine. Il n'y a pas de doute. C'est un cas exactement identique à celui des deux autres centaures. Il exulte : statistiquement, il obtiendra les meilleurs résultats du monde, en ce qui concerne le traitement chirurgical des centaures ! (Et l'argent arrive à point nommé : il a des difficultés de trésorerie.) Nous allons opérer immédiatement, dit-il.

Mais le garçon hésite encore. Il a peur, demande un délai de quelques jours.

Cela ne l'aide pas : il se sent chaque jour plus désemparé, plus craintif. Il passe ses journées à pleurer, il a la nostalgie de ses parents. Il a honte cependant de s'en retourner toujours centaure avec ses pattes et sa queue, sans avoir été opéré ; il sent que, tout comme les Spartiates il lui faudra revenir de la bataille avec son bouclier, ou sur celui-ci.

C'est alors qu'il commence à penser au couple de centaures, ceux qui ont déjà subi l'opération. S'il pouvait leur parler ! Il est certain que — comme ses parents — ils sauraient le comprendre, l'aider. Ils pourraient le convaincre de se laisser opérer, c'est du moins ce qu'il espère. Il échafaude un plan désespéré : il va retourner au Brésil ; il va chercher les ex-centaures, leur demandera conseil et assistance. Une fois son courage retrouvé, il pourra ensuite retourner au Maroc pour se soumettre à l'intervention.

Pendant la nuit il pénètre dans le cabinet du médecin. Il découvre dans les archives la fiche des centaures. Il y a une adresse — à laquelle il semble qu'on envoie des bottes — qu'il note. Le jour suivant il dit au médecin que pour l'instant il n'a pas l'intention d'être opéré, plus tard peut-être. Pour l'instant, il retourne au Brésil.

Voyageant sur le même cargo qui l'avait amené, il arrive

à Santos. Avant que le navire ne jette l'ancre, il plonge à la mer. Agitant désespérément ses pattes — il ne sait pas nager — il se dirige vers la côte.

Il galope la nuit, se cache pendant le jour. Un matin à l'aube — c'était une imprudence, il s'en rendra compte ensuite —, il entre dans une maison qui lui paraît abandonnée, alors qu'il n'est désormais plus très loin de São Paulo. C'était une imprudence car la maison *n'était pas* abandonnée : lorsqu'il se réveille, le matin, il voit quelqu'un à côté de lui qui le regarde — un homme d'âge mûr, échevelé, chemisette à mi-corps et, détail curieux, une grande montre, suspendue à une chaîne, autour du cou. Il s'effraie, a envie de s'enfuir, l'homme le rassure, lui demande d'où il est venu. Et il lui dit que, étrange coïncidence — il connaît un autre centaure, son frère Guedali. Guedali, dit le garçon, c'est justement lui que je cherche ! L'homme lui indique alors le chemin pour arriver à la copropriété, qui se trouve à quelques kilomètres de là. Il la rejoint à la tombée de la nuit. L'enceinte électrifiée ne lui pose pas de problème : il la franchit d'un saut, protégé par l'obscurité.

Il trouve notre maison. La porte de derrière — un oubli de Tita — est restée ouverte. Il entre, reste immobile dans le noir, sans savoir quoi faire, il ne sait pas s'il doit attendre ou appeler — lorsque le jour commence à poindre, il entend la voix des domestiques dans la cuisine. Effrayé, il se cache dans la cave. Il y assouvit une faim de plusieurs jours : il dévore des conserves, boit du vin, s'endort à moitié ivre.

A la nuit tombée, il remonte, ouvre la porte de la cave, arrive dans le living : à nouveau il ne sait pas quoi faire, et c'est à ce moment qu'il entend un bruit de pas dans l'escalier, il prend peur, essaye de s'enfuir, mais déjà, il est trop tard — et puis il n'y a pas vraiment de quoi fuir, c'est Tita qui se trouve là, celle qui fut centaure, et qui maintenant est devenue une très belle femme — aussi belle que sur la photo qui l'avait tellement fasciné.

Ils se regardent. Tita ne semble pas effrayée, ni même surprise, c'est comme si elle l'avait attendu. Elle sourit, il sourit. Elle le prend par la main, l'emmène dans le réduit sous l'escalier. Il y passent des heures à discuter, tout doucement, ils se racontent leurs histoires. Avant de s'en aller, elle l'embrasse. Un baiser sur la joue, affectueux, mais c'est déjà de l'amour. Elle est follement éprise du garçon.

L'après-midi, elle donne congé aux domestiques, elle descend dans la cave. C'est là, dans l'obscurité, qu'ils font l'amour. Là, que c'est bon, soupire-t-elle, et elle demande à recommencer, encore et encore.

Une nuit — le 15 juillet 1972 — il entend une voix depuis la porte : Je vais rentrer tard, ne m'attends pas. Excité, il sort de la cave. Mon tendre petit fou, dit-elle en l'embrassant, c'est imprudent, retourne dans ta cachette.

Il a presque terminé son histoire. Il tremble, on voit qu'il est mort de frayeur. Il est en train de dire que tout ce qu'il voulait c'était parler avec nous, éclaircir quelques doutes ; qu'il va s'en aller, qu'il ne voulait déranger personne.

Mais ce n'est plus lui que je regarde. C'est Tita. Il n'y a aucun doute : elle est éperdument amoureuse du garçon. Elle est entièrement subjuguée. Elle m'a oublié, elle a oublié nos enfants, tout. Elle n'a d'yeux que pour le centaure. Je sens qu'il faut que je fasse quelque chose et rapidement...

La porte s'ouvre, un petit groupe fait irruption, chantant — joyeux anniversaire, joyeux anniversaire ! —, Paulo et Fernanda, Julio et Bela, Bela qui apporte un gâteau, Armando et Beatriz, Armando avec deux bouteilles de vin, Joel et Tania, Tania qui tient un bouquet de fleurs à la main — et soudain je me souviens, c'est l'anniversaire de l'inauguration de la copropriété, une date que nous célébrons toujours ; c'est pour cela que je n'avais pas trouvé Paulo au club, il était avec les autres, en train de préparer la fête. Bela laisse tomber le gâteau. Ils sont abasourdis, tous, ils regardent le centaure. Paralysés, stupéfaits par ce spectacle. Soudain :

— Appelez les gardes ! crie Tania, hystérique. Pour l'amour du Ciel, appelez les gardes !

Poussant un cri terrifiant, le centaure bondit, se jette contre l'énorme fenêtre, disparaît au milieu d'une pluie de verres brisés. Attends, crie Tita courant derrière lui, Beatriz essaye de la retenir, elle se libère d'un grand coup, s'élance par la porte, nous la suivons tous, Paulo me demande : Mais qu'est-ce que c'était, Guedali, qu'est-ce que c'était ? Je lui crie de se taire et c'est alors que nous entendons les aboiements des chiens et des tirs d'armes à feu, plusieurs tirs, en rafale. Nous courons vers le parc, nous apercevons les gardes près de la fontaine — et le centaure, couché par terre sur le côté, au milieu d'une flaque de sang.

Tita court devant moi, toujours en criant. Je fais un effort désespéré pour la rejoindre avant qu'elle n'arrive à la fontaine, je la rattrape, la saisis par le bras. Lâche-moi, espèce de brute ! hurle-t-elle, le visage déformé par la haine et la douleur ; je ne la lâche pas, je la retiens fermement, l'attire contre moi. Elle résiste, frappe mon visage, ma poitrine de ses poings serrés. Elle faiblit à la fin ; à moitié évanouie, elle se laisse ramener à la maison. Je la dépose sur le lit. On sonne à la porte de manière insistante.

Je descends, je vais ouvrir. C'est Pedro Bento, son revolver encore à la main. Il est livide, il transpire abondamment. C'était ton fils, Guedali ? demande-t-il, tout bas. Je ne lui réponds pas, je le regarde à peine. Il continue : Pardonne-moi, Guedali, si c'était ton fils. Les gardes ont pris peur, ils se sont mis à tirer lorsque je suis arrivé à la fontaine, il était déjà en train de mourir, je n'ai fait que lui donner le coup de grâce, à la tête, pour qu'il ne souffre pas.

On entendait en haut les sanglots convulsifs de Tita. Tu peux aller, dis-je à Pedro Bento, et je ferme la porte.

C'est étrange : je ne me souviens que très vaguement des trois jours qui suivirent. Ce qui est certain, c'est que le matin après la mort du centaure, je me suis rendu en ville. Je ne suis pas allé, comme d'habitude, au bureau mais dans un petit hôtel, où j'ai demandé une chambre. Je me souviens également d'être entré dans une agence de voyages, d'avoir renouvelé mon passeport et aussi d'avoir retiré de l'argent à la banque et d'avoir vendu des actions et des lettres de change et d'avoir acheté une valise et des habits. Le reste, cependant, tout ce qui s'est passé pendant les longues heures de ces journées, je ne m'en souviens pas. La plupart du temps, je suis resté enfermé dans ma chambre d'hôtel, je regardais la TV, je dormais (je dormais beaucoup, lorsque je me réveillais, je ne savais pas si c'était le jour ou bien la nuit) et je réfléchissais. Et ce à quoi j'ai pensé, les projets que j'ai faits, que je dois avoir faits, le but que je me suis fixé pour le voyage, je ne m'en souviens pas. Je sais seulement que le moment venu, je suis allé à l'aéroport, où je suis arrivé juste à temps. Peu après j'étais dans l'avion, je volais pour le Maroc.

Maroc
18 juillet 1972-15 septembre 1972

Je trouvai la clinique en état de désolation. Les murs, auparavant sales, étaient à présent sur le point de s'écrouler : il n'y avait déjà plus de porte cochère. Un chien paresseux dormait, couché par terre ; lorsque je m'approchai, il se réveilla et se mit à aboyer, menaçant. Je frappai dans mes mains, appelai. L'assistant du médecin apparut enfin, lugubre, vieilli. Il me fit entrer. Répondant à mes questions par monosyllabes, il me conduisit par le jardin, où quelques rosiers survivaient encore, au milieu d'un fouillis de plantes parasites, et où des lézards prenaient le soleil appuyés sur la vasque de la fontaine en ruine. Je ne voyais personne. De toute évidence, la clinique n'accueillait plus aucun patient.

Le médecin marocain — qui avait beaucoup vieilli, et dont la barbe grisâtre et très peu soignée compensait une calvitie quasi complète — fut surpris à ma vue : Quel bon vent t'amène, Guedali ? Tu te promènes ou tu es venu pour tes affaires ? Il s'agit en quelque sorte d'une affaire, dis-je, quelque chose qui me trotte par la tête. Il sentit que ce n'était pas le moment d'entrer dans les détails ; il demanda des nouvelles de Tita et des jumeaux. Nous passâmes un moment à converser, je dis que j'étais fatigué, je lui demandai s'il n'avait pas une chambre disponible. Et j'ajoutai : bien entendu, je réglerai les frais. Son visage s'illumina : Mais bien sûr, Guedali, avec grand plaisir ! Je présume que tu préfères la première classe. (De toute évidence, il avait désespérément besoin d'argent.)

Il m'accompagna jusqu'à ma chambre. C'était celle que nous avions occupée après l'intervention. Tout comme le reste de la clinique, elle était entièrement délabrée : toiles d'araignée au plafond, murs lézardés, rideaux décrochés. Lui-même s'en rendit compte : elle aurait besoin d'un bon nettoyage. Mon assistant va s'en charger. Mais on reparlera demain. Maintenant il faut te reposer.

Je ne fermai pas l'œil de la nuit. Je me promenai de long en large, d'abord dans ma chambre, puis dans le jardin. A la pointe du jour, le médecin marocain apparut.

— Alors ? Souriant, mais avec appréhension, plaisantant, mais un peu inquiet. Pas trop inquiet ; c'est un homme d'expérience, il connaît les risques qui nous menacent (la rupture d'une petite artère dans le cerveau peut provoquer la mort, c'est bien connu) et il n'est pas exempt d'une touche de fatalisme, dû sans doute à la présence, près de la clinique, de campements de tribus porteuses de croyances fanatiques dans les desseins du sort, un homme pareil ne pouvait pas être surpris par la réponse qu'il allait entendre, aussi dramatique et inattendue fût-elle.

— Je veux être opéré à nouveau. Je veux redevenir centaure, docteur.

Il ne fut pas seulement surpris, il fut effaré. Tous les symptômes de l'effroi — yeux écarquillés, bouche bée, une certaine pâleur (difficile à percevoir chez lui en raison de son teint mat) — apparurent sur son visage. Plus encore : il fit quelques pas en arrière. Et encore plus : il s'appuya contre le cadre du lit. Vraiment, il ne s'était pas attendu à cela.

— Qu'est-ce que tu as dit, Guedali ?

— Je veux être opéré. Je veux redevenir centaure.

Un chirurgien doit recouvrer ses moyens rapidement. L'instant d'après il était calme, son visage avait retrouvé des couleurs, il souriait à nouveau. Il avait rapidement évalué la situation, et avait pris le parti d'ignorer ce que j'avais dit, du moins pour le moment.

— Bon, dit-il, allons prendre le petit déjeuner. Nous reparlerons de cela plus tard.

Le café était déjà servi sur une petite table du jardin. La vaisselle était encore de porcelaine, mais elle était fêlée ; et les serviettes de lin étaient jaunies — chose qui en ce moment ne pouvait m'être plus indifférente. Je veux redevenir centaure, avais-je dit et, l'ayant dit, je découvrais la raison pour laquelle j'étais venu au Maroc, et qui en un certain sens me surprenait, mais pas vraiment. Je venais de verbaliser une angoisse qui me torturait, et cela, d'une certaine manière, m'avait rendu ma sérénité. Et, si je n'étais pas rayonnant, du moins étais-je modérément joyeux. C'était donc cela que je voulais : galoper à nouveau dans les prés, retrouver la pleine puissance de mes quatre pattes. Je ne voulais plus de Tita, ni de mes fils, ni de mon travail, ni de mes amis, ni de la copropriété, ni de rien. Le médecin marocain (véritable artiste) dissertait d'un air insouciant sur la supériorité du café turc. C'était comme si je ne lui avais rien dit. Moi, bien entendu, je n'avais pas très envie de parler café.

— Alors, docteur. Qu'est-ce que vous en dites ?

Il me regarda, moins surpris que tout à l'heure, mais plus inquiet. Donc j'avais parlé sérieusement. Donc ce que j'avais dit n'était pas uniquement le fruit de mon esprit encore éprouvé par le voyage, du changement de fuseau horaire, d'un sommeil peut-être agité. Le mot *centaure* n'était pas le résidu d'un rêve nocturne, il n'était pas dû à un cauchemar survenu pendant la période de veille. Je voyais dans ses yeux qu'il lisait dans les miens une détermination peut-être pas encore très ferme, mais qui risquait bien de se renforcer dans les prochaines heures, voire dans les prochaines minutes.

— Alors ?

— Mais qu'est-ce que tu dis là, Guedali ? Sa tête était inclinée à présent et une certaine angoisse était apparue dans son regard. Ses lèvres tremblaient. Qu'est-ce que tu veux me faire croire ?

— Vous avez bien compris, docteur. Je veux redevenir centaure.

— Mais c'est très sérieux, murmura-t-il. Très sérieux, répéta-t-il. Il mit la serviette de côté, s'inclina en arrière, contre le dossier de la chaise.

— Je me doutais qu'il s'agissait de quelque chose de sérieux, Guedali. Quelque chose qui avait trait à ton opération... Mais jamais je n'aurais pensé à une chose pareille. Par ma foi, jamais je n'y aurais pensé.

— Il s'agit bien de cela, pourtant.

— Et peut-on savoir, demanda-t-il, les yeux humides, qu'est-ce qui te pousse à renoncer à la condition humaine, après tous les efforts que tu as faits — que j'ai faits — pour l'obtenir, cette condition ? Peut-on savoir, Guedali, pour quelle raison tu me fais une pareille requête ? Je crois que j'ai le droit de savoir, mon ami. Après tout...

— Je sais, l'interrompis-je. Après tout, vous nous avez donné un aspect humain, à moi et à Tita. Je vous suis très reconnaissant. Mais...

J'hésitai.

— Ecoutez-moi, docteur : j'aimerais que vous ne me posiez pas trop de questions. Il suffit que vous me disiez si vous voulez m'aider ou non.

— Mais bien sûr que je veux t'aider ! répondit-il indigné. Tu n'as pas le droit d'en douter. Encore faudrait-il que je comprenne ce que cela veut dire, t'aider. Si tu voulais te tuer,

Guedali, ce n'est certainement pas moi qui te tendrais l'arme pour le faire.

— Il ne s'agit pas de suicide. Il s'agit...

De quoi s'agissait-il, au juste ? Je ne le savais pas. Nous nous regardions, hébétés. De quoi parlions-nous ? Et qui étions-nous ? Et quel sens tout cela pouvait-il bien avoir ?

Une transformation subite s'opéra sur son visage. Soudain il sembla très tranquille ; c'était comme si nous étions en train de discuter de football ou des conditions atmosphériques. Il se pencha en avant :

— C'est bien, Guedali. Il ne faut pas que tu m'expliques si tu ne le souhaites pas.

A nouveau il s'inclina en arrière, souriant. Je compris : il renonçait à s'interroger sur la logique de ce que je lui disais. Il incorporait l'idée à la conjoncture, un peu absurde, tout compte fait, dans laquelle nous nous trouvions : la clinique en ruine, le muet assistant qui à présent débarrassait la table, les plantes exotiques du jardin délaissé, les oiseaux qui voletaient au-dessus de nos têtes. Et le Maghreb, et les Berbères, et les chameaux, et les tambours tribaux.

— Je me permettrai seulement de te le demander pour la dernière fois : es-tu sûr de vouloir cette opération ?

— Certain.

— Et si je te disais que techniquement c'est impossible ?

Ah ! C'était donc ça. Il m'attaquait de flanc. Il entrait dans la logique chirurgicale. Il m'opposait à présent comme argument les difficultés de l'opération. La partie qu'il m'avait enlevée n'existait plus ; et même si elle avait existé, même si elle avait été préservée dans des conditions exceptionnelles, à de très basses températures, comme celles auxquelles on conserve les corps des milliardaires américains qui espèrent ressusciter un jour, il restait la réimplantation, opération toujours délicate. Et cela sans tenir compte des transformations survenues dans la partie qui était restée, dans mon propre corps. Je n'étais plus la moitié antérieure d'un centaure, j'étais un être humain à part entière.

Je répondis que j'étais prêt à courir tous les risques. Je signerais même une déclaration le déchargeant de toute responsabilité concernant les conséquences de la transplantation.

— Mais transplanter quoi, Guedali ?

Le corps d'un cheval, répondis-je. La partie postérieure d'un vrai cheval.

Maintenant oui, il était véritablement effrayé : un cheval, Guedali ? Il éclata de rire. Mais c'est absurde, Guedali. Ton organisme va rejeter ces tissus étrangers. Il cessa de rire, réfléchit un instant, puis dit, en hésitant :

— Il existe bien des cas de foies de porc et de cœurs de macaque implantés sur des personnes... Sur des Noirs...

— Alors ? dis-je.

Il ne semblait pas très convaincu : C'est extrêmement risqué, Guedali, il y a une chance sur un million, peut-être moins. Et puis, il y a autre chose, dit-il méditatif. Il me montra ses mains tremblantes :

— Tu vois ? Je suis vieux, Guedali, et ça fait longtemps que je n'opère plus. Je ne sais pas si je pourrai...

Je l'interrompis : Je ne veux rien savoir, docteur. J'ai entièrement confiance en vous. Il se leva :

— C'est vrai, Guedali ? C'est vrai que tu as confiance en moi ?

Je me levai : Pour le meilleur et pour le pire, docteur. Il ne put se contenir : il m'embrassa.

— Merci, Guedali, dit-il, s'essuyant les yeux. Cela faisait longtemps que je n'entendais plus ces mots. J'en avais bien besoin, tu sais.

Il sourit :

— C'est d'accord, Guedali ! Nous lutterons ensemble, que diable ! Est-ce que je sais pour quelle raison tu veux redevenir centaure ? Mais ça m'est bien égal ! Je suis médecin, et toi tu es mon client, il en sera fait selon tes désirs. Quant à moi, je donnerai le meilleur de moi-même dans cette intervention, tu peux en être sûr. Elle m'est aussi importante qu'à toi. C'est ma réhabilitation, Guedali. Te rends-tu compte ? Non seulement j'ai été le premier médecin qui ait transformé un centaure en être humain, je serai aussi le premier médecin qui aura transformé un être humain en centaure. Le monde de la médecine en sera abasourdi.

Il se tut, ravi. Il se reprit :

— Pardonne-moi, Guedali. Je crois que je me suis laissé emporter par mon enthousiasme.

— Ce n'est pas grave, dis-je. Mais, déjà, il ne m'écoutait pas : il était complètement absorbé par l'idée de l'intervention. Il se mit à faire les cent pas.

— Tu veux redevenir centaure. Hum... Tu veux redevenir centaure. Voyons...

Il s'arrêta, me mit la main sur l'épaule.

— Cela ne va pas être facile, Guedali. Ce sera une opération très délicate... Nous allons devoir prendre toutes les précautions. Le cheval, par exemple : il faudra que ce soit un pur-sang, jeune, en parfaite santé. Nous allons bien le préparer. Et toi, Guedali, tu seras soumis à un traitement préparatoire très vigoureux. Tu prendras des drogues qui élimineront tes anticorps. Il faut que ton organisme reconnaisse dans le tissu du cheval des protéines sœurs et non des ennemies. Cela va prendre du temps.

Il hésita un instant puis ajouta :

— Et il faut que je te prévienne, ce ne sera pas bon marché.

— Je suis prêt à tous les sacrifices, répondis-je. L'argent ne compte pas.

— Très bien ! dit-il. Je sais que tu as de la trempe, Guedali.

Il me regarda, curieux.

— Pardonne-moi de me mêler de ta vie privée... Mais je

vais te demander une nouvelle fois : pourquoi est-ce que tu veux redevenir centaure ?

(Le savais-je moi-même ?)

— Je préfère ne pas aborder ce sujet, dis-je. Mais j'ai des raisons très sérieuses, très... profondes. Croyez-moi.

Il eut un sourire de compréhension.

— Très bien, Guedali. Galoper dans la prairie... Je le sais, c'est un appel ancestral. Moi-même, qui ai à peine pratiqué un peu l'équitation quand j'étais jeune, je ressens parfois cette fascination.

Il resta un instant en silence, méditatif. Soudain son visage s'illumina.

— Je vais te faire une proposition : si tu m'avances l'argent, nous allons nous offrir un excellent repas, ce soir. Qu'est-ce que tu en dis ? Un bon couscous, arrosé d'un délicieux vin français. Hein ?

Bien sûr, dis-je, sortant quelques billets de mon portefeuille. Ses yeux se mirent à étinceler lorsqu'ils virent les dollars et les francs suisses. Des devises fortes, dit-il, contenant son émotion, c'est très bien, tout cela, Guedali.

Le dîner eut lieu dans la salle à manger de la clinique ; il fut servi par le vieil assistant toujours aussi silencieux. Le couscous était un délice ; le vin avait du corps et nous mit de bonne humeur. Le médecin me racontait sa vie. Il était né dans une petite ville du Maroc ; fils de cordonnier, il avait toujours rêvé d'être médecin. Il eut de la chance : un vieux millionnaire s'intéressa à son sort et lui fournit la somme d'argent nécessaire pour qu'il puisse suivre des études de médecine à Paris. Il cligna de l'œil : en échange de certaines faveurs, naturellement.

— Je choisis la neurochirurgie comme spécialisation. Ce n'est que longtemps après avoir terminé mes études que j'ai commencé à m'intéresser aux opérations de changement de sexe.

Il se mit à rire :

— D'une certaine manière, c'était rendre hommage à mon protecteur. Mais ni moi ni lui ne pouvions imaginer que je finirais un jour par opérer des êtres mythologiques... C'est beaucoup plus intéressant que d'extraire des tumeurs au cerveau, je t'assure.

Il eut un nouvel éclat de rire. Il termina son repas, émit un rot — pardon, Guedali — soupira de contentement :

— Il y avait longtemps que je n'avais pas si bien mangé, Guedali. Très longtemps, crois-moi.

Nous allumâmes des cigares, nous fumâmes en silence pendant quelques minutes. Il se pencha vers moi d'un air complice :

— A propos d'êtres mythologiques : toi, tu as un secret, Guedali, mais moi aussi, j'ai le mien... Seulement moi, je ne suis pas égoïste, je vais le partager avec toi. C'est-à-dire si tu as envie de m'écouter. Veux-tu connaître mon secret, Guedali ?

Je dis que oui, bien qu'au fond je n'avais que faire de ses secrets.

— Suis-moi, alors.

Il m'emmena vers l'une des chambres, la plus éloignée. Il ouvrit la porte, me fit signe d'entrer — et seulement alors il alluma. Ce que je vis me laissa complètement ébahi. Là au fond, dans l'une des cages aux épais barreaux, se trouvait une étrange — étrange même pour l'ancien centaure que j'étais — créature. C'était une femme ; ou plutôt la tête et le buste appartenaient à une femme ; le corps, que j'identifiai après une légère hésitation, était celui d'une lionne. Elle était couchée, les pattes antérieures étendues, et elle nous fixait. Je fus envahi par une étrange sensation, un mélange de répulsion et de désir, de peine et de dégoût. J'éprouvai cette solidarité que ressentent entre eux les invalides, les anormaux, les malades ; et cette colère que ressentent entre eux les invalides, les anormaux, les malades. Et une envie de rire et de pleurer. Je m'aperçus à la fin que je rougissais. De honte, mais de honte pourquoi ? Quant à elle, elle ne semblait pas se rendre compte de notre présence.

— Je te présente Lolah, dit le médecin, et le ton orgueilleux de sa voix ne faisait qu'ajouter à l'absurde de la scène. Il s'adressait à elle en français. Dis bonjour à notre ami Guedali, Lolah. Il vient du Brésil.

— *Merde** ! cria la créature, tournant la tête vers le mur.

— Mais qu'est-ce que c'est ? demandai-je lorsque je fus à même de parler. Le médecin éclata de rire :

— Comment donc ? Tu ne sais pas, Guedali ? Toi, un être mythologique, tu ne reconnais pas un camarade d'inconscient collectif ? C'est un sphinx, Guedali.

Un sphinx, bien sûr : moitié femme, moitié lionne. Cela ne m'était pas venu à l'esprit plus tôt à cause de l'image que je me faisais du sphinx égyptien ; ce n'était pas une gigantesque statue de pierre que je voyais là, ce n'était pas un visage rongé par le temps, c'était au contraire le visage d'une belle femme : une peau cuivrée, de grands yeux clairs, une bouche pleine ; et des cheveux fauves, et de beaux seins. Et des pattes, et un corps de lionne, et une queue qui se balançait. Un sphinx, bien sûr. Donc c'était vrai, les sphinx existaient bel et bien.

— Il est aussi réel que toi, dit le médecin. Comme s'il lisait mes pensées. Réel et comme tu le vois, mal élevé... N'est-ce pas, Lolah ? Mais il est très intelligent. Tu veux voir ?

— Allons, Lolah. Dis à ce monsieur qui est celui qui au matin marche sur quatre pattes, à midi sur deux pattes et le soir sur trois.

La créature ne répondit mot. Elle était toujours tournée vers le mur. Le médecin introduisit subrepticement la main entre les barreaux et d'un geste brusque lui tira la queue. Le sphinx bondit.

— *Merde !* hurlait-il furieux. *Merde, merde !*

Il se jeta contre les barreaux, donnant d'énormes coups de

* En français dans le texte.

patte. Je reculai effrayé. Mais la cage, très renforcée, résista au choc.

Le médecin marocain rit de ma peur.

— Ça suffit, Lolah, dit-il, tu as déjà fait une assez forte impression sur notre hôte. Nous allons te laisser en paix, ma chérie. Bonne nuit, dors bien. Tu nous pardonnes ?

Le sphinx ne répondit pas. Allongé, la tête enfouie entre ses pattes, il semblait sangloter. Le docteur éteignit la lumière et nous sortîmes.

Nous nous assîmes dans le jardin. L'assistant du médecin vint nous servir du vin.

— D'où cette créature est-elle sortie ? demandai-je, encore troublé. Et essayant de faire une plaisanterie : D'Egypte, par hasard ?

Il éclata de rire.

— Non, elle ne vient pas d'Egypte. Elle vient de Tunisie. C'est un médecin de mes amis, grand amateur de chasse, qui l'a trouvée. Cela faisait longtemps qu'il entendait les indigènes parler d'un être étrange au corps de lionne et au buste de femme ; lui, tout en connaissant l'existence du sphinx, ne croyait pas à cette histoire. Lorsqu'ils lui montrèrent les traces, il décida pourtant de suivre la piste. Au bout de quatre jours, il parvint à un endroit d'où sa proie ne pouvait lui échapper : un étroit défilé entre les montagnes. Ses hommes placés à l'une des sorties, il s'avança par l'autre. Lorsqu'il vit ce dont il s'agissait il s'exalta et décida de la prendre vivante. Lolah mit en pièces trois chiens et deux Tunisiens avant qu'ils ne réussissent à la capturer à l'aide d'un filet. Mon collègue fut très ému par sa beauté. Connaissant mon travail sur les centaures, il l'apporta ici dans l'espoir que je pourrais la transformer en un être humain normal. Je crois qu'il en était amoureux.

Il porta le verre à ses lèvres.

— Il est très bon, ce vin, soupira-t-il. Cela faisait des années, Guedali, que je ne buvais pas un vin décent.

Un avion survola le bâtiment dans un vrombissement assourdissant.

— C'est l'avion du roi, commenta-t-il. Il passe souvent par ici. Des fois, je crois que...

Je l'interrompis.

— Et alors ? Que s'est-il passé ?

— Passé ? Ah oui. Eh bien, je vis immédiatement qu'il était impossible d'arriver à un résultat acceptable. Toi et Tita, vous aviez presque une moitié de corps humain, et des pattes, qui pouvaient vous servir de jambes. Lolah n'a que le buste et la tête d'un être humain. Après l'intervention, en admettant que celle-ci eût réussi, elle aurait été réduite à l'état d'un monstre encore plus curieux, une espèce de naine avec des pattes de lion. Lorsque je le dis à mon collègue, il fut tellement déçu qu'il préféra partir en me laissant le sphinx. Quelques jours plus tard, il mourut d'une crise cardiaque. C'était un homme très impressionnable, il croyait aux malédictions et aux sorcelleries, et c'est cela qui a dû l'achever. Et moi je me suis retrouvé avec Lolah. Au début elle ne voulait pas me voir, et même maintenant elle a des phases où il lui arrive de m'agresser, comme tu as pu t'en rendre compte, mais petit à petit, j'ai gagné sa confiance. Je lui ai appris le français... Elle est très intelligente, elle apprend tout avec la plus grande facilité. Elle lit beaucoup. Mais elle n'est pas très loquace. Jusqu'à aujourd'hui, je ne sais pas grand-chose de sa vie.

Il vida le verre.

— Remarquable, ce vin. Tout simplement remarquable. Mais comme je te disais : j'en arrivai à la conclusion que je ne pouvais pas opérer cette créature. Le problème se posa donc : que faire d'elle ? Je t'avoue que j'ai songé à l'exhiber en public. J'aurais pu gagner beaucoup d'argent, j'avais, à ce moment-là déjà, quelques difficultés, j'avais besoin d'argent. Avec beaucoup de ménagements, je lui présentai le projet. Elle était furieuse, cria qu'elle préférait mourir. J'ai respecté sa pudeur, Guedali. Vois-tu, je suis aujourd'hui un vieux médecin ruiné et mes affaires n'ont pas toujours été très propres, mais il me reste un peu de dignité. J'ai gardé cette chambre pour Lolah, et elle y vit, avec tout le confort que je peux me permettre de lui offrir ; je ne sais pas si tu l'as remarqué, mais je lui ai même installé un poste de télévision. Quant à la cage, il ne s'agit pas vraiment d'une prison. Elle sert à contenir ses attaques de furie, qui, je te l'ai déjà dit, ne sont pas rares. En fin de compte, c'est pour sa propre sécurité ; elle le reconnaît elle-même. Pauvre Lolah. Au fond, dit-elle, je ne suis qu'un fauve.

Il eut envie de rire.

— Un fauve ? Penses-tu, Guedali. C'est une pauvre fille, ça oui. Solitaire. Une créature énigmatique.

Je lui demandai si je pouvais lui parler. Il me regarda, ses yeux trahissaient une certaine méfiance, et de la jalousie, aussi. Cependant il savait dominer ses sentiments.

— Si tu veux... Je ne sais si elle va accepter de te parler. Tu peux essayer de lui apporter à manger demain. Si tu me donnes de l'argent je vais lui commander du mouton rôti. C'est un plat qu'elle adore.

Cette nuit-là, la deuxième depuis mon arrivée à la clinique, je fus à nouveau incapable de dormir. Je passai mon temps à marcher dans le jardin, trop inquiet pour me reposer. Beaucoup d'émotions. Des émotions fortes. Qu'ai-je fait ? Dans quel pétrin me suis-je fourré ? me demandai-je, retrouvant mes esprits. Parce que je retrouvais mes esprits, je me reprochais maintenant d'avoir obéi à une impulsion folle, d'avoir abandonné ma femme, mes fils, mes amis, d'être monté dans un avion et d'être venu au Maroc, d'avoir cherché ce médecin, de lui avoir dit que je voulais redevenir centaure. Qu'est-ce qui avait déclenché tout cela, toute cette série de folies ? La vue de Tita dans les bras du centaure ? La mort de celui-ci ? Bien sûr : Tita était dans les bras d'un centaure, ce centaure s'était enfui, il était mort. Ne fallait-il pas lui dire, à ce moment-là : Viens, Tita, nous allons parler, nous allons comprendre ce qui s'est passé, ce qu'il y a dans tout cela de réel et d'imaginaire. Hein ? N'était-ce pas cela qu'il fallait faire ? Eh bien non, au lieu de cela, Guedali tourne le dos et s'en va. Il va au Maroc comme on va au cinéma. Ne fallait-il pas au moins parler avec Paulo ?

C'était des questions raisonnables pour quelqu'un qui retrouvait ses esprits. Mais ne les ayant pas retrouvés entièrement, j'étais toujours suspendu entre ciel et terre, comme le cheval ailé, décrivant des cercles entre les nuages ; je volais si haut et si vite que j'en étais étourdi. Je n'arrivais pas à répondre à mes propres questions. Je préférais sourire, comme un idiot, ou alors sangloter, comme un idiot ; je préférais m'abandonner au vertige qui consistait à ne pas avoir la moindre idée de ce qui m'arrivait, de ce qui allait se passer, et principalement au vertige de penser à Lolah, image qui éclipsait tout le reste. Ayant vu ce que j'avais vu, j'étais même en droit de me demander : Mais ai-je vraiment vécu jusqu'à présent ? Ai-je vécu ou bien ai-je rêvé, si important était le trouble qu'avait jeté en moi le spectacle de l'extraordinaire créature, la beauté du sphinx. A côté de Lolah, tout le reste, tout ce qui auparavant avait pu me sembler remarquable et important, cessait d'exister. La famille ? Le sphinx. Le travail ? Le sphinx. Les vêtements ? Le sphinx. Les chuletas rôties ? Le sphinx. Le sphinx éclipsait tout, par l'émotion qu'il suscitait en moi, par ce qu'il représentait de merveilleux. Il effaçait même l'image du centaure galopant dans la pampa. Du centaure et de la centauresse galopant dans la pampa.

Lolah. Je passais devant sa chambre. La fenêtre avait été murée, par précaution sans doute contre les intrus éventuels. Mais je le devinais à l'intérieur. Tout à l'heure elle se démenait, fiévreuse dans sa cage, pendant que j'arpentais le jardin ; à présent elle était immobile, comme je l'étais moi aussi ; son regard, comme le mien, était fixe et elle pensait à moi, tout comme moi je pensais à elle.

J'attendais impatiemment qu'il fasse jour pour la revoir.

Le lendemain, le taciturne employé de la clinique m'apporta un plateau avec un mouton rôti. Je m'empressai de l'apporter à Lolah. Je pénétrai dans la chambre avec une certaine anxiété. Comment allait-elle me recevoir ? Voudrait-elle me parler ? Accepterait-elle la nourriture de mes mains ? Elle était couchée dans la cage, à plat ventre, en train de lire un livre. Au moment où j'entrais elle tournait justement une page ; ne pouvant se servir de ses pattes, trop lourdes et trop grosses pour un tel geste, elle le faisait avec sa langue. C'était pathétique. J'en fus ému.

— Bonjour, Lolah.

Elle me regarda, indifférente, ne répondant pas. Je t'ai apporté ton déjeuner, Lolah, dis-je. Et j'ajoutai : C'est un mouton rôti.

Elle se tourna vivement, les yeux étincelants. Mais aussitôt après, elle afficha un air d'indifférence.

— C'est parfait. Mets-le dans la cage, s'il te plaît.

Je lui passai le plateau entre les barreaux de fer. Elle mit son livre de côté et s'apprêta à manger. Ma présence de toute évidence l'indisposait ; mais en réalité il m'était bien impossible de m'éloigner de là. J'étais entièrement fasciné par la femme-lionne.

Elle dépeça rapidement le mouton de ses pattes. Cependant, pour manger, il lui fallait se pencher en avant et arracher les morceaux avec sa bouche, cela faisait peine à voir.

— Veux-tu que je t'aide ? demandai-je.

— Je n'ai pas besoin de ton aide, répondit-elle d'un ton sec, et je me rendis immédiatement compte que mon intervention avait été maladroite, stupide. Je la regardai en silence.

A présent, de près je pouvais mieux l'admirer. Quelque

chose, dans son beau visage aux traits énergiques, m'attirait énormément. Etait-ce la bouche, bien dessinée, avec des dents étonnamment petites et régulières ? Etaient-ce les yeux ?

Soudain, je compris : Lolah me rappelait la dompteuse. Elle était plus jeune, bien sûr, et n'avait pas la même peau claire, mais elles se ressemblaient beaucoup. La dompteuse. Où était-elle en ce moment ? Et la jeune fille de la maison coloniale ?

— Tu peux m'enlever le plateau, dit-elle ; elle avait terminé de manger. Je m'approchai, j'introduisis le bras dans la cage et — geste très risqué —, je caressais d'un mouvement brusque, mais timide, ses cheveux. C'était risqué, oui : elle aurait pu m'arracher le bras d'un coup de patte. Elle n'en fit rien pourtant. Elle resta immobile, le regard figé. Puis elle cacha son visage entre ses pattes. J'enlevai le plateau et je sortis.

Petit à petit, je gagnai sa confiance.

Nous parlions beaucoup. Elle n'était pas aussi laconique que le médecin avait voulu le dire ; elle aimait parler en ma présence. Elle me raconta son histoire. Contrairement à moi, elle n'était pas née d'un être humain, mais d'une lionne. Rejetée au début par les félins de la troupe, traitée comme une paria à qui l'on ne donnait que les restes de la chasse, elle avait été acceptée à l'âge de quatre ans, après qu'elle eut tué son premier Noir. Elle errait depuis lors par les montagnes d'Afrique du Nord. Une vie dure, passée à poursuivre des gazelles, à attaquer des troupeaux aux couchers de soleil, toujours sous la menace des chasseurs qui, à l'aide d'armes à feu de plus en plus sophistiquées, éliminaient peu à peu tous ses compagnons. Il lui fallait de plus résister aux avances des jeunes lions qui la voulaient pour femelle.

— En fait, dit-elle avec une grimace, ils me répugnaient avec leurs crinières fétides et leurs regards stupides. Je ne leur permettais pas de me monter, malgré le désir qui me faisait courir comme folle à travers les plaines, à la recherche d'un lac où je pourrais rafraîchir mon visage brûlant.

Puis vint la capture, et la réclusion dans la clinique :

— J'aime beaucoup le docteur. Il me traite bien, je le respecte comme un père. Parfois il me taquine, il me traite d'animal, etc. Mais je ne peux pas me plaindre. Moi aussi j'ai mes attaques de furie, sans compter le danger que je représente — au fond je suis un fauve — il me garde ici, il s'occupe de moi, même au prix de sacrifices.

De longues conversations. Moi à l'extérieur de la cage, elle à l'intérieur, dans sa position préférée, allongée, les pattes antérieures croisées, la tête légèrement inclinée, les longs cheveux qui lui tombaient sur les seins, ses beaux seins tout frémissants lorsqu'elle riait. Elle était belle.

Un jour, je l'embrassai. Il y avait quelque chose de pathétique dans ce premier baiser : à travers les barreaux de la cage, je pris sa tête entre mes mains, ma bouche cherchant la sienne, tandis qu'elle protestait faiblement, et puis elle finit par m'embrasser à son tour, furieusement.

— Pourquoi fais-tu cela, Guedali ? murmurait-elle sur un ton presque plaintif. Je ne lui répondais pas, je n'aurais pas su quoi lui répondre. Parce qu'elle avait un beau visage ? (Et un corps de lionne ?) Parce que je n'étais pas allé avec une femme depuis longtemps ? Par pitié ? Par une espèce d'attraction envers le grotesque ? Je ne savais pas. Ce qui est certain, c'est qu'elle tomba amoureuse de moi, pauvre créature. Ce fut une passion soudaine et brutale.

Nous nous en tenions là, à échanger des baisers. Je continuais à lui apporter à manger ; lorsque j'entrais je la trouvais en train d'aller et venir dans sa cage, remuant impatiemment sa queue. A peine me voyait-elle, son visage s'épanouissait en un sourire ; elle ne voulait pas manger, ce qu'elle voulait, c'était m'embrasser ; elle enfilait le visage entre les barreaux, et nous nous embrassions, longuement. Parfois, pour une raison quelconque, j'arrivais en retard ; elle me faisait alors la moue, ou bien, furieuse, elle frappait de grands coups de patte contre les barreaux de fer, spectacle qui n'était pas sans me faire trembler.

Bientôt mes baisers ne furent plus suffisants. Caresse-moi les seins, demandait-elle. Et je lui caressais les seins ; cela la rendait folle. C'était ce qu'elle me disait elle-même : ah Guedali, tu me rends folle.

Une fois, après un baiser plus long que les autres, elle me regarda droit au fond des yeux.

— J'ai quelque chose à te demander.

Elle hésita un instant, et rapidement, d'une voix étranglée, elle dit :

— Je veux que tu me fasses l'amour, Guedali.

Je pensai au début que c'était une plaisanterie. Lui faire l'amour ? Ça non, une chose pareille, je n'y avais jamais songé, même pas aux moments de plus fort désir. Lui faire l'amour ? Non. Pour me soulager, je serais d'abord allé chercher une femme dans les cabarets de la ville. Lolah ? Jamais. L'embrasser, passe encore. Mais coucher avec elle ?

Elle remarqua mon hésitation :

— Je t'en prie, Guedali. Je ne t'en demande pas trop. Tu as bien été centaure, toi aussi, tu as bien fait l'amour avec une centauresse.

Je ne savais pas quoi lui dire.

— Tu ne m'aimes pas, Guedali ? demanda-t-elle, les yeux pleins de larmes. Je ne te plais pas ?

— Il ne s'agit pas de cela, répondis-je, mais, vois-tu...

Je cherchais désespérément une explication, alors que son regard était toujours fixé au mien. Je trouvai soudain la parade :

— Mais je ne peux pas entrer, Lolah, la cage est cadenassée.

Sa réponse fut rapide, accompagnée d'un sourire (pauvre femme !) maternel :

— Vole la clef au docteur, Guedali ! C'est facile, le vieux oublie ses clefs partout. Moi-même, si j'avais des mains...

Elle se tut, baissa les yeux, humiliée : l'effort avait été trop grand pour elle. Je me répugnais. Je pris son visage entre mes mains, je l'embrassai :

— C'est bien, ma chérie. Bientôt, je serai à toi.

Etrange coïncidence : le jour suivant, le médecin se rendit en ville et oublia de fermer la porte de son bureau. Lorsque je passai devant, j'aperçus les clefs sur la table.

Une légère hésitation. Un rapide coup d'œil à gauche, à droite — pas de trace de l'assistant du médecin —, j'entrai. J'identifiai rapidement la clef de la cage (il y avait un « L » gravé dessus) je la décrochai du porte-clefs, et je ressortis, aussi furtivement que j'étais entré.

La nuit. Assis dans ma chambre, la clef dans la main, je ne parvenais pas à me décider.

Lolah ? Oui, son beau visage, et sa bouche tendre, et ses beaux seins, et moi, qui n'avais pas touché une femme depuis si longtemps. La réalité, cependant, était que Lolah n'était pas une femme. Elle avait un visage de femme ; des seins de femme. Mais son corps était celui d'un animal. Il était recouvert de cuir, de poils, il se terminait par une queue. Et peut-être était-il rempli de poux.

Rien de bien différent du centaure que j'avais été ? En effet, il n'y avait rien de bien différent. Mais à présent, je n'étais plus un centaure.

Pendant que je pensais à tout cela, des images surgissaient dans mon esprit. Je voyais Tita arriver à la clinique. (Comment m'avait-elle découvert ? Ça c'était un autre problème.) Tita et Paulo et Fernanda et Julio et Bela et tous les amis. Toute la bande était là : ils envahissaient la clinique, se précipitaient dans les couloirs, ouvraient les portes des chambres — et soudain, ils étaient là, devant moi, et moi j'étais dans la cage, avec Lolah, j'étais sur Lolah. Je voyais à présent leurs regards effarés, leurs regards terrorisés, leurs regards outragés, leurs regards dégoûtés, leurs regards débordants de nausée (Paulo), peut-être même leurs regards d'envie (Julio).

Ces images eurent le pouvoir de m'exciter terriblement. Oui, j'étais en érection à présent, je me raidissais de plus en plus à chaque seconde. Oui, maintenant, je voulais ! Je me levai, j'aperçus mon image reflétée dans le miroir. Ce que j'avais devant moi, c'était un visage de satyre, les yeux luisants, les griffes sorties : oui, il n'y avait pas de doute, je la voulais.

Dans le noir, je me faufilai dans sa chambre, silencieux, comme un voleur.

J'entrai. La lumière de la lune qui filtrait par la claire-voie sur le toit éclairait son visage, son beau profil, ses seins drus.

J'hésitai une fois de plus. Mais son corps ne se voyait même pas. C'était une masse amorphe, cachée dans la pénombre. Et puis maintenant j'y étais. *Pourquoi pas ?* me dis-je. Pourquoi pas ?

Je m'approchai. Elle sembla ne pas remarquer ma présence. Elle était allongée, ne bougeait pas d'un pouce. Les mains tremblantes, j'ouvris la porte de la cage, j'entrai. Je me couchai à côté d'elle, je caressai son visage, ses seins. Et son corps. Son corps de lionne. Mon Dieu. Oh mon Dieu.

J'avais déjà vu des grands félins, et même de très près, lorsque j'étais au cirque, j'avais déjà tenu des chats par le cou. Mais jamais encore je n'avais touché une lionne. Quelle... volupté. Le gigantesque corps semblait chargé d'électricité, le poil soyeux se dressait au toucher, de puissantes masses musculaires se glissaient sous la peau, comme de petits lapins agités sous un tapis, la queue s'enroulait entièrement sur elle-même, tendue, vibratile.

Elle tourna la tête vers moi, me regarda. Le désir qui montait de ce corps si puissant l'étouffait, je voyais qu'elle avait de la peine à se contenir : il y avait de l'angoisse dans ses yeux, du désir bien sûr, mais de l'angoisse aussi, dans ses narines dilatées, et sur ses dents qui luisaient.

— Viens, murmura-t-elle.

Je tremblais tellement que j'avais du mal à enlever mes vêtements. J'eus un moment d'hésitation, un moment terrible : elle était toujours couchée sur son ventre, comment faire ? Mais je savais, quelque chose en moi savait. Je m'approchai par-derrière, m'étendis sur elle. Je pris ses seins entre mes mains, la couvris de baisers avides et puis je la pénétrai, la montai, comme les lions montent les lionnes, elle me mordait les bras, comme les lionnes mordent les lions. Elle poussait des gémissements, elle hurlait ; je dus même lui mettre la main sur la bouche, pour éviter que le médecin ne nous entende.

L'accouplement fut rapide, l'orgasme stupéfiant. O montagnes de Tunisie ! Avez-vous jamais vu orgasme pareil ? Rien ne vous est connu, ô montagnes, si vous n'avez jamais abrité un orgasme semblable !

Lorsque nous eûmes terminé, nous restâmes étendus au fond de la cage, reprenant notre souffle.

Petit à petit je retrouvai mes forces, j'émergeai du fond de cette mer obscure et agitée. Ce fut seulement alors que je pris conscience de l'énorme poids qui pesait sur ma poitrine.

C'était sa patte gauche. Prenant toutes mes précautions, je la poussai doucement de côté. J'éprouvai une sensation très déplaisante : si Lolah était prise en ce moment d'une de ses crises de fureur...

— Guedali, murmura-t-elle, Guedali chéri. Merci, Guedali.

Je l'embrassai, sortis de la cage, m'habillai et retournai, aussi furtivement que j'étais venu, dans ma chambre.

Je retournai chez elle la nuit suivante. Et celle d'après et toutes les autres nuits.

Pendant la journée, nous sauvegardions les apparences : je continuais à lui apporter du mouton rôti, à lui faire la conversation. Deux bons amis, voilà ce que voyaient le médecin et son assistant : deux créatures avec de curieuses affinités. Bien sûr, Lolah me clignait de l'œil ; bien sûr, il y avait de la complicité dans son sourire ; bien sûr, dès que nous restions seuls un instant, elle murmurait, fébrile : embrasse-moi, Guedali, embrasse-moi vite.

Je n'aimais pas beaucoup cela : c'était un risque inutile. Et puis je n'aimais pas non plus la façon dont elle se jetait sur moi lorsque je pénétrais dans la cage, la nuit, et me serrait de ses griffes. Et puis, le gros de mon désir était maintenant assouvi — si bien qu'à chaque fois, je percevais de manière plus aiguë l'aspect grotesque de la situation. Un coït avec un sphinx. Tita et les quatre autres ne pourraient qu'en rire. Tout bonnement en rire : toi, baiser avec un sphinx, Guedali ! Ah ! celle-là alors, elle est bien bonne, Guedali !

A chaque nuit, mon indécision se faisait plus perceptible. Mais je finissais toujours par aller la retrouver. Quelquefois je revenais de chez elle tout simplement épuisé ; d'autres fois j'étais dégoûté, certaines fois même fâché. La nuit suivante cependant, comme un somnambule, je retournais, fidèle, au rendez-vous.

Le jour de l'opération approchait. Le médecin marocain avait déjà sélectionné l'animal donneur, un très beau pur-sang arabe, encore tout jeune, vigoureux.

— Alors, Guedali ? N'ai-je pas fait un excellent choix ? Faites bien connaissance : bientôt, il va faire partie de toi.

Je regardais le cheval dans l'enceinte, et tout cela me paraissait à présent bien étrange. Cheval ? Opération ? Centaure ? J'avais parlé de tout cela, moi ? Oui, bien sûr que j'en avais parlé ; mais était-ce sérieusement ? Oui, c'était sérieusement. Mais le médecin, aurait-il dû interpréter mes mots littéralement ? N'étais-je pas en train de parler de façon métaphorique ? Même les métaphores peuvent être dites sur un ton solennel. Le médecin aurait pu, s'il l'avait voulu, séparer le réel du symbolique. Mais voulait-il réellement le faire ? Etait-ce bien dans son intérêt ? Et même si cela l'était, n'avait-il pas à ce point investi de lui-même, de son émotion, qu'il tenterait de me transformer en centaure quoi qu'il en soit ? Et ne ferais-je pas mieux de me laisser transformer en centaure, quoi qu'il en soit ? Ne serait-ce que pour respecter la parole donnée ? Ou bien pour profiter de l'expérience ? Ou encore pour apprendre une leçon ?

Tout cela était tellement confus. Et l'affaire avec Lolah ne venait qu'aggraver cette confusion.

Elle se faisait tous les jours plus possessive. Elle se lamentait constamment : j'arrivais en retard, je ne lui donnais pas assez d'affection. Et ce n'était pas tout : elle ne voulait pas que je redevienne centaure. Elle voulait bien que je sois opéré, ça oui ; mais elle exigeait que l'on me transplante non pas le corps d'un cheval, mais celui d'un lion.

Homme-lion ? J'aurais éclaté de rire, si je n'avais pas eu tellement peur. Moi un homme-lion ? C'était une absurdité. Plus même, c'était l'accumulation de toutes les absurdités. Il naît centaure, au prix de grandes souffrances il devient homme ; puis il passe par une crise, il veut redevenir centaure ; puis il ne sait plus s'il veut vraiment redevenir centaure ; pendant ce temps surgit un sphinx fou qui veut le transformer en homme-lion ! Ridicule. Du délire mythologique.

Voyons, Lolah, c'est impossible, lui disais-je. Et puis où irait-on chercher un lion pour la transplantation ? Ce n'est pas bien difficile, rétorquait-elle. Il suffit d'engager quelques chasseurs habiles. Ou alors d'établir des contacts avec des propriétaires de cirque. Pour l'amour du ciel, lui disais-je, tu ne voudrais tout de même pas qu'on me transplante le corps d'un lion de cirque, vieux et probablement impuissant.

Et puis, ajoutai-je, c'est une opération difficile, très risquée.

— Mais ne ferais-tu pas cela pour moi ? demanda-t-elle, les lèvres tremblantes, les yeux pleins de larmes. Ne le ferais-tu pas ?

— Moi, bien sûr. Mais le médecin ? Il n'accepterait jamais, lui, de m'opérer. Pour te livrer ensuite à moi. Il en serait trop jaloux, tu le sais bien.

— Ce sale vieux, hurlait-elle. Je vais le tuer, ce maudit. Je vais vous tuer tous.

Les coups de patte qu'elle donnait contre la cage suffisaient à me convaincre que ce n'étaient pas de vains mots. Je compris alors qu'il valait mieux que je prenne mes distances avec Lolah.

Le médecin marocain avait déjà flairé quelque chose. Un soir, en m'examinant, il m'interrogea sur les éraflures que je portais aux bras.

— Ça ? fis-je, essayant de paraître indifférent. Je ne sais pas trop. Je crois que j'ai dû me blesser en travaillant sur les rosiers dans le jardin.

Il me lança un regard méfiant.

— Fais attention, Guedali. Ces médicaments que tu absorbes sont en train d'éliminer les défenses de ton organisme. La moindre blessure peut t'être fatale.

Fatale ? J'étais donc en train de mettre ma vie en danger ? Comme si tout le reste ne suffisait pas.

Il était temps d'en finir. Il était bel et bien temps d'en finir. Je décidai de remettre à plus tard la question de savoir si oui ou non je voulais vraiment redevenir centaure. Je me résolus à partir le lendemain matin.

Je fus réveillé au courant de la nuit par le médecin. Il tenait une seringue à la main.

— Que se passe-t-il ? fis-je en sursautant. Pourquoi me faites-vous cette injection ?

— C'est un sédatif, dit-il. Je vais t'opérer ce matin. Avant que je n'aie pu dire mot, il me fit l'injection. Je tombai presque aussitôt dans une torpeur invincible. Je voulais rester éveillé, je voulais l'appeler, lui dire que j'avais changé d'avis, mais je ne parvenais plus à me retourner, ni même à ouvrir la bouche. Je fus déposé dans cet état sur une civière et transporté vers le bloc opératoire. Le médecin était là, il portait déjà le tablier, le bonnet et le masque. Tout ce que j'en aperçus ce furent ses yeux qui me regardaient intensément. L'assistant me fit une nouvelle injection — cette fois-ci dans la veine — et je ne vis plus rien.

Je me réveillai très étourdi et affaibli, mais — chose qui me parut aussitôt étrange — sans douleur. Et dans un lit. Un lit ordinaire, étroit. De plus en plus surpris, je me tâtai. Je ne sentais pas les différentes couches de gaze qui auraient dû m'envelopper. Chose encore plus surprenante : je ne sentais pas non plus le pelage, ni les pattes, ni la queue, rien. C'était des jambes que j'avais là en bas. Mais que s'était-il donc passé ? Je me retournai. Le médecin marocain était assis à côté du lit, il fumait et me regardait.

— Je n'ai pas pu t'opérer, dit-il d'une voix incolore. Il s'est produit un petit incident. Vois-tu, nous avons dû tuer Lolah. A coups de fusil. C'est mon assistant qui a dû faire cela. Heureusement qu'il est toujours armé.

Je n'arrivais pas à le croire : mais pourquoi donc ? Qu'a-t-elle fait, Lolah ?

— Elle a été victime d'une de ses crises. Elle s'est enfuie de sa cage, elle a fait irruption dans la salle d'opération. Il n'y avait rien d'autre à faire.

D'après ce qu'il me raconta, je pus reconstituer ce qui avait dû se passer.

Je suis anesthésié sur la table d'opération, le médecin

commence la transplantation — il opère d'abord le cheval arabe. C'est beaucoup plus difficile qu'il ne l'avait prévu ; en fait, il a perdu son habileté, il mélange les instruments, parfois il hésite, ne sait pas quoi faire. Les heures passent.

Pendant ce temps, Lolah attend dans la cage que je lui apporte à manger. Elle s'impatiente au début, puis s'inquiète, enfin devient hystérique : elle commence à m'appeler, elle crie, puis elle appelle le médecin ; personne ne vient.

Elle s'aperçoit alors que la porte de la cage est ouverte. Elle s'en échappe d'un bond. Elle avance dans les couloirs déserts de la clinique tout en continuant de m'appeler. Soudain elle se souvient de l'opération. Hors d'elle-même, elle se précipite dans la salle d'opération, où le médecin avait enfin réussi à retirer du cheval la partie qui devait m'être transplantée. Lorsqu'il la voit, il comprend immédiatement le danger : Lolah est furieuse. Retourne dans ta chambre, ordonne-t-il, mais elle ne semble pas l'entendre. Rends-moi mon Guedali, grogne-t-elle, avançant sur le docteur. Je veux mon homme. Je le veux tout entier. Fais attention, crie-t-il, tout est stérilisé ici. Elle se jette sur le cheval, sur la partie postérieure, qu'elle dépèce à coups de griffes. Le médecin, effrayé, se cache dans un coin. Elle se prépare à bondir sur lui — c'est alors que l'assistant sort son revolver et tire six coups dans le visage et dans le cou de Lolah.

— Au début, je ne comprenais pas, continua le médecin éteignant son cigare, comment elle était parvenue à se libérer. Ce n'est que plus tard que j'ai pu m'en rendre compte.

Il se mit debout. Il était réellement halluciné : il tremblait, ses yeux étaient écarquillés, il pointait vers moi un index accusateur :

— C'est toi ! C'est toi le coupable ! Tu as ouvert la porte de la cage, Guedali ! Tu as pénétré à l'intérieur pour abuser de la pauvre petite, pour satisfaire tes instincts bestiaux, immonde centaure, sauvage du Brésil ! Voilà d'où venaient les coups de griffe, canaille ! Tu as fait d'elle ce qui t'a plu, tu l'as rendue folle d'amour, et tu n'as même pas été capable de fermer la porte, alors que tu savais bien à quel point elle est instable, maudit ! J'ai dû tuer mon sphinx, mon adorée Lolah, la seule créature que j'aie jamais aimé ! Sale Juif. Voilà ce que vous nous faites à nous autres Arabes ! Vous nous enlevez tout ce que nous possédons, notre tendresse, notre amour, tout !

Il se jeta sur moi. Faible comme je l'étais, j'eus beaucoup de difficultés à le repousser ; je l'empoignai, il roula par terre. Il ne se releva pas et se mit à sangloter.

Je restai encore deux jours à la clinique. Pendant ce temps, nous ne nous parlions pas, le médecin et moi. Chose étrange, nous continuions cependant à marcher côte à côte dans le jardin. Parfois il trébuchait et alors je le soutenais ; d'autres fois c'était moi qui étais étourdi — sans doute à cause des sédatifs — et c'était lui qui me prenait le bras.

Je lui dis que j'allais partir. Il ne répondit rien. Je lui offris de l'argent ; il ne l'accepta pas.

Il sortit de sa poche un petit étui de bois. Je l'ouvris. Il contenait une patte de lion. De lionne : la patte gauche de Lolah. Je frissonnai, je fermai la boîte. Je le regardai. Il n'y avait aucune émotion sur son visage lorsque je lui tendis la main en silence pour prendre congé.

Petite fazenda dans l'intérieur de Quatro Irmãos, Rio Grande Do Sul octobre 1972-mars 1973

Je n'éprouvais pas le moindre désir de retourner à São Paulo. J'y restai tout juste le temps de changer d'avion et de poursuivre en direction de Porto Alegre. Je me rendis directement de l'aéroport à la maison de mes parents. J'appuyai sur la sonnette. Ce fut ma mère qui vint ouvrir. Lorsqu'elle me vit, elle en laissa tomber son balai, porta ses mains au visage, puis elle poussa un cri. Mon père accourut : que se passe-t-il, Rosa ? Qu'est-il arrivé ? L'instant d'après, ils étaient tous les deux en train de m'embrasser, de me frapper, et de hurler et de pleurer et de rire ; j'étouffais, je ne parvenais pas à me libérer. Finalement ils me firent entrer, me firent asseoir sur le divan entre eux deux. Ma mère ne se lassait pas de m'embrasser, elle riait comme folle, puis soudain elle se fit sérieuse.

— Ce n'est pas très beau ce que tu as fait là, Guedali. Quitter sa femme, ses enfants, s'enfuir... Quelle honte,

Guedali. J'étais sur le point de te renier. La pauvre Tita est désespérée. Elle téléphone ici tous les trois jours. Mais je le lui ai bien dit : s'il ne revient pas, ce ne sera plus mon fils, et si tu veux, tu pourras venir habiter chez nous.

— Cela ne te dérange plus qu'elle soit goy ? demandai-je, et ce fut une question bien perverse que la mienne. Ma mère me regarda peinée, vexée : depuis quand les goy ne sont-ils pas des êtres humains ? Te rends-tu compte de ce que tu dis là ? Ce fut alors qu'elle réalisa : mais, dis donc c'est toi qui te permets encore te poser des questions ? Tu ne manques pas d'air. Dis-nous plutôt où tu étais passé, espèce de dévergondé ! Laisse-le tranquille, intervint mon père, il est fatigué par le voyage. Prépare-lui quelque chose à manger, plutôt, et va faire son lit. Demain nous reparlerons de tout cela.

J'avais un grand besoin de parler avec mon père. Non pas, comme il le croyait, pour lui raconter ce qui s'était passé, chose tout à fait impossible : comment pouvais-je lui expliquer mon voyage au Maroc ? Comment lui aurais-je parlé de Lolah ? Pouvais-je lui montrer la patte de la pauvre femme-lionne et lui dire : ça, papa, c'est tout ce qui reste d'une femme qui m'a aimé plus qu'aucune autre ne l'a jamais fait. Il ne m'aurait pas cru.

De toute manière je n'avais aucune envie de raconter. Ce que je voulais, c'était écouter. Je voulais comprendre certaines choses. Est-ce que Guedali était un petit centaure heureux ? Etait-il plus ou moins heureux que Guedali bipède ? S'il était moins heureux (ou peut-être faudrait-il dire plus malheureux), pourquoi donc cette angoisse, ce besoin irrésistible de galoper, cette recherche incessante de quelque chose dont je ne connaissais pas très bien la nature ? S'il était plus heureux (ou moins malheureux), que faire pour renverser l'histoire naturelle de mon malheur, pour retrouver le bonheur perdu ? Et quel était donc le secret de ce bonheur des centaures, si tant est qu'il existât ? Pourquoi Tita avait-elle préféré l'un d'eux à moi ! (A cette dernière question mon père ne pourrait pas répondre directement. Mais il pourrait du moins me fournir quelques éléments me permettant d'élaborer ma propre réponse.)

Pour me faire comprendre, mon père devrait retourner très longtemps en arrière. Il lui faudrait remonter aux racines. Il devrait me parler de sa vie en Russie ; et des chevaux noirs des cosaques ; et de l'arrivée au Brésil ; et des premières années à la colonie ; et de la nuit de ma naissance (y avait-il ou non un cheval ailé ?) ; et de mes premiers pas.

Nous faisions ensemble de longues promenades, moi je posais mes questions, lui refusait, craintif, d'y répondre : Oublie, Guedali, maintenant tout va bien. Tu as eu des problèmes, c'est vrai, mais qui peut dire qu'il n'en a pas ? Tu es guéri à présent, oublie tout cela. Mais papa, dis-moi, est-ce que j'ai eu des pattes ou non ? Ça dépend, mon fils, de ce que tu entends par pattes. Mais le médecin du Maroc... Il est loin, le Maroc, Guedali, il ne faut plus que tu penses à ces choses-là, va plutôt retrouver ta famille. Oublie le Maroc.

Il s'arrêtait, me prenait par le bras :

— Partez en Patagonie, Guedali. Téléphone à ta femme, demande-lui de venir à Porto Alegre, partez avec l'une de ces excursions touristiques, prenez le bateau, visitez la Patagonie, la Terre de Feu. C'est une excellente occasion pour vous réconcilier : un voyage en bateau, ça calme les esprits, on a beaucoup de temps pour discuter, pour résoudre les problèmes. Mina a une amie qui avait décidé soudain qu'elle ne voulait plus de son mari ; lui, il l'a invitée à faire ce voyage. Lorsqu'ils sont revenus, ils avaient fait la paix. Ce sont les glaciers, Guedali. Les glaciers sont très beaux, on dit que les gens en reviennent très émus, qu'ils pleurent beaucoup.

Il détournait la conversation, pour ne pas avoir à mentir. Et cela eût été bien pire encore, pour moi, si, au lieu de mentir, il avait répondu à mes questions par d'autres questions : quel est le sens de l'existence, Guedali ? Pourquoi sommes-nous dans ce monde ? Dieu existe-t-il, Guedali ? Cela eût été bien pire si, prenant le chimarrão, au petit matin, dans l'appentis, près de la maison, il avait enfoui sa tête entre ses mains, s'il avait commencé à pleurer : mon Dieu, qu'ai-je fait de ma vie ; qu'en ai-je fait ? Cela eût été bien pire s'il s'était agenouillé à mes pieds, s'il m'avait pris par mes anciens jarrets (même des jarrets n'auraient pas pu résister au choc d'un père qui s'effondre), s'il avait supplié : je ne veux pas mourir, mon fils, je sais que je ne veux pas mourir, prends-moi sur ton dos, galope, emmène-moi au loin, sauve-moi.

Ma mère ne me laissait pas le moindre répit. Elle s'était fourré une idée en tête : organiser une grande fête de retrouvailles pour toute la famille. Elle se débrouillerait même pour retrouver Bernardo, elle mettrait des annonces dans le journal, ferait passer des messages à la radio — ou alors, c'était son idée la plus osée, elle demanderait à Chacrinha [5] de l'aider, dans son émission télévisée, à retrouver son fils.

— Il n'aurait pas le cœur à refuser, j'en suis sûre : Chacrinha est un brave homme.

Au cours de cette fête, Tita et moi, nous nous retrouverions. Arrête un peu avec toutes ces histoires, lui disais-je irrité, ne te mêle pas de ma vie privée.

— Mais êtes-vous séparés ou bien ne l'êtes-vous pas ?

— Nous sommes séparés et nous ne le sommes pas, maman. Ce sont nos affaires.

— Comment ça, vous l'êtes et vous ne l'êtes pas ? C'est impossible. Ou bien vous l'êtes ou bien vous ne l'êtes pas. Si vous l'êtes, mettez les choses au clair, allez chez le juge, faites prononcer le divorce, que sais-je encore. Mais si vous ne l'êtes pas — alors faites donc la paix, bon sang ! Revoyez-vous, embrassez-vous, échangez quelques baisers, et vous verrez comme vous allez vous plaire, l'un à l'autre. Pense aux enfants, Guedali ! Si ce n'est pas pour toi, fais-le au moins pour tes enfants !

Je fuyais ma mère. Et même Mina ne me disait plus rien.

Elle se contentait de me regarder d'un œil réprobateur. Je préférais discuter avec mon père. Lui ne répondait pas à mes questions, mais au moins il ne me rendait pas les choses plus difficiles. Et même il me communiqua une information très importante : il me renseigna sur le nom de la personne qui avait acheté notre lopin de terre à l'ancienne colonie. Il s'agissait du père de Pedro Bento, qui vivait maintenant à Porto Alegre. J'allai le trouver et lui proposai d'acheter le terrain.

C'était un projet auquel j'avais commencé à réfléchir dès mon arrivée à Porto Alegre, après les premières conversations avec mon père qui s'étaient révélées très décevantes. Je songeai à acheter des terres, si possible près de l'endroit où j'avais vécu mon enfance, où, jeune centaure, j'avais galopé en toute liberté. Enfin, lorsque les circonstances le permettaient. Retourner à mes racines, voilà ce que je voulais. Et tout seul. Il fallait que je sois seul pour vivre cette expérience intensément et pour méditer. En principe, n'importe quelle ferme de taille raisonnable aurait fait mon affaire ; bien sûr, notre propre ferme, ça, c'était l'idéal. Le vieux fermier, lui, n'était pas tout à fait de mon avis :

— Ce n'est pas que je ne veuille pas te vendre la terre, Guedali. Au contraire, j'ai besoin d'argent, et même de manière assez pressante. Mais il faut que je t'avertisse : ce n'est pas une affaire. Tout est complètement délabré, la forêt a tout envahi, il n'y a même plus de route qui mène à la ferme.

Mais c'était exactement ce que je voulais : que personne ne vienne me voir. J'insistai, j'augmentai même mon offre. Il finit par accepter, mais se répandit en suggestions :

— Des machines, Guedali. L'essentiel, c'est d'avoir des machines. Moi j'ai dû partir parce que je n'ai pas réussi à me procurer des machines. N'oublie pas, Guedali, les machines.

Les machines. J'eus de la peine à retenir un sourire. C'était précisément ce dont je ne voulais pas : les machines. Les mains, ça oui, et les pieds aussi. Les machines, jamais.

Je recherchais le contact avec la terre, expérience que j'imaginais profonde, viscérale. Je voulais marcher pieds nus, je voulais faire naître une couche cornée sous la plante de mes pieds, pour les rendre plus gros — de plus en plus gros, de plus en plus semblables à des sabots — jusqu'à en faire de véritables sabots. Des sabots dont chaque couche cornée serait le résultat d'une longue marche à même la terre, sur les cailloux, de méditations profondes sur le sens de la vie. Beaucoup marcher. C'était cela que je voulais. Travailler, bien sûr, mais marcher aussi. Et lorsque je serais fatigué, je m'assiérais par terre. Je ne craindrais pas les épines, ni les piqûres des insectes sur les fesses. Bien au contraire, je les souhaiterais ardemment. Je voulais que des furoncles apparaissent, et puis qu'ils s'enflent ; et que poussent en eux des os qui viendraient s'articuler à mon bassin ; que les sabots prennent forme ; que tout cela mérite enfin le nom de pattes, oui, c'était bien cela que je voulais. Et je n'en désirais pas moins ardemment une queue. Quatre pattes, une queue. Voilà : j'étais redevenu centaure.

Chose étrange, mon image de centaure que je revivais le plus fréquemment était celle du jour de la bar-mitzvah : je me revoyais en paletot sombre, chemise blanche et cravate, chapeau melon. Je revoyais aussi les franges du talit qui retombaient sur ma croupe.

Oui, je voulais me mettre à la prière. Une des choses que j'avais l'intention de construire était une maison de prières. Pas à proprement parler une synagogue, non ; tout simplement un endroit où je pourrais m'asseoir et feuilleter à la lumière des bougies le vieux livre de prières de mon père (un cadeau qu'il n'allait certainement pas me refuser). Je voulais penser à Dieu et à la condition humaine. Je ressentais le besoin de la sagesse et du réconfort que peut apporter la religion.

A travers l'étude des préceptes des Prophètes et celle du Cantique des Cantiques, je comptais m'élever peu à peu vers le sein d'Abraham. Ce ne serait pas chose facile. Dans mon imagination, le sein prenait des proportions de plus en plus gigantesques, il devenait une montagne recouverte de peau blanche, parcourue de canaux débordants d'un lait précieux. Je quitterais donc la plaine pour m'acheminer vers les coteaux, m'accrochant aux poils noirs et drus du Levantin Abraham (chaque poil, un verset), je gravirais, comme sur la terre d'Israël, la montagne de Massada, pour m'élever vers le mamelon enveloppé de nuages rosés et délicieux, au goût de sucre filé, dont mes fils raffolaient tellement.

Mes parents accueillirent avec incrédulité mon idée d'aller vivre dans notre ancienne fazenda. Maman, en réalité, était furieuse :

— Tu es complètement fou, Guedali ! Fou à lier ! A-t-on jamais vu quelqu'un quitter sa femme et ses enfants pour s'en aller dans le mato ! Il n'y a rien d'autre que des cobras, là-bas, Guedali. Ce n'est pas pour toi, toi, tu es une personne instruite, un homme de cabinet. Travailler la terre est une affaire de colons, Guedali. Ne fais pas cela, écoute ce que te dit ta mère. Je ne te permettrai pas de faire une chose pareille. Nous avons fait d'énormes sacrifices pour partir de là-bas, et toi, maintenant, tu voudrais y retourner ? Jamais, tu entends ? Jamais.

Papa intervenait :

— Moi non plus, je ne suis pas bien d'accord avec cette idée, Rosa, mais, après tout, Guedali est une personne adulte... Et s'il veut aller vivre à la campagne...

(Je m'attendais à ce que mon père nous reparle du baron Hirsch mais il s'en abstint. En réalité, à mesure qu'il vieillissait, sa dévotion se transformait en ressentiment et même ouvertement en haine. Souvent, parlant avec soi-même — chose qui désormais lui arrivait fréquemment —, il se retournait contre son ancienne idole : Fiche-moi la paix, baron ! Tu me casses les oreilles !)

Mina aussi me suppliait de ne pas partir ; ma décision, cependant, était prise. Un matin, je pris le car en direction de Quatro Irmãos.

Le père de Pedro Bento avait entièrement raison. Notre ancienne demeure était en ruine. La porte pendait, soutenue précairement par un seul gond ; les vitres étaient brisées, des plantes grimpantes avaient envahi toutes les pièces, les lattes du plafond étaient vermoulues, et par une brèche dans le toit, on apercevait un morceau de ciel bleu. Je constatai que de gros travaux m'attendaient, mais cela n'était pas pour me déplaire. J'accrochai la patte momifiée, relique de la pauvre Lolah, au-dessus de l'emplacement où j'allais installer mon lit, et sans perdre davantage de temps, m'attelai à l'ouvrage. Je me rendis en ville le jour même pour m'acheter du matériel et commençai à réparer la maison. Une semaine plus tard, elle était habitable ; le terrain tout autour avait été débroussaillé, le chemin était praticable, et je pouvais désormais me consacrer aux champs. Je voulais cultiver le soja et le mil, tenir un petit jardin potager, élever des poules, des cochons et une ou deux vaches laitières. Rien que des produits de base.

Des semaines durant, je ne vis que très peu de gens. Certains voisins, des agriculteurs, venaient me rendre visite, et me demandaient si j'avais besoin de quelque chose. En réalité, ils étaient curieux de faire la connaissance du type qui avait pu être assez fou pour dédaigner une vie confortable à la ville et venir s'installer en plein mato. Je les traitais avec courtoisie, mais je ne les encourageais pas à revenir. Bientôt, ils me laissèrent tranquille.

Un après-midi, alors que j'étais à genoux en train de sarcler le soja, j'eus soudain la sensation que quelqu'un m'observait. Je me retournai, il était là ; un Indien à l'âge indéterminé, vêtu de guenilles, et dont la bouche édentée exhibait un large sourire. Peri.

Il ne me reconnut pas, ce qui n'était pas étonnant puisque le seul souvenir qu'il avait de moi était celui d'un centaure. Il m'observa, immobile, sans rien dire.

— Tu cherches quelque chose ? demandai-je.

Il dit que non. Qu'il était arrivé à la ferme par hasard, et qu'il avait besoin de travailler.

— Je sais tout faire, ajouta-t-il dans son curieux langage. Je peux sarcler, couper le bois, m'occuper des animaux... Et je ne demande en retour que le logis et la nourriture. Et je suis travailleur, vous pouvez me croire.

— C'est entendu, dis-je, tu peux commencer immédiatement. Il ôta sa veste déchirée, cracha dans la paume de ses mains, s'empara de la houe et se mit à sarcler.

Il n'avait pas menti en disant qu'il était travailleur. Il défrichait la terre, trayait les vaches, ramenait l'eau du puits, et il savait même faire la cuisine. Il parlait très peu. C'était à peine s'il répondait aux questions que je lui posais. Non qu'il fût grossier ; au contraire, il était plutôt délicat et très serviable. Mais il était réservé, silencieux. Je lui proposai de s'installer dans l'une des pièces de la maison, mais il préféra l'étable.

— Il y a beaucoup de place là-bas. Je vais y aménager un petit coin, si monsieur me le permet.

— Bien sûr, répondis-je. Mais les vaches ? Ne vont-elles pas te gêner ? Il découvrit ses gencives en un sourire qui, cette fois-ci, n'était pas innocent :

— J'aime bien les vaches, patron.

Homme étrange que ce Peri. En fait son nom n'était pas précisément Peri, il s'appelait Remião ; mais, dit-il, monsieur est le patron, que monsieur m'appelle comme il lui plaira. S'il ne parlait pas beaucoup, il aimait par contre chanter ; et certaines nuits, surtout à la pleine lune, il restait dehors, et, les bras levés au ciel, il entonnait une étrange mélopée. C'est une prière, me confia-t-il un jour. Et sur un ton plus bas : je suis en train de pratiquer, je voudrais devenir fétichiste, comme mon grand-père. C'était son rêve. Faire des sorcelleries, deviner le futur, et tout le reste. Une fois il m'emmena dans sa petite chambre et me présenta ses reliques.

Il y avait là le crâne blanchâtre de celui qui avait été son chef spirituel, le *pajé* Joaquim. Il y avait également des baguettes de sourcier aux formes variées, pour localiser les puits. Et des buccins. Et des boules de cristal de différentes tailles. Ce qui attira le plus ma curiosité, ce furent des exemplaires empaillés ou momifiés d'êtres exotiques ; un mouton à deux têtes, un bouc à six cornes, un mille-pattes géant, un hippocampe muni de douze petites pattes.

— Regarde ceci, patron.

Une étrange émotion s'empara de moi. Qu'était-ce au juste, ce qu'il me montrait à présent ? On eût dit une sirène, une petite sirène momifiée.

Je le regardai. Qu'est-ce que cet homme était en train de me dire ? Quel était son secret ? Et quels étaient ses liens avec les êtres mythologiques ? Avec la licorne ? Avec le griffon ? Avec l'homme-loup ? *Avec le sphinx* ? — Que savait-il, Peri, du sphinx ? Que savait-il de Lolah ?

Ce n'était cependant pas la momie d'une sirène que j'avais devant les yeux. C'était une vulgaire imitation, comme je m'en aperçus en y regardant de plus près : un corps de macaque cousu à la moitié postérieure d'un grand poisson.

— C'est une des expériences que j'ai tentées, patron.

A partir d'un dessin qu'il avait trouvé sur un vieux livre, il avait essayé de reproduire une sirène.

— Cela n'a pas réussi. La créature est morte aussitôt après l'opération.

Il avait une explication pour son échec :

— Je n'ai pas récité les prières qu'il aurait fallu. Si j'avais récité les bonnes prières, elle serait restée en vie. Il n'y a rien de plus efficace qu'une prière bien faite.

— Alors qu'est-ce que tu attends pour faire venir la pluie avec tes prières ? fis-je en plaisantant. Tu vois bien qu'on en aurait besoin, avec cette sécheresse qui persiste.

Il me jeta un regard sombre :

— Il ne faut pas plaisanter avec ces choses-là, patron. Il ne faut pas.

Je labourais la terre derrière une charrue tirée par un cheval, et, le regard fixé sur la croupe de l'animal, je ruminais mes doutes. Cinq mois s'étaient écoulés depuis mon arrivée à la ferme, et je me demandais : qu'est-ce que je suis venu chercher ici ? Qu'ai-je découvert de plus à présent ?

Pour ce qui était de marcher, je marchais, et beaucoup, même. Pieds nus. Les plantes de mes pieds avaient durci ; bien sûr, elles n'avaient pas atteint la consistance de sabots ; ni même elles étaient aussi rugueuses que les paumes de mes mains qui s'étaient couvertes de callosités à force de tenir la houe. Ce n'était pas une distance négligeable, que j'avais parcourue en marchant, sous le soleil, au clair de lune, sous la pluie et sous le vent. Mes questions, elles, étaient cependant restées sans réponse.

Aussi, pour ce qui était de prier, je priais. Tous les matins. Mon châle sur les épaules, mon livre entre les mains, je psalmodiais des prières. Pas le moindre résultat. La paix intérieure ? Aucune trace. Même l'image du sein d'Abraham se dissolvait dans mon esprit. Pour ce qui était des questions transcendantales, elles étaient insensiblement remplacées par d'autres ; pourquoi ne pas louer un tracteur ? Quel sera le cours du fumier ? Qu'adviendra-t-il de la récolte de soja s'il ne pleut pas bientôt ? Je fixais mon regard sur le cheval attelé à la charrue dans la tentative d'écarter de moi ces préoccupations prosaïques. Que diable, qu'était-il arrivé au centaure qui était en moi ?

Petit à petit, j'avais oublié Lolah. Bien sûr, la patte momifiée était toujours là, au-dessus de mon lit, mais c'était déjà un objet que je ne voyais plus, auquel mes yeux étaient aussi habitués qu'aux lézardes dans les murs. Tout comme celles-ci, elle était devenue insignifiante. Même son visage, j'avais du mal à m'en souvenir.

Et j'éprouvais une grande nostalgie, ça oui. Ma famille me manquait. Mes fils...

J'aurais aimé que les gamins soient là, qu'ils m'aident à traire les vaches ou à retourner la terre. Cela leur aurait fait du bien. Cela m'aurait fait du bien.

Tita aussi me manquait, même si j'éprouvais encore de la rancœur, lorsque je la revoyais dans les bras du garçon, un souvenir qui me poursuivait sans répit, mais qui pourtant s'estompait la nuit ; entre le sommeil et la veille, c'était bien son nom que je prononçais, pendant que je la cherchais à tâtons dans le lit vide. Sa bouche me manquait terriblement, et son corps, aussi. De l'amour ? Oui. Probablement oui. Presque certainement, oui. Oui, c'était de l'amour.

Pourquoi alors ne faisais-je pas taire mon orgueil ? Pourquoi n'allais-je pas rejoindre Tita, mes fils, mes amis ?

Non. Ça jamais. Pas avant, en tout cas, d'avoir éclairci les doutes qui me tourmentaient. Pas avant d'avoir découvert qui j'étais : un centaure mutilé, privé de ses pattes ? Un être humain qui essayait de se libérer de ses fantasmes ?

Une nuit, assis devant la porte de la maison, je regardais les champs inondés par le clair de lune, réfléchissant inlassablement aux mêmes questions.

Face à l'étable, les bras levés vers la lune, Peri entonnait ses prières. Je le regardais avec envie : je contemplais un homme qui avait trouvé son chemin.

Soudain, il me vint une idée.

— Peri !

Il s'approcha, un peu contrarié parce que je l'avais interrompu. Je l'invitai à entrer. Nous nous mîmes à table, j'ouvris une bouteille de cognac (il refusa, il ne buvait jamais pendant les prières) et me versai un bon verre. J'ai besoin de ton aide, lui dis-je.

— Si je peux vous être de quelque utilité... Il paraissait surpris.

— J'ai un problème, Peri. Un problème qu'il me faut absolument résoudre et qui ne date pas d'aujourd'hui.

Et je me mis à parler. Je parlai longtemps ; je vidai la bouteille de cognac, mais je racontai tout, ma vie à la fazenda ; je lui rappelai même notre rencontre (il ne disait rien, il se contentait d'écouter). Je lui parlai de notre départ pour Porto Alegre, de ma fuite, de la vie au cirque, de ma rencontre avec Tita, du voyage au Maroc, de l'opération, de la copropriété, de la mort du centaure, de mon deuxième voyage au Maroc, de tout. Il écoutait, me regardait attentivement, son visage était éclairé par la lumière de la lampe. Je lui dis que je voulais redevenir centaure, que je croyais que c'était la seule façon de retrouver des vérités perdues. Lui, le fétichiste (il m'interrompit : fétichiste non, pas encore, patron, je suis seulement en train d'étudier) pourrait me venir en aide.

— Fais-moi pousser des pattes, Peri.

— Vous avez trop bu, patron.

— Peut-être. Mais je veux des pattes, Peri, tu entends ? Des pattes.

Je lui expliquai que ce n'étaient pas des pattes permanentes que je voulais. Je voulais des pattes caduques, des pattes qui dureraient quelque temps et qui sécheraient pour tomber ensuite. Ce qui comptait, c'était de pouvoir redevenir centaure pour quelques jours. Je parlais, parlais, lui ne disait rien. Il continuait à me regarder, imperturbable. Il était réellement bizarre, cet homme-là, cet Indien. S'il me trouvait fou, s'il avait interprété toutes les choses que je lui avais dites comme une plaisanterie, il n'en laissa rien paraître. Il me regardait comme pour me sonder. A la manière de quelqu'un qui a un secret et qui hésite à le partager. J'en fus irrité :

— Alors, Peri ? Tu veux essayer ou non ? Si tu ne veux pas, rassemble tes affaires et fiche le camp d'ici.

— Je pourrais essayer, dit-il enfin. Je remarquai qu'il n'avait pas prononcé le mot *patron*. Nous étions à présent des associés dans une nouvelle entreprise qui consistait pour lui à mobiliser l'énergie occulte qu'il recevait de ses dieux ancestraux pour faire pousser sur le corps d'un homme les parties postérieures d'un cheval. Je pourrais essayer, répéta-t-il, le regard scintillant, absorbé ; il était déjà occupé à se préparer, à décider quelles plantes il allait utiliser, et quel fétiche.

— Accordez-moi un peu de temps, dit-il. Il se leva, retourna à son étable. Je continuai à boire. Je finis par m'endormir, la tête sur la table.

Je lui laissai du temps. Aussi parce que nous avions beaucoup à faire. Le soja, notre culture principale, était menacé par la sécheresse qui, commencée au mois de décembre, se prolongeait maintenant sur tout le mois de janvier. La rivière, auparavant abondante, avait maintenant baissé au point qu'à certains endroits on pouvait en voir le lit. Je décidai de construire une digue pour récupérer le peu d'eau qui restait. Les voisins ne vont pas être contents, dit Peri. Qu'ils aillent au diable, les voisins, répondis-je, irrité.

Nous passâmes plusieurs jours à faire ce travail. Lorsque finalement nous eûmes terminé, l'eau se mit à couler dans un canal qui menait tout droit à la plantation de soja.

— Nous avons réussi, Peri ! criai-je enthousiasmé. Il ne répondit pas. Il regardait un objet à moitié enfoui dans le lit de vase qui apparaissait à présent. Je me tus et regardai également dans la même direction. Puis, très lentement, je fis quelques pas. J'allai ramasser mon violon.

J'accrochai le violon — du moins ce qui en restait — près de la patte de Lolah. Ce fut une nuit bien triste. Assis dans ma chambre, regardant le violon et la patte de lionne, je comprenais que j'étais peut-être sur le point de trouver des réponses aux questions que je me posais. J'observais ces objets sans éprouver la moindre douleur, et cela me surprenait, m'excitait même. Excitation qui décupla lorsque, au milieu de la nuit, je crus entendre le bruit de grandes ailes. Je courus dehors débordant d'espoir. Des nuages sombres passaient dans le ciel, masquant par moments la face de la lune, mais cela mis à part, il n'y avait rien d'autre à remarquer.

Pas le moindre cheval ailé (qui selon certains mystiques, serait une espèce d'ange gardien des centaures). Je retournai dans ma chambre, un peu déçu, mais d'une certaine manière, rassuré. Je me couchai et m'endormis aussitôt.

Je ne dormis pas bien longtemps : en pleine nuit, je fus réveillé par le bruit d'une explosion. Je me levai, me précipitai au-dehors. Peri était déjà debout.

— La rivière ! cria-t-il. Nous courûmes. A la lumière du jour naissant, nous constatâmes que le barrage n'existait plus : il avait été détruit par l'explosion. La rivière coulait à nouveau, nonchalante. Ils avaient fait du joli travail, mes voisins.

Peri se tourna vers moi :

— Je suis prêt, patron.

Prêt ? Prêt à quoi faire ? Je ne compris pas tout de suite ce dont il parlait. Puis je me souvins : il était prêt à me transformer en centaure.

Et moi, étais-je prêt ? Je l'étais un peu plus à présent. En réalité j'avais tout à fait oublié notre conversation. Centaure ? Je n'y pensais même plus. J'étais même ennuyé que lui s'en fût souvenu, je me sentais menacé.

Il fallait bien, cependant, lui donner une réponse. Il me regardait et attendait. Soudain, je repris courage. Allons, Peri ne réussirait jamais à me transformer en centaure. Et même s'il y parvenait, ce ne serait que pour peu de temps : vingt-quatre heures tout au plus. Ce fut ce que je lui dis : oui, j'étais prêt à redevenir centaure, mais pas pour plus d'une journée. Etait-ce possible ? Bien sûr, dit-il, vous êtes le patron, c'est vous qui commandez ; cela me rendait tout à fait euphorique. Me retrouver centaure pour un jour, quelle expérience !

Par précaution, je lui demandai s'il avait bien présente à l'esprit l'image du centaure (je ne voulais pas qu'il me fasse pousser des pattes dans les côtes, ou sur la tête). Il dit que oui, qu'il savait parfaitement ce qu'il fallait faire.

A la tombée de la nuit, selon ses instructions, je me dirigeai vers les champs et me couchai par terre, sur le dos, les bras ouverts en forme de croix. Peu après il apparut : il portait un pagne et s'était peinturluré comme un véritable sorcier. Il ne me dit rien. Il commença à danser autour de moi, entonnant une mélopée monotone.

Je regardais le ciel qui se couvrait de lourds nuages noirs. Soudain l'Indien s'arrêta de chanter. Il s'approcha de moi, jeta sur ma poitrine des mottes de terre sèche, déposa sur mes jambes le bâton qu'il tenait entre ses mains.

Le vent se leva. Aussitôt après, une pluie serrée s'abattit sur nous.

— C'est la pluie ! s'écria Peri enthousiasmé. C'est la pluie ! Nous sommes sauvés ! Ma prière a fait son effet !

— Quel effet ? Je m'assis, soulevai une jambe de mon pantalon. Naturellement c'était de la peau. Rien que de la peau blanche et des poils noirs. Et mes pattes, Peri ?

— Quelles pattes ? fit-il. Ce qu'il nous faut maintenant c'est la pluie, patron ! S'il pleut, c'est parce que ma prière a fait pleuvoir.

Je le regardais sans bien comprendre.

— Lève-toi, patron ! Allez, rentrons à la maison. Tu es déjà complètement trempé, tu vas tomber malade. Allons, viens à la maison.

Je me mis debout, déconcerté. Ce fut à ce moment que,

malgré la pluie qui s'abattait sur mon visage et qui brouillait ma vue, j'aperçus au loin une silhouette s'approchant au galop. Mon cœur se mit à battre plus vite :

— Regarde, Peri. Là-bas !

Un centaure ? Moi-même, Guedali le centaure venant à la rencontre de Guedali bipède ?

Non. C'était quelqu'un qui venait à cheval. C'était une femme. C'était Tita ! Elle arrêta le cheval à quelques mètres de nous, sauta à terre, courut dans mes bras. Pendant de longues minutes nous nous embrassâmes ainsi, les larmes aux yeux. Viens, allons à la maison, dis-je. Je la mis en selle, je montai à mon tour. Peri nous regardait, étonné, sans rien comprendre.

— Monte, Peri ! lui criai-je en riant sous la pluie qui tombait de plus en plus fort. Il n'hésita pas : il grimpa, agile comme un macaque, sur la croupe de l'animal. Et nous rentrâmes à la maison.

Je lui fis franchir le seuil dans mes bras, puis l'étendis sur le lit. Elle me regardait, elle souriait ; je la déshabillai. Je me couchai près d'elle. Je l'embrassai sur la bouche, sur les seins, sur le ventre, sur les cuisses, sur les pieds. Comme ce corps avait pu me manquer ! O sein d'Abraham, quelle nostalgie avais-je ressentie !

Les meilleurs jours de notre vie ? Oui. Presque certainement oui. Aussi heureux que les jours où nous galopions dans l'estancia.

Nous nous promenions dans les champs, Tita et moi, admirant le soja rafraîchi par les dernières pluies.

J'étais étonné de voir que c'était elle qui parlait le plus. Elle me parlait des jours qui avaient suivi mon départ. Elle s'était enfermée dans sa chambre, ne voulant plus voir personne, pas même les enfants. Les amies — Bela, Tania, Beatriz, Fernanda — frappaient à la porte, l'imploraient pour qu'elle les laisse entrer. Elle ne répondait pas. Elle ne touchait pas non plus à la nourriture qu'elles mettaient devant la porte.

— Mais je dois t'avouer, dit-elle, me regardant au fond des yeux, que ce n'était pas à cause de toi que je me suis retrouvée dans un tel état. Il y avait d'autres raisons. Tu sais. Des choses que j'ai comprises lors de ma psychothérapie.

(Oui. Mais avait-elle vraiment aimé le centaure ? Bien sûr. Et pourquoi pas ? Après tout, il y a bien des femmes, me disais-je, qui tombent soudain amoureuses d'un artiste de la TV, d'un adolescent qu'elles rencontrent dans la rue.)

Au début, elle n'avait pas même ressenti mon absence : il a quitté la maison ? Eh bien qu'il s'en aille au diable. Petit à petit, cependant, elle s'était rendu compte que je lui manquais ; elle aussi se retournait dans son lit sans pouvoir dormir, elle aussi murmurait mon nom. Une nuit, elle fut réveillée par le téléphone : c'était Mina qui l'appelait pour lui dire que j'étais à la vieille fazenda de Quatro Irmãos.

— J'ai sauté dans le premier avion pour Porto Alegre, dit-elle, puis je suis arrivée en autobus jusqu'à Quatro Irmãos... Mais il n'y avait pas moyen de trouver un taxi pour venir chez toi : la route est impraticable par endroits. Il ne me restait plus qu'à louer un cheval. Heureusement je sais monter, dit-elle, et nous éclatâmes de rire tous les deux.

Nous marchions beaucoup, nous parlions beaucoup, nous riions pour un rien. Parfois il y avait un silence, mais jamais pour très longtemps : très vite, nous nous remettions à parler ; tous les deux en même temps, nous avions tant de choses à nous dire. Peri nous observait de loin. Il était fasciné par Tita, c'était évident. Quelle belle femme tu as, patron, disait-il sur un ton de dépit qui trahissait parfois un sentiment de colère. Je dénichais près de la maison des petites poupées faites de sureau dans lesquelles étaient fichés des clous : des fétiches fabriqués à mon intention. Notre Indien semble bel et bien décidé à me séduire, disait Tita en souriant.

A la fin de la semaine nous fûmes rejoints par nos fils. Puis arrivèrent mes parents, et mes sœurs avec leurs familles. Nous voici tous réunis, disait mon père, très ému, au même endroit d'où nous sommes partis. Nous célébrâmes les retrouvailles par un grand churrasco. Peri fit montre de ses talents de cuisinier, aidé par les jumeaux qui ne le quittaient pas d'une semelle, émerveillés par les histoires que leur racontait l'Indien.

Nous faisions avec mon père de longues promenades dans les champs. Telle pierre, tel arbre évoquaient en lui certains souvenirs. Ici j'ai tué un cobra, ça c'était l'endroit où Débora et Mina venaient jouer... Il était en admiration devant la plantation de soja : ça n'existait pas, de mon temps, il paraît que ça rapporte beaucoup. Il terminait par un soupir : ah, si le baron pouvait voir ta plantation, il serait sûrement très content. On ne parlait pas de moi, il ne me demandait pas comment j'allais : il craignait sans doute que je ne recommence à lui parler de pattes, de galops dans les champs.

Les jours étaient clairs, lumineux, maintenant que la pluie avait cessé. Des jours de fête : nous sortions pour faire des pique-niques dans l'herbe ; nous organisions des jeux, des tournois : nous allions tous nous baigner à la rivière. Ma mère semblait avoir rajeuni, nous ne l'avions jamais vue aussi joyeuse. C'était à peine si elle remarquait l'absence de Bernardo, qui devait être en train de se promener quelque part au Brésil, on ne savait pas trop où. Tu vas voir qu'il va faire son apparition, disait Mina.

Non. Bernardo ne se montra pas, mais Paulo et Fernanda, et Julio et Bela vinrent nous rendre visite. Paulo apportait de bonnes nouvelles : il avait mis au point un projet qui allait nous permettre de nous introduire dans le secteur des exportations, devenu très lucratif. Nous allions mettre sur pied une compagnie comprenant plusieurs succursales : une à São Paulo, une à Rio, une autre à Porto Alegre :

— Je me suis dit que tu pourrais peut-être t'installer à Rio, dit-il, choisissant ses mots tout en scrutant mon visage. Ou mieux encore à Porto Alegre, près de ta famille.

Il craignait — comme mes parents et mes sœurs, et peut-être même comme Tita et mes fils — que je disparaisse à nouveau. Je n'en fus cependant pas offusqué :

— C'est une bonne idée, Paulo. Une très bonne idée. Je vais y réfléchir. Mais en principe, j'accepte.

— Très bien, dit-il, soulagé, et il changea de sujet de conversation : il parla de l'enthousiasme que lui causait notre fazenda. Tu en as de l'espace pour courir, ici, s'exclama-t-il non sans une certaine envie.

— Tu continues toujours à courir ? demandai-je.

— Toutes les nuits. Les gardes à la copropriété en ont déjà pris l'habitude. Ils trouvent cela drôle. A propos, j'ai fait venir des Etats-Unis des chaussures de course sensationnelles. Elles sont tout à fait uniques... Sous les semelles, elles ont un compartiment spécial rempli de ressorts minuscules, c'est une conception révolutionnaire, Guedali : ce sont des chaussures qui te projettent en avant. Elles te font courir même si tu n'en as pas envie.

Il eut un sourire mélancolique.

— Tu me manques beaucoup, Guedali. Courir tout seul, ce n'est pas la même chose. Surtout que le fait de courir est déjà assez bizarre, je m'en rends bien compte. En fait, je devrais jouer au tennis, c'est une activité très à la mode, pratiquée par tout le monde... Mais j'aime tellement courir, Guedali. C'est une des seules choses à laquelle je crois.

Il n'était pas tellement content de l'allure que prenaient les événements, malgré les perspectives tout à fait encourageantes pour notre nouvelle compagnie.

— Le socialisme est à nos portes, Guedali. Ce n'est plus qu'une question de temps, sois-en sûr. Regarde l'Afrique : il ne se passe pas un jour sans qu'un nouveau pays devienne socialiste. C'est la même chose en Asie. Ici on prétend que nous sommes dans un système capitaliste... C'est peut-être vrai, mais pour combien de temps encore ? Il y a eu tellement d'abus. J'ai un ami qui possède deux yachts, un autre qui va à Paris tous les deux mois. Ça ne peut pas durer comme cela. Un de ces jours, un général, ou un colonel ou peut-être même un major, enfin un militaire va en avoir assez et voilà, il n'en faudra pas plus pour que le socialisme soit proclamé. Et sois certain que cela va nous changer drôlement : on nous accordera quelques mètres carrés dans lesquels nous vivrons, quelques cigarettes par jour. Les automobiles, ce ne sera plus pour tout le monde. Les voyages à l'étranger, on n'en parle même pas. Tout cela me fait dire qu'il va falloir apprendre à apprécier les choses simples, Guedali. Comme la course à pied, par exemple.

Il avait un projet : il voulait courir un marathon gigantesque. Cent, deux cents coureurs viendraient s'y inscrire. Des gens de confiance, bien sûr, des nôtres. Nous nous mettrions à courir sur les routes du Brésil, par étapes, naturellement. Nous arriverions en Amérique centrale, aux Etats-Unis, puis en Alaska, nous traverserions cette région de glaces éternelles pour avancer vers l'Asie, nous arriverions à Jérusalem, nous ferions une entrée triomphale par la Porte des Lions, et nous irions terminer notre course devant le Mur des Lamentations.

Son visage s'illuminait :

— Et voilà où je voulais en venir : suivant la façon dont les choses évolueront, nous pourrions décider de ne plus revenir. Nous resterions là, dans la vieille ville. Ce qu'on y ferait ? N'importe quoi. De l'artisanat. Ou peut-être nous vendrions des cartes postales. N'importe quel boulot qui nous permettrait de gagner un peu d'argent, le jour, et de courir la nuit.

Bela, qui avait écouté une partie de la conversation, ne partageait pas son avis :

— Le capitalisme s'est déjà consolidé dans ce pays, Paulo. Tu crois vraiment que les multinationales abandonneraient un tel pactole ? N'aie aucune crainte, mon cher. Tu peux continuer à exporter le jour, et courir la nuit sans te faire de souci. Moi, je me suis déjà faite à cette idée : nous aurons le capitalisme ? Eh bien soit, ce n'est pas cela qui va m'empêcher de dormir. La vie est bien trop courte pour la gâcher avec de telles bêtises. Lorsqu'il faudra contester, nous opterons pour des formes de contestation raisonnables. Nous militerons pour la défense du consommateur, pour la protection de l'environnement. Ils sont littéralement en train de nous empoisonner avec leur nourriture en conserve, c'est la fin du naturel. Savais-tu que l'ornithorynque est une espèce qui a complètement disparu, Guedali ? Eh bien oui, il n'en existe plus un seul. J'ai pu voir la photographie du dernier spécimen : c'était un animal intéressant, avec un bec de canard et des mamelles. Des mamelles, mon cher ! Te rends-tu compte ? Un être entièrement différent. Dis-moi, Guedali, penses-tu que le fait qu'une créature soit différente ne lui donne pas le droit à l'existence ? Quels droits ont-ils, ces types, de liquider ainsi toutes les baleines ? Et le féminisme, il faudra y penser aussi. Voyons, Guedali, les femmes constituent la moitié de l'humanité et elles sont en train de subir un véritable martyr. Il faut que tout cela cesse, Guedali, c'est un comportement barbare. Ce n'est pas que nous voulions entrer en compétition avec les hommes, Guedali ; nous n'allons tout de même pas nous mettre à brûler tous les soutiens-gorge. Ce que nous revendiquons, c'est le droit à l'orgasme, Guedali. Il faut que nous luttions pour l'orgasme des femmes. Et vous, les hommes, vous devriez nous aider. Vous ne pouvez pas évacuer un problème aussi important. Jusqu'à présent vous vous êtes conduits comme des bêtes de monte ; Guedali, toi qui es gaucho, tu dois bien comprendre ce que je veux dire. Vous arrivez au galop, vous soulagez vos instincts et vous repartez aussitôt dans la prairie. Ce ne sont pas des manières, Guedali. Tu en conviendras. Ce ne sont tout de même pas des manières.

Ce n'est pas tout à fait exact, intervenait Paulo, mais à ce moment survenait ma mère : Assez de beaux discours, les enfants ! Allez, à table, avant que ça refroidisse.

Qu'est-ce ? me demanda Tita une nuit, indiquant la patte momifiée de Lolah. Rien, fis-je évasivement. Elle fronça les sourcils : comment ça, rien ? C'est une patte d'animal, Guedali. C'est une sorte d'amulette, dis-je, c'est Peri qui me l'a donnée.

— Tu me caches quelque chose, Guedali. Allons, dis-moi ce que c'est. Il est temps d'en finir avec les mensonges.

J'hésitai un instant, puis je me décidai : je lui racontai mon affaire avec Lolah, intégralement, dans les moindres détails.

Elle m'écoutait, incrédule au début, puis de plus en plus abattue. Lorsque j'en eus fini, elle resta silencieuse, la tête basse. Je crus qu'elle m'en voulait, et cela me mit en colère. Tu as couché avec un centaure et moi avec un sphinx, voulais-je lui dire, quelle différence cela fait-il ? Quelle différence y a-t-il entre le pénis d'un cheval et le vagin d'une lionne ? Ce sont des animaux tous les deux !

Mais elle ne m'en voulait pas. C'est bien, Guedali, dit-elle, lorsqu'elle leva les yeux vers moi. Oublions tout cela, passons une éponge sur le passé. Nous allons désormais vivre pour nos fils, pour le futur.

Cette nuit-là — une nuit très chaude —, je sortis de notre chambre pour me promener. Peri était à genoux devant l'étable, les bras levés vers le ciel, en train de prier. Bonne nuit, lui dis-je : il ne répondit pas. Il était fâché avec moi.

Je continuai à marcher jusqu'à la rivière. Je m'assis sur une pierre, me mis à réfléchir. Oui, à présent, je me sentais bien. Je n'éprouvais plus le besoin de galoper, je ne me posais plus de questions. Dans un certain sens, j'étais guéri. Je me levai, retournai à la maison. Je courais, sautais, me roulais dans l'herbe humide. Heureux.

Lorsque j'entrai dans la chambre, Tita était en train de dormir.

Je m'approchai d'elle sans faire de bruit, soulevai la couverture. Je regardai ses pieds. C'était des pieds, pas des sabots. De petits pieds délicats. Comme au jour de nos retrouvailles, j'embrassai amoureusement ces pieds. Et je sentis que le moment était venu de retourner en ville.

São Paulo :
Restaurant tunisien
Au Jardin des Délices
21 septembre 1973

Maintenant que je n'ai plus mes sabots, évidemment ce n'est plus possible, mais j'éprouve une envie irrésistible de frapper par terre de grands coups de patte jusqu'à ce que le serveur vienne s'occuper de nous. Le service dans ce restaurant laisse de plus en plus à désirer. Si les serveurs se font attendre, les mouches, elles, n'arrêtent pas de vrombir autour de moi, elles se sont toutes liguées contre moi afin de me rendre la vie impossible.

En face de moi, Tita continue de parler avec la jeune femme aux lunettes noires. Je connais par cœur l'histoire qu'elle est en train de lui raconter. C'est la même histoire qu'elle raconte à Bela, par exemple. Cela me surprend, cependant, que Tita entre dans les détails, qu'elle révèle nos secrets à cette femme qu'après tout nous ne connaissons pas. Pourquoi donc fait-elle cela ? Serait-elle ivre ? Aurait-elle découvert une âme sœur ? C'est sans importance. En ce qui me concerne, elle peut raconter l'histoire comme bon lui semble. Le Guedali dont elle parle me semble aussi irréel que le serait un centaure pour n'importe quelle personne ordinaire. L'histoire que raconte Tita, cependant, est très vraisemblable : les centaures ont disparu des scènes équestres qu'elle décrit. Elle parle d'un enfant né dans l'intérieur du district de Quatro Irmãos, dans le Rio Grande do Sul ; elle ne dit rien du cheval ailé qui vole au-dessus de la maison au moment de l'accouchement. Il est possible qu'il y ait eu un battement d'ailes au-dessus de ce toit : celui de la petite âme du futur bébé, qui, comme l'explique le *Zohar*, le Livre des Splendeurs, est déjà présente lorsque les parents s'unissent — tendrement, ou furieusement, désespérés ou indifférents, ou encore remplis d'espérance — pour donner le jour à une nouvelle vie. Guedali ne sait pas que Tita lit le *Zohar*, le texte mystérieux, auquel ont recours les kabbalistes en quête de réponses aux grandes questions de l'univers. Ou plutôt : Tita pense que Guedali ne sait pas qu'elle lit le *Zohar* ; il y a entre eux des secrets. Mais Guedali sait. Il sait beaucoup de choses. La sagesse qui s'était déposée dans la moelle de ses sabots n'a pas été perdue en dépit de l'opération.

Tita parle d'un accouchement difficile. Le fœtus Guedali était placé de travers dans l'utérus : au lieu de la tête, ce sont les pieds qui sont sortis les premiers. (Pieds. Tita appelle cela des pieds.) La sage-femme tirait, désespérée, Doña Rosa hurlait, les petites sœurs pleuraient, il régnait une confusion totale. Après l'accouchement, la mère eut une dépression nerveuse. Elle restait au lit des journées entières, immobile, sans parler à personne, se nourrissant à peine.

Dès que la mère alla mieux, le père décida de faire la circoncision. Nouveau remue-ménage : le mohel, vieil alcoolique, était sujet à des hallucinations. Lorsqu'il vint à la maison, au lieu d'un enfant normal, il crut voir un bébé avec des pattes de cheval. Effrayé, il tenta de s'enfuir. Leão Tartakovski l'en empêcha. Il y eut une discussion. Finalement, et après avoir vu le pénis de Guedali qui lui parut gigantesque, le mohel accepta de procéder au rituel, vraisemblablement fasciné par la chance unique qui s'offrait à lui de réaliser une circoncision comme on n'en avait jamais fait.

(La jeune femme part d'un éclat de rire, découvrant ainsi des dents parfaites, saines : des dents faites pour dépecer de l'aloyau, pour mordre dans du rumsteack.)

Guedali grandit à la fazenda. C'est un petit garçon bien sage. Il adore marcher, malgré un défaut de naissance — il a un pied équin, ce qui l'oblige à porter des chaussures orthopédiques et lui cause une gêne pour marcher. Par contre c'est un excellent cavalier ; il galope avec aisance par monts et par vaux. Leão n'aime pas beaucoup que son fils s'éloigne de la maison ; Guedali cependant ne se sent bien que lorsqu'il est dehors. Il est capable de passer des journées entières à discuter avec un ami imaginaire, un certain Peri, un petit Indien. C'est le seul ami qu'il ait dans une région si isolée.

Son autre passion, à part le cheval, c'est le violon ; Guedali aime jouer du violon, il possède une habileté qui laisse ses parents admiratifs. Leur fils serait-il un virtuose ? Un Misha Elman, un Yehudi Menuhin, un Zimbalist ? On ne le saura jamais : un jour, sans motif apparent, Guedali jette le violon dans les eaux turbulentes de la rivière. Il est ainsi fait, il est imprévisible. Ses parents et ses sœurs ne l'en aiment pas moins pour autant ; Bernardo, son frère, lui voue par contre une haine incompréhensible. Il ne manque pas une occasion de lui être désagréable. Et comme si cela ne suffisait pas, Guedali a un autre ennemi : Pedro Bento, le fils d'un fazendeiro des alentours. Ce garçon pervers oblige Guedali à se mettre à quatre pattes et le chevauche comme si c'était un cheval. Episode douloureux, qui représente pour Doña Rosa la goutte de trop. Il y avait longtemps qu'elle voulait quitter la ferme ; qu'est-ce qu'on attend, dit-elle à son mari, tu veux peut-être que nos fils grandissent parmi des brutes de cette espèce ?

Ils déménagent pour Porto Alegre et vont habiter une maison à Teresopolis. Guedali grandit, il devient adolescent. Il reste toujours aussi réservé, aussi timide — à un point tel que la cérémonie de la bar-mitzvah doit être organisée à la maison, en présence de la seule famille.

C'est un garçon très intelligent. Il refuse d'aller à l'école, au grand désespoir de ses parents qui aspiraient à faire de lui autre chose qu'un vendeur dans le magasin de son père ; mais il lit beaucoup, il suit des cours par correspondance, apprend plusieurs langues par la méthode Linguaphone. Et puis il pratique un hobby intéressant : il observe l'univers derrière un télescope.

C'est à cette époque qu'il tombe amoureux pour la première fois, dit Tita. Il s'agit d'une voisine qu'il ne connaîtra qu'à travers le télescope : figure-toi qu'il n'a jamais réussi à lui parler. Tout au plus, il lui a envoyé une déclaration d'amour attachée à la patte d'un pigeon voyageur qu'il avait appelé Colombo. Mais Colombo, au lieu d'aller apporter le message, en a profité pour s'échapper.

La jeune femme sourit.

Elle est jolie. En réalité, elle n'est pas aussi jeune qu'il m'avait semblé — il n'est pas facile de déterminer son âge, à cause des lunettes noires qu'elle porte —, je parie qu'elle est même plus âgée que moi ; ce qui est certain, c'est qu'elle éveille en moi un désir animalesque. Certaines scènes se mettent à surgir dans mon imagination : je la poursuis à travers les montagnes de Tunisie, elle se retrouve acculée au fond d'un étroit défilé d'où elle n'a aucune issue. Je m'approche d'elle lentement, en riant. Elle, tout en riant également, défait son chemisier. Elle se jette sur moi, comme une lionne, folle d'envie, et nous faisons l'amour au fond de ce défilé dans les montagnes de Tunisie.

Une autre scène : nous galopons côte à côte dans la pampa, nus tous les deux. Je saute de mon cheval sur le sien, nous tombons tous les deux sur l'herbe tendre, en riant. Ensuite, tout se passe comme si nous étions dans le défilé de Tunisie.

Une troisième. Ici même, dans le restaurant. Elle s'aperçoit qu'elle a oublié quelque chose dans la voiture : ses papiers, par exemple. Elle me demande de l'accompagner. Nous sortons. Il tombe une pluie fine. Courons, dit-elle, et nous sortons en courant, mes pas sont mal assurés, je suis un peu ivre. Viens, dit-elle, me prenant par la main. Je me serre contre elle, nous courons ensemble vers la voiture, une Galaxie stationnée sur le bas-côté. Elle ouvre la portière, se met au volant. Je m'assieds près d'elle. Pendant quelques instants nous nous regardons, en riant, encore tout essoufflés par notre course. Les feux des rares voitures qui passent éclairent son visage, son cou, une partie d'un sein que j'aperçois sous son chemisier entrouvert. Il pleut à torrents maintenant, le crépitement de la pluie contre le capot de la voiture est assourdissant. Comment allons-nous faire pour sortir d'ici ? demande-t-elle. Nous n'allons pas sortir, dis-je, nous allons attendre que la pluie cesse. Elle se penche pour prendre ses papiers sous le tableau de bord, le chemisier s'ouvre, le sein jaillit, et déjà elle est dans mes bras et nous nous embrassons fougueusement. Je l'allonge sur la banquette, je m'étends sur elle, nos mouvements ne sont guère faciles dans cet espace étriqué, je remonte sa jupe, sans entendre sa faible protestation — tu es fou, Guedali, tu es fou — à ce moment, il se produit un incident, qui, en fin de compte, va ajouter au piquant de la situation : je pousse d'un coup de coude le levier de changement de vitesses. La voiture, dont le frein à main n'était pas tiré, se met à rouler, mais je ne peux pas m'arrêter, je suis sur le point de jouir, elle crie, Guedali la voiture est en train de rouler, ça y est, j'y suis, je bondis, j'appuie sur le frein. Je la regarde, elle est pâle, ses yeux sont écarquillés. Tu as été prise de panique ? demandé-je. Non, dit-elle, je me suis un peu effrayée, c'est tout. Et elle ajoute : c'est vraiment dommage, Guedali, j'allais atteindre l'orgasme. Ce n'est pas grave, dis-je, on va remettre cela. Et nous recommençons, cette fois-ci, elle y prend véritablement plaisir. Nous nous rasseyons, nous nous regardons. Et soudain nous éclatons de rire. Nous rions très fort, heurtant mon poing contre le volant, j'appuie sur l'avertisseur sonore, très puissant, nos rires redoublent d'intensité. Puis, toujours en riant, nous faisons retour vers le restaurant.

Déçu dans son amour, Guedali quitte la maison. Il vagabonde à travers les prairies du Rio Grande, souffre la faim, en est réduit à voler pour se nourrir. Il réussit finalement à trouver du travail dans un cirque. Faisant usage de son imagination extrêmement fertile, il crée un numéro comique : il fabrique, avec la peau d'un cheval, un déguisement de centaure. Les pattes antérieures, ce sont ses propres jambes ; le corps et les pattes postérieures sont bourrées de paille. Le public est en délire lorsque le centaure Guedali fait son apparition sur la piste.

C'est ici que survient la deuxième histoire d'amour.

— Avec la dompteuse, dit Tita et elle ajoute, en riant : Encore heureux que ce n'ait pas été avec la lionne.

La dompteuse, une femme mystérieuse, fascinante. Guedali lui plaît. Une nuit, elle va le trouver dans sa roulotte. Le garçon, inexpérimenté, se jette sur elle et essaye de la posséder par la force. La dompteuse prend peur et commence à crier : *Un cheval ! C'est un vrai cheval* ! Il s'enfuit. A nouveau, il vagabonde sur les routes. Il arrive à la frontière. C'est alors qu'il rencontre Tita, fille adoptive de l'estanceiro Zeca Fagundes et sa femme Doña Cotinha.

— Mon père était un homme dur, dit Tita, soudain devenue sérieuse et même mélancolique. C'était un tyran pour les péons de l'estancia. Et coureur, avec cela, un véritable obsédé. Plus d'une fois je m'aperçus que les regards qu'il me lançait n'étaient pas seulement des regards paternels... Il mourut le jour même où Guedali arriva à l'estancia. D'une crise cardiaque, le pauvre.

Ce même jour. Le matin, tôt, Guedali arrive à l'estancia. Il aperçoit un cheval en train de brouter. Il ressent une énorme nostalgie pour sa ferme, et éprouve le besoin pressant de galoper. Il monte sans selle. Le cheval se cabre un peu, mais accepte le cavalier ; il s'élance, incité par les talonnades impatientes de Guedali.

Au même moment, Tita également s'apprête à sortir pour faire une promenade à cheval. C'est son anniversaire, elle veut le fêter en galopant. L'estanceiro l'aperçoit en train de galoper sur le cheval moucheté dans la brume légère de ce matin d'hiver. Abruti comme il l'est — il vient de passer la nuit à boire en joyeuse compagnie —, ce n'est pas sa fille adoptive qu'il voit en elle, mais une femelle appétissante. Et toute nue, en plus, une Lady Godiva des pampas. Il se précipite sur son cheval et part à sa poursuite.

Guedali, qui arrive en direction opposée, les aperçoit au loin. Il descend de cheval, court se cacher dans une vieille masure, observe la scène par une fente dans le mur. Lorsqu'il comprend qu'il s'agit d'une jeune femme sans défense poursuivie par un homme, il n'hésite pas : il remonte à cheval et s'élance vers l'homme. En le voyant, l'estanceiro pousse un cri et tombe par terre. Il est mort.

Guedali s'élance à la poursuite de la jeune femme, dont le cheval est affolé. Il la rejoint, freine l'animal, la fait descendre, l'accompagne dans la cabane. Elle est traumatisée, la pauvre : elle tremble, l'œil hagard. Guedali s'emploie à la calmer. La jeune femme se met à pleurer convulsivement, cela lui fait du bien. Il la laisse pleurer, lui murmure des mots doux, essuie ses larmes. Il l'embrasse tendrement ; elle hésite, puis l'embrasse à son tour. Il s'allonge près d'elle, cette fois-ci, sans brutalité. Guidé, au contraire, par une sagesse secrète, qui ne laisse pas de le surprendre, lui aussi, il la caresse adroitement, éveille en elle la femme. C'est bon, gémit-elle, c'est très bon. Son corps est parcouru de frissons de plaisir.

— Mais ce n'était pas de l'amour, ce que je ressentais, dit Tita à la jeune femme. Pas dans le vrai sens du mot, tu comprends ? C'était surtout l'attraction sexuelle ; et d'une certaine manière, il s'agissait aussi d'un acte symbolique. En un certain sens, Guedali prenait la place de mon père mort, tu comprends ? Je n'ai réalisé cela que plus tard, lors de ma psychothérapie.

Elle éteint sa cigarette.

— En attendant, ce saligaud profitait de mes fantasmes et ne parlait même pas de mariage. Comme je suis goy, il n'osait pas affronter ses parents, il en avait peur.

Doña Cotinha se montre une véritable mère pour tous les deux. Guedali et Tita n'ont besoin de s'occuper de rien. Ils passent la journée à se promener, à pied, ou à cheval. Et ils s'aiment. Ils s'aiment beaucoup. Quel que soit l'endroit, quel que soit le moment. Une fois, dans un pré, ils voient le cheval de Guedali en train de monter la jument de Tita. La scène les excite ; en riant, ils se déshabillent et s'étreignent là même, sur l'herbe, en plein jour.

Ce bonheur va être brusquement interrompu...

Guedali, qui jusqu'alors avait été un jeune homme tout à fait sain, tombe soudain malade. Il éprouve de terribles maux de tête, accompagnés de sensations étranges. Il lui semble que son corps a grandi, qu'il est devenu énorme et que la peau sous ses pieds a durci et s'est épaissie : il a l'impression d'avoir des sabots. Il présente des troubles du comportement : il se lève la nuit, sort de la maison en courant. Tita tente de le faire revenir, il ne veut pas, il dit qu'il est devenu centaure.

Centaure, s'exclame la jeune femme, incrédule, elle est trop bonne ! On voit qu'elle éprouve une grande envie de rire, mais qu'elle se retient : elle ne sait pas trop si elle doit prendre la chose comme une plaisanterie, faisant partie du ton rieur que Tita donne à son récit, ou si c'est le signe que quelque chose de très sérieux va être raconté. De toute manière, elle ne semble pas croire que quelqu'un puisse se lever la nuit et se mettre à courir dans les prés, se croyant centaure.

— Ah non ? Tu ne veux pas le croire ? Et ces jambes, ma chère ? Ces jambes qui ne tiennent pas en place le jour et qui ne me laissent aucun répit la nuit, ces jambes infatigables, qu'en dites-vous, ma chère demoiselle ? Quelle est donc cette énergie inépuisable qui les anime ? Savez-vous qu'il y a des nuits où je galope des kilomètres et des kilomètres ? Et ce n'est pas moi qui le veux ; ce sont mes jambes : elles ne s'arrêtent plus. Bien sûr, je pourrais les croiser, faire en sorte de les entraver l'une par le poids de l'autre. Mais je prendrais alors un nouveau risque, celui de les voir fusionner. Avez-vous jamais imaginé deux jambes unies en un appendice unique ? Cette espèce de queue se recouvrirait ensuite d'écailles, je me métamorphoserais en cet être encore plus improbable que le centaure que serait le mâle de la sirène.

Tita ne sait pas trop que penser, mais Doña Cotinha soupçonne qu'il s'agit de quelque chose de sérieux. Elle fait venir plusieurs médecins ; ils sont tous d'accord pour estimer qu'il s'agit d'un problème neurologique sérieux, peut-être une tumeur au cerveau, mais ils n'en sont pas tout à fait certains. Doña Cotinha s'impatiente, elle exige d'eux un diagnostic précis, elle paiera ce qu'il faudra. Ils lui indiquent alors le nom d'un spécialiste en vogue, un chirurgien qui avait une clinique à Paris et qui à présent se trouve au Maroc. Ne réussissant pas à trouver un avion spécial comme elle le souhaitait, Doña Cotinha affrète un navire. Le voyage est affreux, Guedali passe tout son temps à vomir, finalement ils arrivent, Tita et lui. Le médecin l'examine, il décide de l'opérer immédiatement.

— Il s'agissait d'une tumeur cérébrale, dit Tita. Une tumeur énorme, ma chère. Le médecin dit que jamais il n'avait vu dans sa clinique une tumeur aussi grande ni à l'aspect aussi étrange.

Tumeur. Tiens, c'est intéressant. *Tumeur, comment en provoquer une :* imaginez un centaure. Vous le voyez immobile. Immobile mais prêt à partir au galop, la tête projetée en avant, les poings serrés, les muscles tendus. Cette figure imaginaire crée naturellement une énergie considérable, bien qu'imaginaire. Cette énergie envahit vos pupilles dilatées, remonte le long du nerf optique, arrive au cerveau, et commence à s'y accumuler, dans un coin quelconque. Le tourbillon ainsi cré active inhabituellement des cellules auparavant tranquilles, et celles-ci se mettent à proliférer anarchiquement, à la manière des peuples primitifs. Puis va se former un nodule, ce nodule va grandir, des excroissances vont en sortir, ressemblant à des pattes, à un tronc, à des bras, à une tête, et voilà que déjà, à l'intérieur même de la masse cérébrale, se trouve le modèle réduit d'un centaure, en tout point semblable à l'image qui l'a engendré, sauf que celui-ci est réel, cette fois, bel et bien réel — du moins pour Tita, qui est même en mesure de présenter des radiographies prouvant l'existence d'une excroissance de ce genre.

Alors que Guedali est encore inconscient dans le bloc opératoire, Tita est victime d'un accident malheureux : elle est renversée par une camionnette qui pénètre dans la clinique — l'incroyable imprudence de ce chauffeur — beaucoup trop vite. Elle est projetée très loin, elle aura des fractures ouvertes au bassin et dans les jambes. Le médecin marocain l'opère d'urgence.

Et nous voilà tous les deux hospitalisés, côte à côte, moi, avec la moitié de mon corps dans le plâtre. Ça aurait pu même être drôle, sans la douleur.

Guedali se remet rapidement, Tita est plus lente. Tout semble cependant aller pour le mieux, lorsqu'ils sont confrontés à une terrible épreuve : la nouvelle de la mort de Doña Cotinha, qui leur cause une grande douleur.

Le jour du départ arrive. Devant tout le personnel de la clinique réuni, ils dansent la Valse d'Adieu. Puis ils retournent non pas à l'estancia — qui ne représente plus rien pour eux, maintenant que Doña Cotinha est morte — mais à São Paulo. Avec l'argent de l'héritage, ils s'achètent une maison et Guedali met sur pied une société d'import-export. Les premiers temps sont durs. Guedali souffre encore de maux de tête et a des hallucinations, bien que celles-ci soient passagères. Tita éprouve encore des difficultés à marcher, tout comme lui, elle doit se servir de chaussures orthopédiques. En raison de tous ces problèmes, Guedali ne veut pas entendre parler d'enfants. Il est d'accord, cependant, pour le mariage. La cérémonie a lieu à Porto Alegre, à l'allégresse générale de toute la famille, bien que la mère se montre encore méfiante envers sa belle-fille.

Lorsque Tita lui annonce qu'elle est enceinte, Guedali fait un véritable scandale. A la fin il se résigne, mais il exige que l'accouchement soit mené à bien par la sage-femme qui l'a mis au monde. Il part à la recherche de cette femme, vieille, à présent, et la transporte en avion jusqu'à São Paulo. Tout se passe bien, Guedali se retrouve bientôt père de deux beaux bambins.

Il ne voulait pas assumer sa paternité, dit Tita, en riant. Il a eu des jumeaux pour lui apprendre.

Ils se mettent à fréquenter leurs amis plus régulièrement. Avant on trouvait que c'était un couple bizarre. Ils n'allaient jamais à la plage, parce que Tita, très timide, ne voulait pas se montrer en maillot de bain, encore moins avec les cicatrices de l'opération. En plus, à cause des chaussures orthopédiques, elle porte toujours des pantalons. Malgré tout, les amis finissent par les apprécier pour ce qu'ils sont ; et puis les pantalons et les bottes deviennent à la mode, et l'on en vient même à faire des compliments à Tita pour son élégance vestimentaire.

Dans ce climat d'affection et de compréhension, l'idée d'habiter ensemble dans une copropriété vient tout naturellement. C'est une nouvelle vie qui commence, une vie joyeuse, calme. Un seul ennui, lorsqu'ils déménagent : Guedali rencontre Pedro Bento, son ennemi juré, le voici maintenant chef des gardes de la copropriété. Il pourrait bien se venger, à présent ; il se rappelle, cependant, les paroles de Jehovah : la vengeance est mienne. Et puis il veut se réconcilier avec son passé, et ce n'est pas un Pedro Bento quelconque qui pourrait l'en empêcher.

C'est à cette époque aussi qu'il va commencer à devenir jaloux. Surtout lui qui a eu — et personne de nos amis ne l'ignore — une affaire avec Fernanda ! Il a des soupçons à chaque coup de téléphone de Tita, il la soupçonne aussi lorsqu'elle garde le silence. Il comprendra plus tard que sa jalousie n'était pas justifiée, qu'elle était maladive. Mais avant que les choses ne s'éclaircissent, il se passe des semaines et des mois. Une situation bien difficile que l'épisode avec Ricardo ne fait qu'aggraver.

Tita parle de Ricardo. Pour elle, ce n'est pas un centaure. C'est le jeune qui est mort dans la nuit du 15 juillet 1972. Centaure ? Non, ce n'est pas un centaure.

Ce Ricardo naît près d'une plage de Santa Catarina, où ses

parents, de Curitiba, sont en train de passer l'été. Tout comme Guedali, il est circoncis le huitième jour. Contrairement à Guedali, cependant, il est élevé avec tout le confort : le père, riche industriel, souhaite que son fils ne manque de rien. Comme Guedali, Ricardo est timide, réservé, il préfère rester à la maison, absorbé dans ses jeux et, plus tard, dans ses livres. Ce seront ces livres (comme le prétendra sa mère indignée) qui lui feront tourner la tête : les romans de Michael Gold, de Howard Fast et de Jorge Amado, sans parler des œuvres de Marx et de F. Engels. Il se révolte. Il veut transformer le monde. Lui qui a toujours été si pantouflard vit maintenant dans la rue. Il fréquente les bars de Curitiba, rejoint une bande de jeunes fanatiques, comme lui. Liant sont destin à la transformation violente de la cité, il s'enrôle dans la guérilla urbaine. C'est à peine s'il sait manier une arme, malgré tout, il tente d'attaquer une banque de São Paulo, avec certains de ses amis ; cela se passe en 1967. Il se fait prendre. Il réussira à s'enfuir, quittera clandestinement le pays pour aller en Algérie. Il y vit quelques années, travaillant comme serveur pour subsister. Bientôt, sa ferveur révolutionnaire va le rendre mélancolique. Il a la nostalgie du Brésil, de ses amis, et surtout de ses parents, avec qui il correspond par l'intermédiaire d'un cousin en France. Il veut retourner près d'eux, mais comment faire ? Il serait pris aussitôt arrivé : les services de sécurité ont sa photographie, ses empreintes digitales. Un faussaire anglais, dont il fait la connaissance dans un restaurant et avec qui il se lie d'amitié, lui suggère un plan : modifier son visage et ses empreintes digitales par la chirurgie plastique. Et tu connais quelqu'un qui saurait faire une chose pareille ? demande Ricardo à qui l'idée paraît quelque peu saugrenue, mais qui, dans le désespoir où il se trouve, est prêt à tenter le tout pour le tout. L'Anglais lui donne le nom et l'adresse d'un médecin marocain, chirurgien habile, et qui ne pose pas de questions lorsque on le paie en devises fortes. Ricardo écrit à ses parents pour leur demander l'argent. Il se rend au Maroc. La clinique lui fait très mauvaise impression, ainsi que le médecin, un homme déjà vieux, aux mains tremblantes et au regard égaré, qui a du mal à cacher sa cupidité et qui se vante d'avoir réalisé les opérations les plus extraordinaires.

Pendant plusieurs jours, le garçon reste à la clinique, sans pouvoir prendre une décision quant à l'opération. La vérité est qu'il a peur. C'est un sentiment qu'il a déjà éprouvé à la veille de l'attaque contre la banque ; l'heure venue, cependant, une grande tranquillité s'était installée en lui. Il s'était conduit en véritable professionnel, avait neutralisé les employés, les maintenant sous la menace de son arme, puis les enfermant dans les toilettes. A présent, cependant, l'idée de s'endormir sous l'effet de l'anesthésie et de se réveiller le visage tailladé par des incisions ratées, lui inspire une terreur invincible. Le médecin marocain ne semble pas comprendre ses conflits. Il insiste pour que l'opération soit effectuée le plus tôt possible, invoquant des raisons de sécurité. Ricardo, lui, est convaincu que c'est l'argent qui intéresse le médecin : il n'a aucun autre client à la clinique, et il doit en avoir besoin ; trouvant chaque fois quelque nouveau prétexte, il reporte à plusieurs reprises le jour de l'opération. Il ne veut pas s'avouer qu'il a peur ; il réussit à se convaincre qu'il ne fait qu'obéir à une certaine prudence. Il a besoin d'en savoir plus sur ce médecin, est-il sûr que ce n'est pas un délateur ? C'est ainsi qu'un après-midi, voyant qu'il se retrouve seul à la clinique, il pénètre dans le bureau et se met à fouiller dans les archives. Il y trouve la fiche d'un Brésilien, un certain Guedali, de São Paulo. Il note l'adresse ; cela pourra toujours lui être utile.

Cette nuit-là, le médecin le prévient que l'intervention aura lieu le lendemain matin, quoi qu'il en soit. La plaisanterie a assez duré, dit-il irrité, et Ricardo comprend qu'il parle sérieusement. Il est temps de partir, se dit-il. Pendant la nuit, il rassemble ses affaires et s'enfuit. Un Berbère le transporte en chameau jusqu'à la ville. Il va droit au port, trouve un navire sur le point de lever l'ancre en direction du Brésil. Il suborne le second, afin de monter à bord clandestinement ; l'homme accepte l'argent, mais le prévient qu'il devra sauter à la mer au large des côtes de Santos, avant que le navire ne jette l'ancre. C'est ainsi qu'il va faire. Il ne rencontre personne jusqu'à la plage. Se cachant le jour et marchant la nuit, il atteint les environs de São Paulo. Il trouve refuge pour la nuit dans une maison abandonnée, où il rencontre un type à l'aspect exotique, un hippie déjà d'un certain âge, qui porte une grosse montre accrochée à son cou. Ils se mettent à discuter, Ricardo lui montre l'adresse de la copropriété, lui demande s'il sait comment y arriver. Voyant le nom de Guedali, l'homme s'exclame : mais c'est mon frère ! Il insiste pour qu'il aille lui parler : Guedali va t'aider à arriver à Curitiba sans aucun danger, lui assure-t-il. Ricardo arrive à l'endroit indiqué. Par précaution il décide d'éviter les gardes à l'entrée. Le mur d'enceinte est élevé, mais ce n'est pas un problème pour lui : à l'entraînement auprès des guérilleros, il a appris à surmonter des obstacles bien plus difficiles. Pendant la nuit, se servant d'une canne de bambou comme d'une perche, il bondit par-dessus le mur avec la plus grande facilité.

Se cachant dans les buissons et derrière les haies, il finit par trouver, grâce au nom inscrit sur la plaque, la maison de Guedali. Il entre par la porte de derrière. Ce n'est pas Guedali qu'il rencontre, c'est Tita.

Ils se regardent, Tita ne semble pas effrayée, ni même surprise, c'est comme si elle l'avait attendu. Il sourit, elle sourit. Elle le prend par la main, l'emmène dans une cachette sous l'escalier. Ils y passent des heures à bavarder, à se raconter leurs histoires respectives. Tita est fascinée par ce que lui raconte le jeune homme ; elle est en admiration devant son courage, son désintéressement. Cette idée — de changer le monde — ne lui était jamais passée par la tête. Guedali survient, elle est tellement troublée qu'elle a du mal à parler.

Qu'est-ce qui ne va pas ? demande-t-il, soupçonneux. Rien, répond-elle, j'ai un peu mal à la tête. Elle sait que Guedali est perturbé, elle craint pour son équilibre émotionnel. Il retourne se coucher, apparemment sans se douter de rien.

Le jour suivant, après que Guedali est sorti, elle donne congé aux employées, afin d'être plus tranquille : ses fils sont chez les grands-parents, dans le sud. Elle prépare un sandwich et l'apporte au jeune homme. A nouveau ils discutent longuement. A la fin il avoue : il est amoureux. Un amour subit, mais foudroyant. Il lui fait une proposition, partir ensemble. Ils vivront dans l'intérieur, peut-être dans le Rio Grande. Ils élèveront du bétail, cultiveront le peu qui leur sera nécessaire pour subsister, rien de plus, car le jeune Ricardo ne veut en aucune façon entendre parler de plus-value — et surtout, ils s'aimeront, ils s'aimeront beaucoup. Dans les prés, sur l'herbe fraîche, au bord des étangs.

A présent, c'est au tour de Tita d'être troublée, elle ne sait pas quoi dire. Elle craint de blesser le jeune homme qui a déjà beaucoup souffert. Elle craint de s'engager. Et surtout, elle craint sa propre réaction. Elle demande un délai pour réfléchir. Ricardo insiste, il veut une réponse, mais Tita, esquissant un sourire, lui échappe : la nuit va tomber, Guedali peut revenir d'un moment à l'autre. Guedali, Ricardo ne veut même pas en entendre parler. Il ne veut même pas le connaître. Une seule fois il entendra sa voix, le soir du 15 juillet 1972 : je vais rentrer tard, crie ce soir-là Guedali depuis la porte, ne m'attends pas. Ricardo s'enhardit à sortir de sa cachette : il veut la réponse de Tita. Tu es fou, dit-elle, retourne dans la cave. Lui cependant oublie toute règle de prudence : il l'embrasse là même, dans le living.

La porte s'ouvre, c'est Guedali : Je suis de retour, dit-il, Paulo...

Il s'arrête. Il n'en croit pas ses yeux. Je suppose qu'il est inutile de cacher quoi que ce soit, dit Tita. Il y a un ton de défi dans sa voix qui irrite Guedali : c'est comme si, secrètement, elle avait raison. Qu'est-ce que c'est que cela, demande-t-il, gardant au prix d'un effort la maîtrise de soi, qu'est-ce que ce monsieur fait chez moi ? Eh bien, commence Tita, déjà moins sûre d'elle, il est apparu...

Guedali l'interrompt : non, pas toi. Toi tu vas te taire, c'est lui qui va parler. Il va tout nous dire, et tout de suite. Sans faire de manières.

Ricardo raconte son histoire. Il tremble de peur, c'est évident. Il dit qu'il voulait seulement demander l'aide de Guedali pour retourner chez lui, chez ses parents.

Guedali ne l'écoute déjà plus. C'est Tita qu'il regarde à présent. Il n'y a aucun doute possible : elle est bel et bien amoureuse. Elle semble envoûtée. Elle l'a oublié, elle a oublié ses enfants, elle a tout oublié. Elle n'a d'yeux que pour le jeune homme. Guedali sent qu'il doit faire quelque chose et rapidement, sinon...

La porte s'ouvre, un groupe se précipite à l'intérieur de la maison, criant : Joyeux anniversaire, joyeux anniversaire ! Paulo et Fernanda, Julio et Bela, Bela qui porte un gâteau, Armando et Beatriz, Armando avec deux bouteilles de vin, Joel et Tania, Tania avec un bouquet de fleurs. Guedali se souvient alors que c'est l'anniversaire de l'inauguration de la copropriété, une date qu'ils célèbrent toujours ; c'est pour cela qu'il n'a pas trouvé Paulo tout à l'heure, au club.

Ils s'arrêtent tous. Surpris. Soudain, Tania devient hystérique : C'est un voleur, crie-t-elle, appelez les gardes. Pour l'amour du ciel, appelez les gardes !

Poussant un hurlement terrible, Ricardo se lance contre la grande fenêtre et disparaît au milieu d'une pluie de verre brisé. Attends ! s'écrie Tita, s'élançant derrière lui. Beatriz essaye de la retenir, elle se libère d'un grand coup, passe la porte, tout le monde part à sa poursuite. Paulo n'arrête pas de crier, qui est ce type, Guedali, qui est-ce ? Ferme-la, s'écrie Guedali, et on entend à ce moment un aboiement de chiens et des tirs, plusieurs tirs d'armes à répétition. Ils se précipitent vers le parc, ils aperçoivent, de loin, les gardes autour de la fontaine — et puis le jeune homme, le visage contre terre, baignant dans une mare de sang.

Tita court devant, elle est toujours en train de hurler. Guedali fait un effort désespéré pour la rattraper, il y parvient juste avant qu'elle n'arrive à la fontaine, l'attrape par le bras. Lâche-moi, espèce de brute, hurle-t-elle, le visage tordu par la haine et la douleur ; il ne la lâche pas, il la tient ferme ; il la serre contre lui. Elle lui résiste, le frappe au visage, sur la poitrine, de ses poings serrés. Finalement, elle faiblit, à moitié évanouie, elle se laisse porter jusqu'à la maison où son mari l'allonge sur le lit.

On sonne à la porte avec insistance. Guedali va ouvrir. C'est Pedro Bento, son revolver encore à la main. Il est livide, il transpire abondamment. C'était quelqu'un de ta famille, Guedali, demande-t-il à voix basse, ton ami ? Guedali ne répond pas, il le regarde sans rien dire. Pedro Bento continue : Pardonne-moi, Guedali, si c'était ton ami. Les garçons ont pris peur, ils ont commencé à tirer ; lorsque je suis arrivé à la fontaine, il était trop tard, je n'ai fait que lui donner le coup de grâce dans la nuque, pour qu'il ne souffre pas.

On entend à l'étage les pleurs convulsifs de Tita. C'est bien, ça va aller, dit Guedali, et il referme la porte.

Les jours suivants, Tita ne sort pas de sa chambre. Elle s'est enfermée, ne veut plus voir personne. Finalement elle va laisser entrer Bela. A Bela seulement, elle va raconter l'histoire du jeune terroriste, de son amant. A tous les autres, Bela et Guedali diront qu'il s'agissait d'un voleur surpris par Tita dans la maison.

On accomplit les formalités qui s'imposent. L'enquête policière est rapide. L'information dans le journal brève. *Jeune cambrioleur surpris sur le fait abattu pendant qu'il tentait de s'enfuir.* Un fait divers bien trop banal pour attirer l'attention. Quelques jours plus tard, même les enfants auront oublié l'incident, absorbés par les bang-bang de la TV.

Mensonges. Ce ne sont que des strates de mensonges superposés les uns aux autres. Il serait indispensable de refaire l'archéologie de toutes ces explications fantaisistes pour en extraire la vérité, si tant est qu'une vérité existe.

Guedali s'en va. Il abandonne Tita et ses fils, part pour le Maroc. Il va retrouver le vieux médecin, l'unique personne au monde en qui il ait une confiance aveugle. Il est à ce moment-là complètement perturbé. Il demande à être opéré, il veut, comme il dit, redevenir centaure. Le docteur en vient à se douter que cette conduite bizarre peut être due à une récidive de la tumeur : il décide de le soumettre à nouveau à tous les examens. Pendant ce temps, Guedali a une affaire avec une infirmière de la clinique, une mystérieuse femme tunisienne appelée Lolah. C'est elle qui va donner à Guedali son amulette, la patte de lion momifiée.

Le médecin, qui nourrit envers la femme des sentiments platoniques, ne veut pas que les deux se rencontrent. Il va même jusqu'à l'enfermer dans sa chambre. L'histoire se termine presque en tragédie. L'infirmière pénètre dans la salle où Guedali, sous anesthésie générale, est en train de subir les examens de radiographie, et elle tente d'agresser le médecin. L'assistant est contraint de sortir son revolver et de tirer plusieurs coups, on doit la transporter d'urgence dans un autre hôpital où elle est sauvée d'extrême justesse.

Quant à Guedali, lorsqu'il se réveille, après l'anesthésie, il est complètement guéri : il ne veut plus être opéré, il veut retourner au Brésil. Il est tellement pressé de revenir qu'il allait même en oublier la patte de lion, si le médecin ne la lui avait pas donnée avant son départ.

Une patte de lion, s'exclame la jeune femme, tiens, j'aimerais bien en avoir une. Je suis folle des amulettes. Essaye de lui demander, dit Tita, il est bien capable de t'en faire cadeau. Moi, il a refusé de me la donner. Tu me la donnes, ta patte de lion, Guedali ? demande la jeune femme, me prenant par le bras. Je vais y réfléchir, lui dis-je avec un sourire.

— Il quitte donc, dit Tita, le Maroc. Cette fois-ci, il dit qu'il veut redevenir paysan : il ne vient pas à la maison. Il achète la ferme qui appartenait à son père, à Quatro Irmãos, et se met à travailler la terre, avec l'aide d'un Indien qu'il rencontre dans la région. La nuit, ils passent leur temps à faire des sorcelleries, Guedali adore ces choses-là. L'Indien possédait un véritable arsenal d'amulettes. C'est alors que je reçois un coup de téléphone de ma belle-sœur me prévenant que Guedali se trouve à la ferme. Je décide d'y aller immédiatement. Vois-tu, seulement à ce moment — et nous étions mariés depuis de longues années, tu sais — je me suis rendu compte que ce que j'éprouvais pour Guedali était réellement de l'amour. Nous nous sommes réconciliés et, maintenant, nous habitons à Porto Alegre, où il s'occupe de la succursale de la compagnie qu'ils ont montée avec Paulo.

Elle parle de la maison que nous avons construite dans le quartier résidentiel de Porto Alegre. Une belle maison de style mauresque, très originale dans cette ville. Elle décrit avec enthousiasme le jardin, petit, mais aménagé avec goût. Ce jardin-là, oui, on peut dire qu'il mérite le nom de jardin des délices, s'exclame-t-elle, faisant allusion au nom du restaurant. Elle parle de la fontaine qui gargouille au clair de lune, des parterres de plantes exotiques, de la brise qui agite les branches des palmiers nains, des allées recouvertes de pierres.

Elle ne dit rien, bien sûr, des marques des sabots sur la terre noire des parterres. Elle sait bien que ces marques existent, mais elle les attribue aux chevaux errants que l'on aperçoit encore parfois dans notre quartier, pas encore tout à fait urbanisé.

Ils viennent de São Paulo, ces chevaux. L'utilisation du moteur à explosion pour les transports et la mécanisation du travail des champs les ont rendus inutiles. Confinés dans d'étroits corrals, ils attendent la mort peu glorieuse que leur réserve l'abattoir. Ce qui les sauve de ce destin, c'est leur instinct. Guidés par un obscur tropisme, ils prennent la direction du sud, du Rio Grande. Ils passent par Porto Alegre (et c'est alors, selon le raisonnement de Tita, qu'ils envahissent notre jardin), ils arrivent à la frontière, là où ils ont galopé, un jour, montés ou non par d'élégants cavaliers et cavalières. Ils ne sont pourtant pas les bienvenus dans la région, maintenant qu'ils sont vieux et qu'ils ont perdu leurs dents ; ils continuent donc leur longue marche forcée. Traversant les steppes de la Patagonie, ils arrivent, épuisés, moribonds presque, à la région des neiges éternelles. Au prix d'un ultime effort, ils parviennent à gravir la montagne solitaire. C'est là qu'ils vont enfin mourir, leurs mâchoires ouvertes en un énigmatique sourire.

C'est très joli, tout cela, mais es-tu sûre que ce soit la vérité ? Es-tu sûre que ce sont les chevaux qui laissent ces traces sur la terre du jardin ? Ne serait-ce pas plutôt quelqu'un qui, la nuit, aux heures mortes, passe son temps à courir dans ce jardin ?

Je parle de quelqu'un dont le corps serait celui d'un être humain, et dont même les jambes et les pieds seraient ceux d'un être humain, mais dont la façon de marcher laisserait sur le sol l'empreinte, impossible à confondre, d'un sabot. Je veux parler d'un centaure, Tita, ou de ce qui en reste. Je veux parler de Guedali, Tita.

Mais déjà Tita ne parle plus de Guedali. Elle raconte à présent les prouesses des enfants. L'un est champion de natation, il nage comme un poisson, l'autre est le premier de sa classe et apprend à jouer du violon. Nous avons une vie confortable, pour conclure. Il ne nous manque rien. Tu vois, tout est bien qui finit bien.

On dirait un roman feuilleton, exactement comme à la TV, dit la jeune femme. Et elle a raison : c'est une histoire aussi ingénieusement montée qu'un roman feuilleton.

Un seul but est poursuivi : me convaincre que jamais je n'ai été centaure. Et elles sont en train d'y parvenir. Tout au moins en partie. Je me vois toujours comme un centaure, mais un centaure qui rapetisse à chaque fois, un centaure miniature, un microcentaure. Et même cette minuscule créature cherche à me fuir, elle a envie de partir au galop, je ne sais trop où. Peut-être ferais-je mieux de la laisser partir, d'accepter la réalité qu'on veut m'imposer : que je ne suis qu'un être humain, qu'ils n'existent pas, ces êtres mythologiques qui ont marqué ma vie, ni le centaure, ni le sphinx, ni le cheval ailé.

J'aime beaucoup le Rio Grande, dit à présent la jeune femme. Ma sœur habite là-bas. C'est une aventurière comme toi, Guedali. Elle y est allée en tant que journaliste pour faire un reportage sur les estancias de la frontière. Elle a fini par se joindre à une troupe de cirque. Qui sait, c'est peut-être elle, la dompteuse dont tu es tombé amoureux ? Elles partent d'un éclat de rire. Je ris avec elles. Pourquoi ne pas rire ?

— Il y a une autre coïncidence. J'ai habité, à une certaine époque, la maison d'un de mes vieux amis, près de ton quartier à Teresopolis. Ne serais-je pas la jeune femme que tu regardais par le bout de ta jumelle, Guedali ?

Elle se remit à rire. Et elle me cligna de l'œil. J'en suis certain, derrière ses lunettes noires, elle me cligna de l'œil.

L'autre jour, j'ai rencontré dans la rue un mendiant. Il demandait l'aumône tout en exhibant le moignon de sa jambe. Je lui ai donné de l'argent, sans doute en raison d'un sentiment de culpabilité inspiré par une impulsion (avortée) de lui dire : uUe jambe amputée ! Ce n'est rien du tout, mon cher. Cela ne t'empêche certainement pas de travailler. C'est quelqu'un qui avait des sabots qui te parle, tu sais. Et qui malgré tout s'est mis à lutter, et a vaincu. Suis mon exemple, que diable, engage le dur combat pour la vie, et sache qu'il est bien pire d'avoir des sabots que de ne pas avoir de jambes.

J'ai un doute, en ce moment : à qui sont ces pieds nus que je caresse sous la table avec mes pieds également déchaussés ?

Ce pourrait être les pieds de Tita, ou bien ceux de la jeune femme. L'expression de leur visage ne m'aide en rien à résoudre mon dilemme : elles m'adressent toutes les deux un sourire complice. La peau soyeuse me ferait penser à Tita ; mais comment être sûr que la blonde n'utilise pas de crèmes hydratantes ? Ce qui est certain, c'est que les pieds se cherchent, qu'ils se caressent : ces pieds-là sont des pieds érogènes.

La jeune femme lève son verre, porte un toast, comme j'aurais pu l'espérer, à la liberté.

— A la liberté ! dis-je en levant mon verre, et c'est alors que je me rends compte : un pied est à Tita, l'autre à la jeune femme. Bien sûr ! Comment ne l'ai-je pas compris plus tôt ? Il y a des gens avec des pieds bizarres, il y en a qui ont des sabots de centaure, mais des pieds avec le gros orteil vers l'extérieur, ça n'existe pas, un pied est à l'une, un pied à l'autre.

Cette découverte déclenche en moi une crise de fou rire. Elles me regardent, surprises, se mettent à rire à leur tour. Tout le monde se met à rire : les jumeaux, Paulo, Fernanda, Julio, Bela, tous. Même les serveurs tunisiens rient avec nous. Ils rient sans savoir pourquoi, mais ils rient à pleine gorge. L'un d'eux est plié, tellement il est pris par son rire.

Tout en riant, la jeune femme se penche en avant pour attraper son sac. A ce moment-là, son chemisier entrouvert me dévoile un sein bien modelé, aux contours suaves. J'aperçois également les colliers aux mille pendentifs : une étoile de David, des petits Indiens ; plus bas, déjà dans le défilé entre les seins, un minuscule sphinx en bronze ; un cheval ailé aux ailes déployées ; le centaure.

Elle ouvre son sac. Avant même qu'elle ne parle, qu'elle ne me dise qu'elle a oublié ses papiers dans la voiture, avant qu'elle ne me demande de l'accompagner, je commence à me lever, je suis debout. Avant même que Tita, souriante, clignant de l'œil, ne m'invite à retourner à l'hôtel, je commence à me lever, je suis debout.

Comme un cheval ailé, prêt à prendre son vol vers la montagne du rire éternel, vers le sein d'Abraham. Comme un cheval sur la pointe des sabots, s'apprêtant à galoper dans la pampa. Comme un centaure dans le jardin, prêt à franchir le mur, en quête de liberté.

Notes

1. Mot hébreu, signifiant à l'origine « peuple », plus couramment employé pour désigner toute personne non juive. (Singulier : *goy*.)
2. Personne pratiquant, au sein de la communauté juive, la circoncision sur tous les enfants mâles, le huitième jour après la naissance.
3. Révolution fédéraliste opposant, dans le Rio Grande do Sul, les tenants du séparatisme aux légalistes.
4. Sorte de monstre appartenant à la mythologie tupi.
5. Célèbre présentateur de la télévision brésilienne, animant des émissions destinées au grand public, et avec la participation directe de celui-ci.

ACHEVÉ D'IMPRIMER SUR LES PRESSES
DE COX & WYMAN LTD. (ANGLETERRE)

Dépôt légal : octobre 1992
N° d'éditeur : 2215
Imprimé en Angleterre